奥斯丁文集

Jane Austen

诺桑觉寺

Northanger Abbey

金绍禹 译

上海译文出版社

简·奥斯丁（1775—1817）

Jane Austen

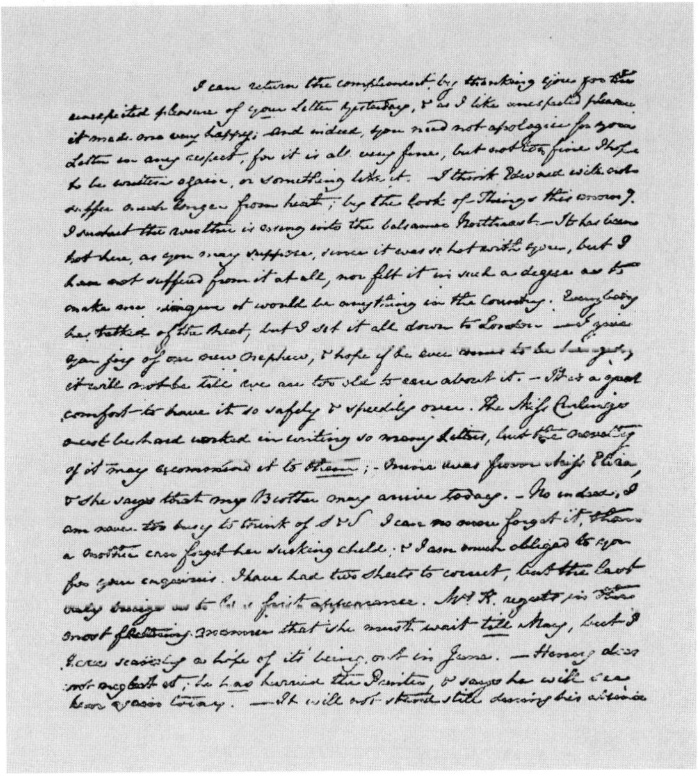

I can return the compliment by thanking you for the
unexpected pleasure of your Letter yesterday, & as I like unexpected pleasure
it made me very happy; and indeed, you need not apologise for your
Letter in any respect, for it is all very fine, but not too fine I hope
to be written again, or something like it. I think Edward will not
suffer much longer from heat; by the look of Things this morn.g
I suspect the weather is rising into the balsamic Northeast. — It has been
hot here, as you may suppose, since it was so hot with you, but I
have not suffered from it at all, nor felt it in such a degree as to
make me imagine it would be anything in the Country. Everybody
has talked of the heat, but I set it all down to London. — I give
you joy of our new nephew, & hope if he ever comes to be hanged,
it will not be till we are too old to care about it. — It is a great
comfort to have it so safely & speedily over. The Miss Curlings
must be hard worked in writing so many Letters, but the novelty
of it may recommend it to them; — mine was from Miss Eliza,
& she says that my Brother may arrive today. — No indeed, I
am never too busy to think of S & S. I can no more forget it, than
a mother can forget her sucking child; & I am much obliged to you
for your enquiries. I have had two sheets to correct, but the last
only brings us to W.s first appearance. Mrs K. regrets in the
most flattering manner that she must wait till May, but I
have scarcely a hope of its being out in June. — Henry does
not neglect it; he has hurried the Printer, & says he will see
him again today. — It will not stand still during his absence

作者手迹（致其姐卡珊德拉书片段）

译本序

一

简·奥斯丁(1775—1817)的《诺桑觉寺》是她最早写成的一部小说，虽然《理智与情感》的底本《艾丽诺与玛丽安》成书于一七九六年间，《傲慢与偏见》的底本《最初的印象》成书于一七九七年，而《诺桑觉寺》则于一七九八——一七九九年完成。一八〇三年，一个名叫里查德·克罗斯贝的书商用十英镑买下了《诺桑觉寺》这本书，甚至还做了广告准备立即出版，然而书始终没有出版。时隔六年之后，奥斯丁去信询问出书的情况，得到的回答竟是愿以原价奉还。到了一八一六年，奥斯丁最喜欢的哥哥亨利出了十英镑将书买回，当时书名似以《苏珊》称，恐是女主人公的名字。奥斯丁立即将这部书作了很大修改，不光改了人名与书名，而且文字风格都较前已出版的几部书成熟。从奥斯丁一八一六年为该书写的广告来看，她对这部书的命运很有感慨："一个书商竟然认为值得花钱买下他认为不值得出版的书，这种做法似乎有些奇怪。"因此，她特别指出，这部长篇从成书至出版相隔十三年，读者须注意岁月流逝给人们思想见解带来的变化。奥斯丁去世后的第二年即一八一八年，这部最早完成的长篇《诺桑觉寺》才得以出版。

然而，奥斯丁在写作《诺桑觉寺》和修改《理智与情感》这两部书之间，还写过一部未完成的长篇《沃特森一家》。这部未完成的长篇大概于一八〇四年动笔，后因父亲患病，于第二年辍笔。也许因此之故，她后来很长时间没有写作。一八一一年她开始写《曼斯菲尔德庄园》，一八一四年创作《爱玛》，一八一五年创作《劝导》，一八一七年创作《桑迪顿》，但未完成。如按出版年代排列，简·奥斯丁六部长篇小说出版情况如下：《理智与情感》(1811 年)，《傲慢与偏见》(1813 年)，《曼斯菲尔德庄园》(1814 年)，《爱玛》(1816 年)，《劝导》(1818 年)，《诺桑觉寺》(1818 年)。

简·奥斯丁一七七五年生于英格兰汉普郡斯蒂汶顿教区长家，是家中六个兄弟、两个姐妹中的小妹，排行第七。这是一个生气勃勃的和睦家庭，父亲是牛津大学的毕业生。奥斯丁从小就在父亲鼓励下大量阅读各类书籍，并学习写作，家中文学气氛浓厚。奥斯丁在很小的时候在牛津等地上过寄宿学校，后来也到过伦敦、巴思等地。尤其是巴思，一八〇一年她父亲带着部分家庭成员迁往巴思居住，奥斯丁在那儿过着安逸的日子，与上流社会邻居交往，出席当地乡绅家庭舞会，并拥有马车，然而奥斯丁并不喜欢那个地方。那里很久以来便是上流社会男男女女来往度假、招摇过市的热闹场所，如《诺桑觉寺》中女主人公凯瑟琳初入社交场合时所惊叹的：“哦！人在巴思谁会厌呢？”然而作者借书中男主人公亨利·蒂尔尼之口，说出了巴思的令人生厌之处(第十章)：

> 拿巴思来与伦敦相比较，它没有什么丰富多彩可言，每一年，每一个人都有这个感觉。呆六个星期，我承认，巴思是挺好的；可是过

了那段时间，它就是天下最令人生厌的地方了。你会听到各种各样的人这么说，……

一八〇六年她的父亲去世后，全家搬到南安普敦，最后于一八〇九年又搬回汉普郡，住到了她一个很富有的哥哥在乔顿的庄园里；以后为就医之便，与姐姐移居郡首府温彻斯特，直至一八一七年七月十八日病故，年仅四十二岁。奥斯丁与她的姐姐都一生未婚，而她的小说都是在生活间隙完成的；据说，正是在乔顿家中忙碌的客厅里，她完成了最后三部小说《曼斯菲尔德庄园》、《爱玛》和《劝导》。

简·奥斯丁的生活圈子似乎并不能说很狭小；然而，她作品中人物的生活范围确实很小，如她给亲友信中所写，"三四个乡村家庭正是要致力刻画的"；然而，奥斯丁对于人性的挖掘却是深刻的，正是因为这一点，她在小说人物性格的精心刻画方面，可与莎士比亚相提并论。

二

《诺桑觉寺》与奥斯丁其他几部长篇一样，故事围绕着男女主人公的爱情的发展而越来越扣人心弦。天真得有点傻的女主人公凯瑟琳是家境小康的牧师之女，长到十七岁了，还没有遇上能打动她少女心扉的男主人公，因此生活平平淡淡。然而，她的好朋友，当地的富有人家艾伦夫妇俩要到巴思去度假，带她一起外出。巴思的社交场所让她开了眼界，并结识了富家之子、牧师亨利·蒂尔尼与他妹妹艾丽诺·蒂尔尼，他们很快成了好朋友，凯瑟琳并且爱上了亨利·蒂尔尼。在巴思她还结识了伊莎贝拉·索普，成了知心朋友，并受到她的影响，读了当时流行的拉德克利夫夫人的《尤道尔弗之谜》等几部哥特式恐怖小说，而且入了迷，竟把现实生活也当成了传奇故事中的虚构世界，因天真而轻信了伊莎贝拉的虚情假意，以为她真的是与她哥哥相爱。伊莎贝拉的哥哥约翰·索普又是凯瑟琳哥哥在牛津大学的朋友，然而他却是一个俗不可耐的人，为了让人知道他追求的凯瑟琳身价不菲，编造出一个个动人故事，说她是富有人家的女继承人。这使亨利·蒂尔尼脾气古怪而又势利的父亲蒂尔尼上将迫不及待地要促成自己儿子与凯瑟琳的婚姻，并邀请她去他们在诺桑觉寺的家做客。于是，凯瑟琳脑海里浮现出恐怖小说中惊心动魄的可怖情景，在诺桑觉寺上演了一幕幕可笑的历险记。同时，她与亨利的爱情也日益深厚，对未来充满了美好的想象。然而，就在这时，上将又被追求凯瑟琳没有成功的约翰·索普所蒙骗，再次轻信了他的话，以为凯瑟琳出身于贫困的家庭，她父亲是一个借嫁女儿妄图过上富日子的诡计多端的人，而凯瑟琳的朋友艾伦先生的地产早已有了继承人，与凯瑟琳全然无缘，等等。上将得知这个消息后，连夜从伦敦赶回诺桑觉寺，吩咐女儿艾丽诺说，凯瑟琳必须在第二天一早离开诺桑觉寺回家乡富勒顿。

凯瑟琳在离家三个月之后，在没有朋友陪伴的情景下，孤身一人搭乘邮车，于一个星期日之夜回到了富勒顿。心地善良的母亲见女儿回家已是判若两人，总以为她是留恋外面世界的诱人，而竟猜不到十七岁的女儿的感情世界发生了很大的变化。亨利·蒂尔尼的意外出现，终于让凯瑟琳父母明白，他们必须考虑是否要同意女儿的婚事了。不过，首要的障碍是上将必须同意亨利娶凯瑟琳。当然，此时上将已经明白，他的尊严并没有受到伤害，因为女儿艾丽诺嫁了一个有钱有势的子爵，凯瑟琳虽不是富有人家的女继承人，但她家并不穷，她也有三千英镑的陪嫁，而且富勒顿的地产完全可以由现在的所有人处置。因此贪图这块地产的人完全可以去做投机买卖。于是上将欣然答应了儿子的婚事。教堂的钟声响了，人人都喜笑颜开。

三

奥斯丁写作《诺桑觉寺》是在十八世纪末叶，在当时的英国，社会阶层的高低决定了人们各自的命运，而社会阶层的高低首先取决于对土地的拥有。居首位的当然是贵族，他们拥有大片的土地；其次则是地主乡绅，然后便是律师、医生、牧师等(《诺桑觉寺》中的几家人多属后两类)，甚至商人也只位居次要地位，尽管只要有钱仍可做地产的投机买卖。《诺桑觉寺》中的蒂尔尼上将尽管自己是富有人家，拥有祖宗留下的产业，但在话语间对于拥有地产仍常常是洋洋自得的样子(见第二十二章)：

> 报酬是无所谓的，它并不是目的，而工作才是至关重要的。你看，就连我的大儿子弗莱德里克也有他的职业，尽管他在本郡也许与任何一名非公职人员一样，将会继承一笔相当可观的地产。

他的女儿因为嫁给了一个有钱有势的人，让他自尊大增，喜不自胜，当他第一次称女儿艾丽诺为“子爵夫人”时，是出自内心地喜欢她，与过去岁月里女儿与他做伴、为他服务，逆来顺受时对她的喜爱完全不可同日而语。也正因为这个缘故，他对儿子亨利·蒂尔尼要娶“贫苦”人家女儿凯瑟琳为妻虽然气愤，但在艾丽诺的请求下，也就不再追究，允许他回家住，尽管他还是说，“他喜欢就让他当个大傻瓜吧！”当然，他也是私下里打听到，富勒顿庄园地产仍然由目前的所有人（即艾伦先生）支配，并没有如约翰·索普所编造的那样，是由一个年轻人继承的；换句话说，这地产是对外公开的，谁的心贪，谁就可以来做土地投机买卖，他也就有可能来购置，只要有钱。而且，凯瑟琳并不是一个“穷人”的女儿，嫁妆便有三千英镑（凯瑟琳的父亲答应她哥哥詹姆斯与伊莎贝拉·索普小姐三年之后结婚时，可以谋得年薪四百英镑的牧师职位；当时一个劳动人民家庭要维持生计，所需仅四百英镑的二十分之一，可见三千英镑的陪嫁数目不小）。所以，上将也就答应了儿子亨利的婚事。男人想要成家，没有地产也难如愿。艾丽诺的丈夫只是在意外地获得爵位与财产之后，才有勇气实现多年的追求，向艾丽诺求婚。而女人要有地位，也得靠婚姻来解决；奥斯丁与她姐姐一生未嫁，也是影响她成就不如哥哥的重要因素（当然这里说的并非指文学上的成就）。

《诺桑觉寺》的男女主人公在小说最后一页终成眷属：“教堂钟声响了，人人都喜笑颜开。”这是亨利与凯瑟琳的自豪与胜利；因为亨利对于爱情是真诚的：

在这样一件事上，他（即上将）的怒气会使亨利震惊，却无法将他吓倒，因为亨利相信他的目的是正义的，所以他会坚持他的目的。他觉得自己不仅在感情上而且在道义上都必须对凯瑟琳负责，而且他还相信，他曾受父命去赢取的那颗心现在已经属于他自己，因此用卑劣的做法将默许撤回，毫无道理地在一怒之下要他变卦的命令，都动摇不了他的忠贞，也左右不了因忠贞而下定的决心。（第三十章）

然而，如果没有经济条件的保证，上将亦不会同意，而如果没有上将的同意，莫兰先生虽则心地善良，但作为一个牧师，为人处世的原则也必须坚持，在这种情况下他也不会鼓励两个人的婚事，亨利与凯瑟琳也只能两地相思而已。因此，要回答奥斯丁书中最后一句话：是主张父母专制，还是主张儿女不必顺从父母之命？在当时，仍然是有条件的。

四

《诺桑觉寺》是一部非常有文学色彩的长篇小说，第一章便引述了许多诗人、剧作家的诗句，其中便有两处引语来自莎士比亚的两个剧本。而书中第五章与第十四章，还用很大篇幅讨论长篇小说的地位。这些都是针对当时极流行的哥特式（恐怖）小说而发的。《诺桑觉寺》的书名即与哥特式小说相类似，而且小说后半部的地点亦在过去曾是一座女修道院的蒂尔尼家族的住宅内；小说的情节也是随着女主人公读了哥特式小说之后要在现实生活中天真地按部就班去寻找刺激而步步深入的。然而，奥斯丁的《诺桑觉寺》却是一部与哥特式小说截然不同的现实主义作品。作者在第五章感叹长篇小说的价值被人们所低估时指出：

……似乎几乎普遍有一个愿望，要诋毁小说家的能力，低估小说家的劳动，并且轻视其创作成果，而这些作品体现的仅仅是精神、才智与趣味罢了。……只不过是一部表现了思想的巨大力量的作品，一部用最贴切的语言，向世人传达对人性的最彻底的认识、并对人性的种种表现作最恰当的刻画，传达洋溢着最生动的才智与幽默的作品。

奥斯丁对十八世纪自笛福以来的英国现实主义小说作了极高的评价，而对于那些包括有名的《旁观者》在内的杂志却作了极深刻的批判：

这个刊物上的文章常常是陈述荒谬的事情、别扭的人物以及活人不再关心的话题；而语言也常常粗糙得使人对容忍这种语言的那个年代不会有很好的看法。

就小说而言，那些哥特式小说自有其缺陷，即远离现实。她在第二十五章中写道：

尽管拉德克利夫夫人的全部作品，甚至她的全部模仿者的作品，都很引人入胜，然而，人性，至少是英格兰中部各郡居民所表现的人性，也许在这些作品中是找不到的。

因此，《诺桑觉寺》中的人是活生生的人，女主人公凯瑟琳并不是什么传奇式的人物，她在现实生活中破除了幻觉，懂得了人生的道理，她在巴思与诺桑觉寺所经历的三个月，比她十七年来所接受的教育还要多。她在巴思的第一个朋友伊莎贝拉就是虚情假意的人，嘴上说的往往并非心里想的，她要接近凯瑟琳的目的在于要与詹姆斯·莫兰订婚。在与詹姆斯订婚并征得他父亲同意之后，她又与弗莱德里克·蒂尔尼（蒂尔尼上尉）调情，因为蒂尔尼的家庭更加富有，然而她的目的并没有达到，于是又回过头来想通过凯瑟琳的帮助要与詹姆斯重修旧好，最后连读了她来信的凯瑟琳都对她的行为感到厌恶，更不用谈修补她与詹姆斯的爱情，因为那不是爱情。第二个让凯瑟琳认识这个现实世界的是约翰·索普。这个牛津大学的呆子所追求的只是事物的表面，为了在别人面前显得神气和阔气，他什么都可以编造。最大的谎言是为了显示他的追求对象家庭阔绰，说她是富勒顿地产的女继承人，仿佛他追求的人富有便是他的阔气。然而一旦追求凯瑟琳不能得逞，又转而污蔑她家是贫穷人家，这第二次谎言带来的后果是蒂尔尼上将把做客的凯瑟琳赶出家门。凯瑟琳虽不了解这些情况，但她始终没有被索普骗走。这是她性格非常可爱的地方。蒂尔尼上将虽然出身高贵、家境富有，其实是一个头脑蠢笨的人，否则他不会两次被约翰·索普所蒙骗，这主要是因为他所追求的只是金钱、地位、地产之故，有什么样的追求便会造就什么样的人，那是必然如此的。凯瑟琳一直对他敬而远之，而且总怀疑他是谋害妻子的凶手，尽管她是受了太多的哥特式小说的影响。这是凯瑟琳性格的又一个可爱之处。正因为有这些可爱之处,她赢得了亨利·蒂尔尼真诚的爱,以及他妹妹艾丽诺·蒂尔尼的真心帮助。

艾伦太太也是一个有趣的人物,她养尊处优,只关心服饰,因此她是头脑空空洞洞,没有什么见解的人,在巴思的那些日子里,与其说她关心凯瑟琳,倒不如说她关心巴思的时髦服饰。莫兰太太是另一种类型的人物,尽管她为了安慰凯瑟琳可以搬出麦肯齐的《镜报》杂志妙文来,然而她对现实生活的看法是很局限的。倒是凯瑟琳的大妹妹萨拉,虽然只听到她说过几句话,但她是一个很善于动脑筋而且思维清晰的人,可以想见定是一个很有见解的姑娘。至于亨利,正是在他的帮助下,凯瑟琳才从生活中学懂了许多道理,这里不必多说他了。奥斯丁的人物都是很有性格的,非常令人难忘,因为在我们身边也可以碰到这样的一些人。这就是奥斯丁小说的魅力。

五

奥斯丁作品的语言文字是纯正英语的典范。这是跟她的家庭环境有关的。她从小就开始大量广泛地阅读包括亨利·菲尔丁、理查逊、司各特等大作家的小说与诗作,而且十几岁就开始文学创作,至于将书信交往作为练习写作与思想交流的机会,那更是她生活中的一个重要内容。《诺桑觉寺》第三章中作者借亨利·蒂尔尼之口,对女人记日记作了很有意思的评论:

> 记日记是一个富有乐趣的习惯，女人一般都有流畅的写作风格，而这流畅的写作风格的形成，大都又归功于记日记这个好习惯。大家都承认，会写一封封读之令人愉快的书信，那是女人特有的才能。也许天赋有一些关系，可是我确信，对于这种写作风格的形成，记日记练笔那必定是起了重大作用的。

她在第五章论及长篇小说的时候，指出小说是“表现了思想的巨大力量的作品”，是“用最贴切的语言，向世人传达对人性的最彻底的认识、并对人性的种种表现作最恰当的刻画，传达洋溢着最生动的才智与幽默的作品”。在这里，对译者来说具有重要意义的是两个词：流畅，贴切。译者注意到了，并努力去实践它，然而译文是否流畅、贴切，那只能听读者的批评意见了。

金绍禹

作者为《诺桑觉寺》写的广告

这本小书是一八〇三年完成的，当时准备立即出版，书卖给了一个书商，甚至还做了广告，可是这件事至此便一直没有进展，其中的缘由，作者始终不得而知。一个书商竟然认为值得花钱买下他认为不值得出版的书，这种做法似乎有些奇怪。可是，关于这一点，作者也好，读书界也好，并没有什么可关心的，只不过由于时间已过去十三年，书中一些地方看来有些过时，因此，关于这点还要说上几句。务请读书界注意，从本书完成之日到今天，已经过去了十三个年头，如果从开始动笔写这本书的时候算起，则还要久远。请记着，在这样长的一段时期里，书中提到的地方、习俗、书籍以及见解，都发生了很大的变化。

第一章

凡是见过凯瑟琳·莫兰孩提时代模样的人，都会觉得她来到这个世界是成不了女主人公的。她所处的生活环境，她父亲、母亲的性格，她自己的相貌和脾气，这一切都不利于她做女主人公。她父亲是一个牧师，不会被人们忽略，他的家境也不贫困，而且，他是一个很受人敬重的人，尽管他起的名字叫理查德[①]，他也从来不是一个潇洒的人。除了因担任两个教区的神职有两笔可观的薪俸之外，他还有一份很不错的收入。而且，他还是个一点儿也不爱把女儿们锁在家中不让出门的人。凯瑟琳的母亲是一个见识实实在在的人，脾气也好，特别值得一提的是，她母亲身板很结实。凯瑟琳还没出世，她母亲已经生了三个儿子；也不是像人们会料想的那样，把凯瑟琳带到这人世间便闭上了眼[②]，她还好好地活着——后来又生了六个孩子——亲眼看着他们一个个在自己身边长大，自己也从来没有什么头痛脑热的。拥有十个子女的家庭，总会被人们认为是一个美好的家庭，十个孩子便是十个脑袋、二十条胳膊、二十条腿；可是，莫兰一家除了人多之外，也不配算作美好的家庭，因为这些子女都很平平常常，凯瑟琳长到老大了，也还是平平常常，没有什么出众的地方。身材又瘦又难看，蜡黄的皮肤没有血色，一头黑发直挺挺的，五官棱角分明；她的相貌就是如此；说到她的智力，要做女主人公，条件似乎也不见得很有利。她喜欢的尽是男孩子玩的东西;比较起来她更喜欢打板球,而不喜欢玩具娃娃,不仅如此,就连与女主人公更相称的童年爱好,她也不怎么喜欢,什么养睡鼠呀,喂金丝雀呀,浇花呀,她都不喜欢。说到花园,她是不喜欢去的;即使到花园去摘什么花,那也不过是有意捣蛋——越是不该摘的花,她越是要摘,凭这一点至少可以猜出她是有意捣蛋。这些是她的习性;她的天资也同样很特别。要是不去教会她,她什么也学不会,什么也搞不懂;有时候即使教了她,她也还是不会,还是不懂,因为她常常不集中注意力,偶尔还很笨。光是叫她背诵《乞丐诉状》[3]这首诗,她妈妈就教了她三个月;而她的大妹妹萨莉,背这首诗就要比她背得通顺。也不能说凯瑟琳老是那么笨,话绝不能这么说;寓言诗《小兔子的朋友》[4]她就背得很快,跟其他的小姑娘一样。她妈妈要她学音乐,凯瑟琳想自己肯定会喜欢,因为她就是爱在搁置一旁的那架老式小钢琴[5]的键盘上叮叮当当地摸弄;就这样,她八岁的时候便开始学琴了。她钢琴只学了一年,就再也坚持不下去了;莫兰太太呢,不管女儿们是因为没有能力还是没有兴趣,她是从来不会硬逼着要她们技艺娴熟的,所以凯瑟琳不肯再学琴她也就应允了。妈妈把音乐老师辞了,那一天也成了凯瑟琳人生中一个最最轻松愉快的日子。她对画画的趣味也不见得更高一些;尽管她一见到妈妈收到的信反面有空白,或者有一张什么纸片,就拿来在上面画画儿,

---

① 理查德这个名字并没有什么不好的含义,可能奥斯丁家常拿这个名字开玩笑罢了。

② 哥特派小说里常见女主角呱呱坠地母亲便去世。

③《乞丐诉状》系英国托玛斯·莫斯牧师所著,枯燥乏味,要一个孩子背诵,也真难为她了。

④ 为英国诗人、剧作家盖伊(1685—1732)所作。

⑤ 一种小型拨弦古钢琴。

画房子呀，树呀，母鸡呀，小鸡呀，可她画出来的东西根本分不清哪是房子、哪是树、哪是鸡，全都一个样。写和算是她爸爸教的；法语由她妈妈教；可是她在这两方面的进步都不突出，而且她一有空子好钻就逃避不学。多么莫明其妙、古里古怪的性格！不过，尽管她年纪才十岁便表现出这样的任性来，但是她既没有坏心眼，也没有坏脾气；她很少有固执的时候，难得见到她争争吵吵，她对妹妹们非常和气，从来不对她们表现出蛮横的态度。此外，她从来没有一刻的安静、没有一刻的停息，最恨关在屋子里，最不喜欢弄得干干净净的，她最最喜欢的事就是爬上屋子后面的草坡打滚。

这就是十岁时候的凯瑟琳·莫兰。到了十五岁的时候，只见凯瑟琳的外表在变，她开始卷发，老想着去参加舞会，肤色也好多了，因为人变得丰满、红润，五官也显得和谐，她那两只眼睛，变得更加富有生气，身材也显得更加端庄。原先是爱邋遢，现在开始讲究穿着，人变得时髦了，也就爱清洁了；她现在很高兴，有时也听见爸爸、妈妈说她模样变俏了。“凯瑟琳这丫头越长越漂亮，今天差不多像美丽的姑娘了。”她间或听见爸爸、妈妈这么说她；听了这样的话她心里有多高兴哪！差不多像个美丽的姑娘，一个长到十五岁相貌还是平平常常的丫头，听了这话时的乐滋滋的心理，那是一个美人儿从小到大都没有体会过的。

莫兰太太是个非常善良的人，她的心愿便是要孩子们一个个都有出息；可是，坐月子和教育小女儿们花了她很多时间，这么一来，她最后也只好随大女儿们自己去管自己了。由于凯瑟琳本来就不是一个具有女主人公性格的人，因此她十四岁的时候偏喜欢板球、棒球、骑马，喜欢野地里乱

凯瑟琳这丫头越长越漂亮

奔乱跑,而不喜欢看书——或者至少可以说不喜欢看增长见识的书——这也并不让人觉得奇怪。当然,如果不是那些传授有用知识的书,如果那些书只讲故事,看的时候用不着动脑筋,那样的书她还是喜欢看的。不过,在她十五岁到十七岁那几年里,她开始磨砺自己,要成为一个女主人公了;凡是女主人公为记诵那些会给她们变幻的人生带来极大益处、带来莫大宽慰的语句而必读的书,凯瑟琳也读起来了。

读了蒲柏,她学会了谴责一种人,因为他们

“心无苦恼强说悲。”①

读了格雷,她记住了

“好花无人知,
香气留荒漠。”②

读了汤姆逊,她懂得

“幼苗须培育,
扶掖成长乐悠悠。”③

---

① 引自英国诗人蒲柏(1688—1744)的《悲妇吟》。
② 引自英国诗人格雷(1716—1771)的《乡村墓地挽歌》。
③ 引自英国诗人汤姆逊(1700—1748)的《四季诗·春》。

读了莎士比亚，她获得了许多的知识，其中就有：

“尽管小事轻如空气，
嫉妒的人认为确凿无疑，
犹如《圣经》提供的证据。”①

又如：

“小小的甲虫，我们踩了一脚，
它肉体的无比痛苦，
并不亚于临终时的巨人。”②

她还读到，恋爱中的年轻女子，表情永远

“——像墓碑上雕刻的‘忍耐’
朝‘悲伤’微笑。”③

到这个时候，她在这方面已有了相当的提高，而在其他许多方面她的

---

① 引自莎士比亚的悲剧《奥赛罗》第三幕第三场。
② 引自莎士比亚的喜剧《一报还一报》第三幕第一场。
③ 引自莎士比亚的喜剧《第十二夜》第二幕第四场。

进步则非常大；因为，虽说她写不出十四行诗，但是她倒也拿来读读；虽然看不出有什么机会弹一曲她自己写的钢琴序曲，让在场的人喝彩，但是，她倒是兴致很高地听别人弹琴，一点也不觉得倦怠。她最大的缺陷是在画画方面，她对于绘画一点也没有开窍，就连要画一幅她心中人的侧身像速写，至今还不得要领，所以人家也没有发现她有没有这方面的想法。在这一点上，她也怪可怜见儿的，因为她还够不到当女主人公的标准。目前呢，她还不觉得自己在这方面的贫乏，因为她还没有一个心中人来让她画像。她已经十七岁了，尚未碰见过一个能激起她情感的可爱青年，也未被唤起过一种真正的激情，甚至那种羡慕之情也未曾有过，即使有过也是非常平淡、一闪而过的。这的确是很奇怪的！但是，奇怪的事情如果好好地找一找原因，一般也是能解释得通的。例如，附近住的邻居中没有一个贵族；一个也没有——就连从男爵也不见一个。他们家的熟人中从没有哪一家在门口偶然捡到过一个男孩子带回家抚养的；没有一个男青年的家庭出身不为人所知。她爸爸没有由他监护的人，而本教区的乡绅老爷家中也无子女。

但是，如果一个年轻女子真要成为一个女主人公的话，周围几十户人家造成的不利条件是阻挡不了她的。天底下必定有巧事，会有的，到时候会把一个男主人公送到她身边的。

莫兰家居住的地方是在威尔特郡[①]一个叫富勒顿的村子，占有这一带主要田产的地主是艾伦先生，他因身患痛风病，医生嘱咐他到巴思去疗

① 英格兰南部一郡，首府为索尔兹伯里。

养;他太太是个和善的人,非常喜欢莫兰小姐,可能她已经感觉到,如果一个年轻女子待在家里老不出门,巧事也不会落到她头上,那就要到村子外面去追求,于是,她邀请莫兰小姐与他们一同到巴思去。莫兰先生夫妻俩满口答应,凯瑟琳则是满心喜悦。

第二章

凯瑟琳·莫兰的外表及智力上的特征前面已作了介绍。现在,她即将去巴思逗留一个半月,要身处种种的困难和风险,在这个时候,为了让读者了解得更加确切一些,免得读者在不很了解的情况下心中不明白作者在下文要把她的性格写成什么样,除了前面说的以外,这里还可以再作一些补充。凯瑟琳有一颗温柔的心,乐观而开朗,绝不自高自大、装模作样;她的举止态度刚刚脱离了姑娘家的窘迫与害羞;她外表可爱,高兴的时候样子漂亮;她的思想天真、单纯,就像十七岁的女孩通常所表现的那样。

女儿动身的日子越来越近了,莫兰太太做母亲的那种担忧自不必说,当然非常难熬。女儿一走,娘儿俩可怕地分开两地,宝贝女儿凯瑟琳可能会遇上凶险,千百种骇人的预兆必定教她发愁,心头沉重,弄得她在女儿临行前的最后一两天里整天泪水满面;分手前在她的小房间里对女儿千叮咛万嘱咐,像她这样一个明白事理的人,那些紧要的、针对性的话是必定要说的。对有些贵族、从男爵什么的,他们的粗暴举动可得小心提防,因为这些人就会无理取闹,把年轻的小姐拉到偏僻的农舍里去,在这样的时刻,她必定是带着无限的爱说这些话的。谁不会这么想呢?可是,莫兰太太对于勋爵呀、从男爵呀,了解也实在太少,他们通常的那种恶作剧她是一无所知的，对于他们对她女儿的不轨图谋那种危险性，她是全然没有一点疑心的。她要女儿留神的，只限于以下几点而已。"凯瑟琳，听妈一句话，夜里从大舞厅回来，脖子别忘了要捂得暖暖的；有什么开销，我说你要记个账；我要把这个小本本给你带着，记账用。"

萨莉，确切地说叫萨拉，(因为有哪个出身具备起码体面的年轻女子到了十六岁这个年龄能改名而还没有改名的?)[①]因环境的影响，到了这个时候，她必定是大姐的密友和知己了。但是，事情很奇怪，她并没有硬叫凯瑟琳每班邮车都要寄一封信，也没有缠住凯瑟琳，要她把每一位新结识的人的性格在信中都作一介绍，到了巴思或许会有不少有意思的闲聊，但她也没有要求姐姐在信中一五一十都向她加以复述。其实，与这一趟重要的旅行有关的每一件事情，莫兰这一家子准备的时候，都是不急不躁，平平静静的，这种表现似乎与平常人家的平常心情合拍，与那种高雅的情感，即与一个女主人公生平每一次离家应该会引起的依依不舍的情意，并不一致。她爸爸没有给她向银行提款的不写数目的汇票，就连一张一百英镑的银行汇票也没有给，只给了她十畿尼金币，答应她需要的时候再给。

就在这并不预示着希望的气氛中，他们道了别，凯瑟琳登上了旅途。途中安静宜人，太平无事。他们这一路上既没有遇上强盗，也没有遇上暴风雨，也没有翻车的巧遇让她们结识男主人公。只是有一回艾伦太太担心自己把木屐遗忘在客栈里了，幸好后来发现她的担心是毫无根据的；比

① 哥特派小说中女主人公常改名。

这更让人惊慌失措的事还不曾发生过。

巴思到了。凯瑟琳兴高采烈,坐也坐不定;车到巴思美丽动人的郊区,以及后来马车穿过一条条通向旅馆的街道时,她一会儿看看这儿,一会儿看看那儿,无处不吸引她的目光。她是来寻求快活的,而且她一到这里便已经感到快活了。

没多一会儿,他们便在普尔特尼大街舒适的住所落了脚。

写到这里,把艾伦太太作一番描述,对读者是有些用处的,因为读者有了对她的了解之后,也许就能对她以后的一举一动作出判断,知道她用什么样的方式老是为本书的痛苦基调推波助澜,了解她将来可能会怎样落井下石——不管是由于她的轻率,她的粗俗,还是由于她的嫉妒——不管是由于她截了凯瑟琳的信件,损害了她的名誉,还是将她拒之于门外,逼得可怜的凯瑟琳落到在小说最后一卷出现的悲惨境地。

世上有为数不少的女人,你认识了她们不会产生别的感情,只会感到吃惊,这世上竟会有男人去喜欢她们,喜欢了还要来娶她们。这位艾伦太太,便是这为数不少的女人中的一个。貌、才、艺、礼,这四样,艾伦太太是一样都不具备的。一身的淑女相,一脸的娴静,文雅的温和脾气,一副专心于日常琐事的样子,这几样也许便是像艾伦先生那样明达、聪明的男人会选中她作为自己终身伴侣的全部理由了。从某个方面看,由她来把一个年轻小姐介绍给社交界倒是挺合适的,因为她自己也与任何一位年轻小姐一样,哪个地方都喜欢去走走,哪样东西都喜欢去看看。服装是她的爱好。她有一个最无害的嗜好,那便是穿衣打扮。我们的女主人公要进入社交活动,那只有等住上三四天,弄清人们大都穿什么时装,等她的陪伴人买到了式样最时新的服装之后，才谈得上进入社交活动。凯瑟琳自己也上街买了一些东西，然后在这一切事情都安排停当之后，引导她进入上厅[①]的那一个重要的夜晚便来到了。她的头发由手艺最好的理发师做好了，她的衣裳小心仔细地穿好了，这时候，艾伦太太，还有艾伦太太的女仆都说，凯瑟琳有了这一身打扮才完完全全显出了她的本色呢。经大家这么一鼓励，凯瑟琳希望在穿过人群的时候，至少不会遭人品头论足。至于说到叫人羡慕，真那样的话她心里当然会乐滋滋的，不过她并没有等人家来赞美的念头。

艾伦太太穿衣打扮花了老半天时间，待她们进大舞厅时已经晚了。这段时候正是社交活动的旺季，厅里已经水泄不通了，两个女人拼命往里面挤。艾伦先生只管自己去了桥牌房，丢下两个女人，让她们去体会挤来挤去的滋味。艾伦太太既要照顾她的新礼服，又要照顾交她保护的人；不过她更关心的是别把礼服弄坏了，而不是留意她要保护的人不被挤来挤去。艾伦太太一进门便在人群中既迅速又小心地往里面挤；凯瑟琳则紧紧地跟在她身边，牢牢地挽着她朋友的胳膊，摩肩接踵的人群随便怎样一齐儿挤，都没法儿将她们挤散。可是她感到非常地惊讶，因为她发现，往大厅里面走决不是她们摆脱拥挤人群的途径；似乎越往里走，人群越拥挤，而她刚才还在想，一旦进得门去，定能很方便地找到座位坐下来舒舒服服地看人家跳舞。可是跟她想的不一样，实际上完全不是这么回事，尽

① 巴思上厅于十八世纪末期为约翰·伍德所建，下厅于一七〇八年为托玛斯·哈里逊所建，两厅均为巴思大舞厅。

管她们毫不松懈，甚至挤到了大舞厅的最前面，可是她们仍然是一样的处境；跳舞的人她们根本就没有看到，看到的只不过是一些女士兴致勃勃的样子。她们仍然没有停下来，她们还是想看看更加动人的场面；她们仍旧又是使劲又是找窍门，经过一番努力之后，总算挤到了最高一排椅子后面的走道上。在这个地方，人要少一些，不像底下那样拥挤；所以莫兰小姐可以看到底下所有的人，刚才穿过人群所经历的种种危险也历历在目。场面非常地壮观，那一夜她第一次开始有身临舞会的感受，她渴望跳舞，可是在这大厅里，她没有一个熟人。艾伦太太时不时地会非常平静地说，"我真愿你能够去跳舞，亲爱的，我真愿你能找到舞伴。"艾伦太太在这样的情况下说这样的话，也是只能如此了。有好一阵子她的年轻朋友对于她表示的这些祝愿是很感激的；可是老是重复说着这些话，而且到头来这些愿望都未能实现，凯瑟琳到后来也听厌了，并不再说感谢的话。

不过，好景不长，挤得精疲力竭之后才到了这高处，想要享受一下这儿的平静也不能够。不一会儿，人人都转身去吃茶点，她们也得跟旁的人一样往外挤。凯瑟琳开始有点儿失望，她讨厌老是让人挤着走，这些人的面孔大抵没有任何吸引人的地方，她跟这些人又全都不相识，因此，她也无法与一齐被困的任何一位同伴说上两句话，借以驱散被围困的沉闷；待她们最后到了茶室，那种因无人可以结伴，无熟悉的人可以打招呼，更无男人过来帮助她们而产生的窘迫感，她就体味得更深切了。艾伦先生连个影儿也没有；她们朝四下里打量了一番之后也没有发现更加合适的地方，只好在一张已经围坐了好多人的桌子尽头坐下来，就这样闲坐着，除了两个人自己交谈之外，就再也找不到第三个可以说话的人。

她们一坐下来，艾伦太太便庆幸自己的礼服好好儿的，没有让人挤坏了。“要是扯坏了多吓人哪，”她说，“对吗？这是很薄的平纹细布呀。说真的，整个舞厅里我就没见过第二件叫我这么喜欢的礼服。”

“真难受，”凯瑟琳悄声说，“这儿没有一个认识的人！”

“是呀，亲爱的，”艾伦太太接话说，态度非常地平和，“的确叫人很难受。”

“我们怎么办？瞧这张桌子的人，一个个好像心里都在嘀咕我们为什么会坐到这儿来；我们好像自说自话闯到人家圈子里来了。”

“哎，是这样。真讨厌死了。我们这儿有好多熟人就好了。”

“有熟人就好了；就有个做伴儿的人了。”

“是这样，亲爱的；要是有认识的人，那我们就过去跟他们做伴儿啦。斯金纳一家子去年来过这儿，他们现在在这儿就好了。”

“怎么样，瞧这样子，我们走吧？你瞧，我们连茶具也没有。”

“是真没我们的份儿。真叫人心烦！不过我看我们还是坐着别动吧，你会让人挤来挤去的，这么多的人！亲爱的，我的头发弄坏了没有？让人给推了一下，我怕头发给弄坏了。”

“没有，好好儿的。喂，艾伦太太，这么多的人，里面真没有你认识的人吗？我看你一定有认识的人。”

“我确实没认识的人。我真巴不得有呢。我打心底里希望这儿有许许多多的熟人，那样的话我就可以给你找个舞伴了。找个舞伴让你跳舞我会很高兴很高兴的。你瞧那个怪模怪样的女人！她穿的礼服多怪！样子这么老式！你瞧瞧她后背。”

她穿的礼服多怪

过了一会儿，她们一位邻座递过茶点来；她们接过茶点道了谢，这样一来，她们跟这位递茶点的先生便有了一段闲聊，那一晚，直到舞会结束、艾伦先生找到了她们俩时，她们跟人闲聊的机会也就这么一回。

“嗨，莫兰小姐，”艾伦先生一见到她俩便这么说，“我希望你在舞会上很开心。”

“真的很开心，”她回答说，张大嘴巴打了个呵欠，想遮掩也遮掩不过去。

“我真希望她能跳舞，”他太太说，“我真希望我们能给她找个舞伴。我一直在说，要是斯金纳一家子到这儿是今年冬天，不是去年冬天，我该多高兴哪；要不然，如果帕里一家子来这儿——他们是说起过的——那她就可以跟乔治·帕里跳舞了。她没找到舞伴我真难受！”

“相信下次情况会好些，”艾伦先生这样安慰她。

舞会结束，人们也都开始分散开来，这样一来，留在原处的人就有了空地很舒服地踱步了；在这一晚经历中还没有扮演过突出角色的女主人公，现在机会来了，她可以引起人们的注意，受到人们的夸奖了。每过五分钟便要走开一些人，人群中的间隙便又扩大一些，她的美丽姿色也便愈加显露了。原先不在她附近的许多年轻人现在已经看到她了。然而，没有一个人见了她惊讶而且痴迷，大厅里面没听见有人在窃窃私语，忙着打听她，也没有一个人说过她就是女神。可是凯瑟琳的表情是很动人的，要是在场的人三年前见过她，他们现在会说她是非常漂亮的。

不过，人家的确在注视她，而且是颇为称赞的样子；因为她亲耳听见两个男人说她是个美丽的姑娘。这句称赞的话产生了应有的效果，她听了这句话立即便觉得这一晚比她先前想的愉快得多了,她那浅薄的虚荣心得到了满足,她心中感激两位年轻人说的这句简短的称赞,一个名符其实的女主人公,对于为赞美她的魅力而写的十五首十四行诗,心中的感激也比不上她心头的感激,她此时怀着这种感激之情,朝她的轿子走过去,谁的气也不生了,她接受了众人的注目,已是心满意足了。

第三章

在巴思安顿下来之后，每天上午都有例行的事要做；商店要去逛逛；城中未去过的一些地方要去看看；温泉房也要去，在那里她们走过去、走过来的，要待上一个钟点，注意那里的每一个人，但是跟谁也不说话。希望在巴思有许多的熟人的愿望仍然在艾伦太太的心头萦绕，尽管过了一天便又一次证明她在这里压根儿就没有一个认识的人，但是她还是一回回地重复说着希望在这里有许多熟人的话。

她们来到了下厅，在这儿我们的女主人公为运气所青睐。司仪[1]给她介绍了一位很有绅士风度的年轻人作她的舞伴；他的名字叫蒂尔尼。他大约二十四五岁，高高的个子，一张讨人喜欢的脸，两只非常聪明、神气的眼睛，即使说不上十分漂亮，也相差无几。他举止有礼，令凯瑟琳感到很称心。他们俩跳舞的时候没空顾及说话，但在他们坐下来吃茶点的时候，她发现果然不出她的预料，他的确是个讨人喜欢的人。他说起话来滔滔不绝，很有生气，还表现出顽皮与幽默的样子，这样子使她很感兴趣，尽管她一点儿也不懂他表达的意思。起先他们聊天是围绕着周围的事物很自然地引出了话题，这样交谈了一些时候，他突然间对她说："小姐，我至此一直都非常粗心大意，忽略了对这舞厅里的一名舞伴应有的礼貌；我还没有问及你到巴思有多久了，还没问及你过去可曾到过此地；你有没有去过上厅，有没有看过戏，有没有听过音乐；总的说来这个地方你觉得怎么样。我是个粗枝大叶的人，可是你现在有没有工夫在这几个方面让我如愿呢？要是你有工夫，那我就立即开始提问。”

“先生，你不必费心考虑这么多。”

“小姐，不费心，你放心。”接着，他的脸上形成了一动也不动的笑，同时，他做作地放低了声音，装模作样地笑着说，“小姐，你到巴思有好多天了吗？”

“大约一个礼拜了，先生，”凯瑟琳回答说，差一点没笑出声来。

“是嘛！”他装出惊讶的样子。

“先生，你为什么要感到吃惊？”

“啊，就是！”他说，用了一种自然的语气，“可听了你的回答之后，总要表示一下某种感情，表示惊讶那是最方便的，而且跟别的感情相比，惊讶不会让人觉得不大恰当。好了，我们继续。小姐，你过去从没有来过这儿吗？”

“没来过，先生。”

“是嘛！你有否光临上厅呢？”

“去过，先生，我礼拜一去过。”

“你去看过戏了吗？”

“看过，先生，礼拜二我去看戏了。”

“音乐会呢？”

---

① 主持大舞厅的社交活动，是巴思的头面人物。

"听过,先生,礼拜三听的。"

"总的说来,你喜欢巴思吗?"

"喜欢;我很喜欢。"

"好了,我得装一装笑,接着我们又可以保持清醒头脑了。"

凯瑟琳别过头去,也不知道好不好笑出声来。

"我心里明白你是怎么看我的,"他一本正经地说,"在你明天的日记里,我不过是一个蹩脚的形象。"

"我的日记!"

"没错,你在日记里会写些什么话我知道得一清二楚:星期五,去了下厅;穿镶蓝边枝叶花纹的薄棉布晚礼服,一双普通的黑鞋——搭配效果看上去很好;可是一个怪样子的傻男人莫名其妙地来找麻烦,这人定要叫我跟他跳舞,还说了许多废话,弄得人心烦死了。"

"我真的不会说这样的话。"

"要不要我教你该说些什么?"

"请吧。"

"我跟一个很可爱的小伙子跳舞了,是金先生介绍的;还跟他说了好多话,这人像是一个非常有才能的人;希望能再了解了解他。小姐,这些就是我愿你记下来的话。"

"可是,也许,我并不记日记。"

"也许你此刻没坐在这屋子里,我此刻也没坐在你身边。这些也是同样有可能产生疑问的地方。不记日记!你不记日记,那你的表亲,不跟你在一块儿,怎么知道你在巴思生活的主要情况呢?在这儿,每天的人际交往、问候致意是应该回去谈谈的，要是你不在每天晚上的日记里记下来，那你以后怎么说去？要是你不经常翻翻日记查一查，那你各式各样的服装怎么记得起来，你的不同气色、卷发的变化，又怎么给人详详细细地说说呢？——我的好小姐，我没有你心里想的那么傻，年轻小姐的爱好我不是不懂；记日记是一个富有乐趣的习惯，女人一般都有流畅的写作风格，而这流畅的写作风格的形成，大都又归功于记日记这个好习惯。大家都承认，会写一封封读之令人愉快的书信，那是女人特有的才能。也许天赋有一些关系，可是我确信，对于这种写作风格的形成，记日记练笔那必定是起了重大作用的。"

"我有时候想，"凯瑟琳表示怀疑，说，"是不是女人写信的确远远比男人写得好！我是说，我倒认为这方面的优势并非始终在我们这一边。"

"就我个人的判断来说，我总觉得，在女人当中，通常的书信风格，除了三个方面之外，是无可挑剔的。"

"哪三个方面？"

"普遍都缺乏主题，完全不注意标点，还有就是经常不管文法。"

"我说呢！你刚才那一番恭维，我要否认其实用不着怕的。照你说的，你对我们的看法并不好。"

"我觉得二重唱呀，画风景画呀，不能说女人通常都比男人好，同样的道理，也不能说书信通常都是女人比男人写得好。以个人爱好为基础的每一种能力，要说优劣，男女之间的分配是相当公平的。"

艾伦太太打断了他们的谈话，"凯瑟琳，亲爱的，"她说，"快把我袖子上的别针拿下来；怕是已经给戳了一个窟窿了；真有窟窿我可要伤心死了，这一件衣服可是我最喜欢的，虽然只有九先令一码。”

“太太，要我猜的话也正是这个价，”蒂尔尼先生说，一面注视这件薄棉布礼服。

“先生，薄棉布你也内行吗？”

“特别内行；我自己的领结总是自己去买，人家都说我有眼光；我妹妹的礼服常常要我替她挑选。那天我替她买了一件，女士们看了个个都说买得非常合算。我买的是五先令一码，而且是真正的印度纱。”

艾伦太太深深地为他的天赋才能所打动。“这些事情男人一般是很不关心的，”她说，“要叫艾伦先生说说我的礼服这一件跟那一件有什么不一样，他是永远也没法子搞清的。先生，你一定是你妹妹的好帮手。”

“太太，我相信是这样。”

“先生，那么请你说说，莫兰小姐的礼服怎么样？”

“太太，她的礼服很漂亮，”他说，一面一本正经地端详她的礼服；“不过我觉得这礼服不经洗；多洗怕要搓坏了。”

“你怎么会，”凯瑟琳笑道，“这么——”她差一点儿没说出“怪”这个字。

“先生，我跟你的意见完全一样，”艾伦太太回答说；“莫兰小姐买的时候我就跟她这么说的。”

“不过，太太，你知道还有一点，薄棉布常常还可以派上各种各样的用场；莫兰小姐要是用它来缝一块手帕，或者一顶帽子，或者一个斗篷，这种薄棉布是要怎么用就可以怎么用的。你可不能说把它买来派不上多少用场。我听我妹妹说这话有几十回了，每一回她贪心地多买，或者粗心地裁剪，她都这么说。”

“先生，巴思是个好地方；这儿还有这么多高档的商店。我们乡下地方很寒酸；虽然，我们索尔兹伯里那边倒也有高档的商店，不过那边离我们家太远了，八英里是很远的路；艾伦先生说有九英里路，正好九英里；不过我知道不会超过八英里；走这么远的路真吃不消，回到家把人都累死了。在这儿嘛，出了门花五分钟工夫就可买回一件东西。”

蒂尔尼先生很有礼貌，让人觉得他对她说的话挺感兴趣；她则不停地跟他谈论薄棉布，一直谈到又开始跳舞的时候。凯瑟琳听着他们两人的谈话，心里想他有点过分拿人家的怪癖来开心了。“你这么严肃的样子在想些什么呢？”他们回舞厅的时候他问道，“我希望，不会是关于你的舞伴吧，因为瞧你摇头的样子，你想的事看来不如你的意。”

凯瑟琳脸红了，说：“我什么也没想。”

“没说的，这话回答得挺机敏、挺深奥；不过我倒宁愿你立即回答说你不想告诉我呢。”

“那好啊，我不想告诉你。”

“谢谢你；因为我已经获准了，今后一见面就可以拿这件事寻你开心，所以我们要不了多久就会成为熟人，要促进相互间的友情，什么法儿都没有这么大的作用。”

他们又跳舞了，待到舞会结束两人分手时，至少在女方的心里是非常想继续这一层关系的。当她喝着暖乎乎的加水葡萄酒，并准备就寝的时候，她是否想他想得很多，甚至在床上睡着了还梦见他当时的情景，那是没法子知道的；不过，我希望至多那也是半醒半睡或者早晨打瞌睡时那种梦罢了;因为如果真的像一位著名作家[1]所说,男方没有表白自己的爱情之前,女方是不能说已在恋爱的,那么,在还不知道有一个男人做梦也在想一个年轻女子之前,那女子竟然做梦在想着他,那必定也是很不妥当的。蒂尔尼先生作为一个相思人或求爱者到底有多合适,这个问题也许艾伦先生还没有去想过,不过,作为与他要照顾的小姐进行一般往来的人,蒂尔尼先生也没有什么不可以,这一点艾伦先生作过一番了解,他是肯定的;因为,他在傍晚的时候早就动脑筋打听她的舞伴是个什么样的人,并了解到了可靠的情况,他是牧师,出身于格罗斯特郡一个很有名望的家庭。

① 指英国十八世纪小说家理查逊(1689—1761)。

第四章

凯瑟琳第二天是怀着非同寻常的急切心情匆匆赶到温泉房的，她心想有十分的把握在中午之前就可见到蒂尔尼先生，而且准备好了要脸带微笑去见他的面；可是脸带微笑没有必要，蒂尔尼先生并没有露面。除了他之外，在巴思的人一个个都可以在这温泉房里，在这黄金时刻陆续看到；一群群的人一刻不停地进进出出，在台阶上走上走下；那是些谁也不会去关心的人，谁也不想见的人；而他却没有到场。“巴思是个多么快活的地方，”艾伦太太这样说道，她们在温泉房里招摇地来回，走得累了，就在大钟的旁边坐下来；“要是我们在这里有熟人那该多好啊！”

这一句话她老是挂在嘴边，而且说了也是白说，所以艾伦太太也没有特别的理由抱有希望，认为现在这么说事情就会好一些；不过，俗话说得好，“不达目的心不死”，那是因为“锲而不舍，事遂人愿”嘛；而她每天念念不忘这同一个目标的锲而不舍的精神，最终将会有应有的回报的，因为还没等她坐上十分钟，一位坐在她旁边、年纪与她相仿的太太就很有礼貌地向她招呼。这位太太已经注视艾伦太太好几分钟了，这时只听她说：“太太，我看我不会认错；我上回荣幸地遇见你到现在已有好多日子了，你不是姓艾伦吗？”艾伦太太立即作了答，见她答了话，那人说她姓索普；经她一说，艾伦太太一下子便认出了一位老同学和好朋友的面貌，她们两人都结了婚之后，只见过一回面，而且那还是在好多年以前。她们两人这一回见面异常高兴，这是完全可能的，因为这十五年来她们一点也不知道各自的情况，又都没有向人打听过。这时已经赞扬过一番漂亮了；接着便说上一回见面到现在日子过得多么快呀，怎么也没想过会在巴思相遇呀，还说老朋友见面多开心哪，说了这些话之后，她们就开始询问和介绍她们各自的子女、姐妹以及远房亲戚的情况，两人一齐儿唧唧喳喳，都急急忙忙地要说自家的事，并不想听对方说的话，所以对方说了些什么，两人都没有听进去。但是，索普太太作为一个儿女成行的家庭的叙述者，要比艾伦太太多一个优势；她没完没了地说着儿子的才能，女儿的姿色，说了儿女目前不同的情况，还说了他们今后的前景——约翰在牛津大学读书，爱德华在伦敦布商学校[1]上学，还有威廉，他已当了海员，他们情况虽各不相同，但都是让人喜爱，受人尊重的，要再找三个更加让人喜爱、更受人尊重的兄弟，那是找不到的，在这个时候，艾伦太太却没有相类似的情况可以说，没有相类似的让她得意的事可以灌输给她的朋友，虽然她的朋友并不想听，就算听了也不大相信，于是乎她只得坐在那里，装作倾听做母亲的这一大堆充满感情的话，但是她心中却在安慰自己，因为她那双锐利的眼睛不一会儿便发现，索普太太那件长外衣上的花边可没有她的好看。

“瞧，那是我家的姑娘们，”索普太太一边嚷着，一边指着三个衣着时髦的女孩子，她们当时正手挽着手朝她走过来。“亲爱的艾伦太太，我就想着要介绍她们呢，她们见了你会很高兴的，长得最高的是我大女儿伊莎

① 布商学校创办于 1561 年，诗人斯宾塞曾就读这所中产阶级学校，该校主要收商人子弟。

贝拉;你说她像不像一个漂亮的大姑娘?另外两个,人家也都说长得很漂亮,不过我看伊莎贝拉是最漂亮的。”

三位索普小姐都被作了介绍;刚才那一阵子被遗忘的莫兰小姐,也被引见给大家。莫兰二字,使三位小姐一惊;大小姐很有礼貌地向莫兰小姐问候之后,大声地对其余的人说,“莫兰小姐多像她哥哥!”

“跟她哥哥一模一样!”她妈妈大声说,“到哪儿都认得出是他小妹!”这句话她们几个人都说了一遍又一遍。这么一来,凯瑟琳一时间目瞪口呆了;不过,还没等索普太太和她的女儿们讲述她们认识詹姆斯·莫兰先生的经过情况,凯瑟琳就记起来了,她哥哥最近跟一位姓索普的大学男生成了很要好的朋友;圣诞节假期的最后一个星期,他就是在伦敦近郊,索普先生家过的。

事情经过原原本本地说明之后,索普家三位小姐讲了许多客气话,希望通过两位哥哥之间的友谊,进一步认识凯瑟琳,希望大家都觉得现在已经成为好朋友了,等等,等等。听着这些话,凯瑟琳心里乐滋滋的,并且作了答,把能用上的美好话语都用上了;同时,作为这友谊的第一个证明,她不一会儿便应邀挽住了大姐索普小姐的胳臂,跟她一起在温泉房散了一会儿步。凯瑟琳庆幸巴思的熟人又增加了几个,而且她在跟索普小姐聊天的时候,差不多已经把蒂尔尼先生忘掉了。毫无疑问,友谊是医治失恋痛苦的良药。

她们之间的交谈换了话题,这些话题一旦无拘无束地讨论起来,对于促进两个年轻女子之间蓦然产生的友谊,一般来说会有很大的作用:譬如服装呀,舞会呀,调情呀,取笑呀。不过,索普小姐毕竟比莫兰小姐大四岁，至少也比她多了四年的见识，因此，在讨论这些话题时，她有很明显的优势。说舞会，她可以拿巴思与顿桥[①]比较；说时装，可以与伦敦的比较；她可以纠正她新结识的朋友对于许多优雅服装的看法；任何一对男女虽然只不过是相对而笑，她却可以断定是在调情；在拥挤的人丛中她可以给你指出一个怪人。她这方面的能力使凯瑟琳相当佩服，因为这些本领对她来说完全是新鲜事。这些本领会使崇敬之心油然而生，如果不是索普小姐态度随和快活，又频频述说这一次能与她结识的喜悦，使她敬畏之感得以缓解，心中只有亲切的情意，那么，这种崇敬就会因过分强烈而使她不敢去接近。她们之间的感情愈来愈深，在温泉房里走上五六个来回是不能使她们满足的，而是要在大家都离开的时候，让索普小姐把莫兰小姐一直送到艾伦先生住所的门口；使大家都感到慰藉的是，她们知道晚上大家要在剧院里见面，明天早晨还要在同一座教堂里祈祷，到了这个时候，她们还要非常亲切地、依依不舍地握手告别。分手之后，凯瑟琳径直上了楼，站在起居室的窗前望着索普小姐走在大街上，羡慕她走路的优美，轻捷的姿势，羡慕她的身材和服装组成的时髦外形，心里感激机遇替她觅到了这样难得的一个朋友，而她这时的心怀感激，也是情理之中的。

索普太太是个寡妇，而且生活也并不富裕。她脾气温和，心眼儿也好，是一个非常溺爱孩子的母亲。她的大女儿容貌非常美丽，而那几个小女儿，都想要像大姐那样漂亮，模仿大姐的神态，穿同一式样的服装，倒也妆扮得很好看。

---

① 英格兰东南肯特郡一城市，有温泉。

写这段家庭简介的意图是要取代索普太太关于她自己过去的遭遇和困苦的冗长叙述,因为如果让她自己来叙述,就会占上三四个章节的篇幅;就要描述那些贵族和代理人的不中用,以及详详细细地重述过去了二十年的话。

第五章

虽然那一晚在剧院休息时，凯瑟琳大多时候都在回报索普小姐的点头和微笑，但她也不至于那样全神贯注，忘记了用搜索的目光，在包厢里寻找蒂尔尼先生，凡是她看得见的包厢，每一个她都看了；可是，她就是没有找着他。蒂尔尼先生既不爱去温泉房，也不喜欢看戏。她希望明天运气会好一点；她愿天公作美，结果果然如愿以偿，第二天早晨是个大晴天，这时候，她心中对此更没有一丝疑问；因为在巴思，每逢晴朗的星期日，座座房子都是全家外出，在这样一个时节，天下的人似乎都在外面闲逛，遇上熟人就说今天天气多好。

祈祷仪式一结束，索普一家与艾伦夫妇俩就急着找到一起来了；他们在温泉房里待得久了，发现人多得实在难熬，而且也见不到一张有教养的面孔，那是在这个时节每个星期日谁都知道的。见这情形，他们匆匆赶往新月大厦，想在那里呼吸上流社会氛围的新鲜空气。在新月大厦前，凯瑟琳和伊莎贝拉两人手挽着手，在毫无保留的交谈中，又一次尝到了友情的甜头；她们谈得很多，而且谈得津津有味；可是凯瑟琳又一次感到失望，没有再次见到她的舞伴。哪里都遇不到他；无论是早晨的休息室，还是晚上的舞厅，到处找他都一样没有结果；不管是在上厅还是下厅，也不管是穿礼服的舞会还是不穿礼服的舞会上，都见不到他的人影；在早晨步行的人、骑马的人以及赶马车的人那里也都没有找到他。温泉房的登记本上也没有查到他的名字，再找也不会有结果了。他一定已经离开巴思。可他从没说过他在这里会逗留这么短的日子！行为这样神秘不可思议，对于一个男主人公来说始终是极相称的，可是在凯瑟琳的想象中，这种不可思议却给他这个人及其举止增添了新的魅力，使她更急于要对他作更多的了解。从索普母女那里是打听不出什么的，因为她们与艾伦太太邂逅之前到巴思才两天。不过，这倒是她老跟她亲爱的朋友谈起的话题，她的朋友则竭力鼓励她，要她继续想起他；因此，他在她脑海中的印象便也没有淡薄下去。伊莎贝拉非常肯定地说，他一定是一个可爱的年轻人；她还同样肯定地说，他在跟她的亲爱的凯瑟琳一起时一定是很愉快的，因此，他很快就会回来。知道他是牧师，她更加喜欢他，“因为她必须承认自己非常偏爱这一职业”；她说这句话的时候，无意中舒了一口气，仿佛是一声叹息。凯瑟琳没有问她为什么会有这种温情，她没问也许是错了，但是无论是关于爱情的奥妙，还是关于友情的责任，她都还不够老练，因此她不知道什么时候不妨寻个开心，什么时候应该硬要人家说出心底的秘密。

艾伦太太现在很开心，对巴思很满意。她碰到了几个熟人，而且还非常的巧，这些熟人就是一个非常受人尊敬的老朋友的全家人；说她运气好，她今天的运气确实是好极了，因为她觉得她这些朋友的穿戴远远比不上她自己那样考究。这么一来，她每天挂在嘴上的那句话已不再是“我多希望我们在巴思有几个熟人!”这句话已改成了“我们遇到了索普太太我多高兴!”对于促进两个家庭之间的交往，她要照管的年轻姑娘和伊莎贝拉两人有多热心，她便有多热心；除非几乎整天跟索普太太待在一起，否则她就觉得这一天过得不舒心。她们两人在一起说是交谈,可是这样的交谈也说不上有意见的交换,往往连一个话题也没有,因为,索普太太谈的大都离不了她的女儿们,艾伦太太呢,总还是谈她的穿戴。

凯瑟琳和伊莎贝拉两人的友谊一开始便是热情的,而这友谊的发展又是迅速的。她们之间的友谊越来越亲密,两个人很快就通过了这友谊的每一个发展阶段,因此,没过多久就已经不需要再给她们的朋友,或者给她们自己拿出事实来证明这友谊的存在了。她们相互之间用教名称呼,走在外面总是手挽着手,舞会上帮助对方将裙裾别紧,跳夸德里尔舞时则两人绝不拆开;要是遇上下雨天,没法玩别的,她们不管雨水和道路泥泞,还是要相聚,两人关在房间里,一块儿读长篇小说。是的,是长篇小说;因为,我不会采取那种苛刻、不审慎的做法,虽然小说作者们对于这种做法已经习以为常,他们用鄙夷的口吻一味指责,以达到贬低创作成果的目的,尽管他们自己也在一本本地创作——与他们自己的最大的敌人一起,对这样的作品使用最刻薄的词语,又不允许他们自己作品中的女主人公阅读这些作品,即使阅读,女主人公也是偶然拿起一本长篇小说,也必定是以厌恶的目光将乏味的书翻上几页罢了。

唉!如果一部小说里的女主人公连另一部小说中的主人公的支持也得不到,那么她还希望得到谁的保护和关心呢?我不赞成这种做法。就让那些书评家闲着没事做,去诋毁这迸发想象力的作品吧,让他们去用如今充斥报章的陈词滥调对每一部新问世的长篇小说评头品足去吧。我们不可就这样散伙;我们是一群受害者。尽管我们的作品比起世上任何一个文人的作品来,包含了更加广泛和更加真挚的乐趣,但是没有哪一个种

在舞会上帮助对方将裙裾别紧

类的作品受到过这么多的攻击。或是出于傲慢，或是出于无知，或是出于时髦，我们的敌人与我们的读者一样的多。一方面，第九百位《英国历史》[①]的节选者，以及搜集弥尔顿[②]、蒲柏和普赖尔[③]的几十行诗，加上《旁观者》[④]上的一篇文章，和选自斯特恩[⑤]小说里的一个章节，然后编成一册出版的人，他们的才能有成千个人写文章捧场，另一方面，似乎几乎普遍有一个愿望，要诋毁小说家的能力，低估小说家的劳动，并且轻视其创作成果，而这些作品体现的仅仅是精神、才智与趣味罢了。"我不读小说；很少去翻阅小说；别以为我常常看小说；小说嘛，难得看一下就足够了。"这些就是常见的言不由衷之词。"你在读什么呢，小姐？""哦！就一本小说！"年轻的小姐一面答话，一面放下手中的书，装作没事儿似的，或者一时表现出不好意思的样子。"不过是《塞西丽亚》，或《卡米拉》[⑥]或《比琳达》[⑦]罢了；"或者简而言之，只不过是一部表现了思想的巨大力量的作品，一部用最贴切的语言，向世人传达对人性的最彻底的认识、并对人性的种种表现作最恰当的刻画，传达洋溢着最生动的才智与幽默的作品。相反，假如同一个年轻小姐是在阅读一卷《旁观者》，而不是在看一部这样的作品，她便会非常自豪地展示这本杂志，说出它的名称！尽管她肯定

---

① 疑指奥列佛·哥尔德斯密斯(1730—1774)所著《英国历史》。
② 弥尔顿(1608—1674)，英国诗人，著有长诗《失乐园》等。
③ 普赖尔(1664—1721)，英国诗人，著有幽默讽刺长诗《阿尔玛》和《所罗门》。
④ 《旁观者》出版于1711—1712，为英国文人艾迪生等人创办之刊物。
⑤ 斯特恩(1713—1768)，英国小说家，他的小说《项狄传》全无情节，被认为是意识流小说先驱。
⑥ 小说《塞西丽亚》(1782)和《卡米拉》(1796)是英国小说家芬妮·勃尼(1752—1840)所著。
⑦ 小说《比琳达》(1801)是爱尔兰女作家玛丽亚·艾奇沃斯(1767—1849)所著。

不可能被那本大部头刊物里的什么文章所吸引，但这刊物无论内容还是风格亦都不会使一个具有高尚情趣的年轻人感到厌恶：这个刊物上的文章常常是陈述荒谬的事情、别扭的人物以及活人不再关心的话题；而语言也常常粗糙得使人对容忍这种语言的那个年代不会有很好的看法。

第六章

下面这段对话发生在两个朋友认识八九天以后，是一天上午，在温泉房里。这可以作为一个实例，以示她们之间情感的热烈，思想的灵敏、谨慎和富有独创，以及表明她们这种情感的合乎情理的文学情趣。

她们是事先约定见面的；因为伊莎贝拉要比她的朋友早到将近五分钟，所以，她见到她朋友的第一句话自然便是“哎呀呀，是什么事让你这么晚才来呀？我已经等你大半天了！”

“真的吗！非常对不起；可我真以为我来得早了呢。结果还是晚了。但愿你来这儿不会太久吧？”

“哦！来了老半天了，我看足足有半个钟头。好了，我们还是到那一头去坐吧，静静地说说话。我有好多好多事要说给你听。第一件事是，早晨就在我要出门时，我真怕今天上午会下雨；天空看上去像要下阵雨的样子。真要是下阵雨我可要难受死了！你知道吗，我刚才在米尔索姆大街橱窗里看到一顶非常非常好看的帽子，跟你的这顶很像，只不过帽带是橙红的，不是绿的。我真想买下来。哎，亲爱的凯瑟琳，整个上午你在做什么呢？你在看《尤道尔弗之谜》[①]吗？”

“在看呢，早晨眼睛睁开就看；已经看到黑幕了。”

“是吗？太好了！哦！这黑幕背后藏着什么，那我是绝对不会说给你听的哟！你是不是很想知道呢？”

“唔！是的，很想知道；会藏了什么呢？不过别告诉我，我可不愿意让别人先告诉我。我知道了，背后必定是藏了一个骷髅，我可以肯定是罗兰蒂娜的骷髅。啊！看这本书我真开心！我真想花一辈子时间看这本书。我告诉你，要不是来见你，我是决不会把书放下，到外面来的。”

“哎呀呀，是吗？我真太感谢你了。等你看完《尤道尔弗之谜》，我们就一起看《意大利人》。我已经列出了十来本这样的书给你看。”

“真的呀！我太高兴了！是些什么书呢？”

“我马上把书名报给你听，就在我的笔记本里。《沃尔芬巴哈城堡》、《克拉蒙》、《神秘的预兆》、《黑森林的巫师》、《夜半钟声》、《莱茵河的孤儿》和《恐怖之谜》②。这些书够我们看一些时候了。”

“对，够我们看的了；这些书都是令人恐怖的吗？你能肯定都会叫人感到恐怖吗？”

“没错，完全可以肯定；我有一个朋友叫安德鲁斯小姐的，是个可爱的姑娘，是最最可爱的人当中的一个，这几本书她每本都看过。我真愿你认识安德鲁斯小姐，要是你认识她，一定会很高兴的。她自己在用钩针编织很漂亮很漂亮的斗篷。我觉得她美丽得像天使，我讨厌那些男人，都不

---

① 《尤道尔弗之谜》(1794)是以写哥特派小说闻名的英国女作家安·拉德克利夫夫人(1764—1823)最畅销的一部小说，全名叫《尤道尔弗之谜：一个浪漫故事，并有诗歌穿插其中》。下文《意大利人》(1797)也是拉德克利夫夫人所著，全名叫《意大利人：黑衣修士的忏悔》。

② 以上七本哥特派小说是十八世纪最后十年里出版的。作者分别为：帕森斯夫人、雷琪娜·玛丽亚·罗歇、帕森斯夫人、彼特·都特霍尔、弗兰西斯·雷森姆、埃丽娜·斯利斯和彼特·威尔。

赞美她！我把他们一个个都痛骂一顿。”

“痛骂！他们不赞美你就痛骂？”

“没错，我痛骂他们。只要是我的真正朋友，我什么事都愿为她们做。我从来没想过三心二意地对待人，那可不是我的性格。我的感情始终是非常强烈的。今年冬天在我们的一个聚会上，我跟亨特上尉说过，要是他整夜地惹人烦，我就不跟他跳舞；他要跟我跳那就非得承认安德鲁斯小姐美丽得像天使一样不可。男人们觉得我们不会有真正的友情，知道吗，我就是要让他们明白我们是与众不同的。毫无疑问，要是有谁小看了你，我定会一下子发火的：不过，也不会出现这种情形，因为你就是男人们最最喜欢的那种姑娘。”

“哦，亲爱的，”凯瑟琳脸上泛起一片红云，说，“你怎么能这样说呢？”

“我非常了解你；你很活泼，这正是安德鲁斯小姐所缺乏的，因为说老实话，她总有点死气沉沉的。哎，告诉你吧，昨天就在我们分手的时候，我就看到一个年轻小伙子一本正经地盯着你看，毫无疑问，他爱上你了。”凯瑟琳脸红了，并又一次否认。伊莎贝拉大声笑着，“是真的，不骗你，可我知道这是怎么回事；你对谁的赞美都很冷淡，你只关心一个人，而这个人的名字是不可以说出来的。而且，我也不可以责怪你，（语气比先前严肃地）你的感情很容易理解。我很明白，要是心中真有所爱，别的什么人的关注，是不会使你开心的。跟你心中亲爱者无关的一切，都是无聊的、乏味的！我是能深刻体会你的感情的。”

“可是你不该要我相信我老是想起蒂尔尼先生，因为也许我再也不会见到他了。”

“不会再见到他！我的好乖乖，别说这种话。我知道，要是你真这么想，你会很苦恼的。”

“不会，真的，我不会的。我不会装假，说自己对他不那么满意；可是，只要我有《尤道尔弗之谜》可看，我觉得没有谁会使我苦恼。哦！多么可怖的黑幕！亲爱的伊莎贝拉，我可以肯定，黑幕后面必定是罗兰蒂娜的骷髅。”

“我觉得很奇怪，你以前竟没看过《尤道尔弗之谜》；我看是莫兰太太反对看小说。”

“不是的，她不反对。她自己也常看《查尔斯·葛兰迪森爵士》①；不过，新出的书我们看不到。”

“《查尔斯·葛兰迪森爵士》！那是一本很恐怖的书，不是吗？我记得安德鲁斯小姐连第一卷都没法看完。”

“这本书一点也不像《尤道尔弗之谜》；不过我倒觉得这本书很有趣。”

“你真这么想！我感到很意外；我觉得这本书没有什么好看的。哎，亲爱的凯瑟琳，你今晚戴什么样的帽子，决定了没有？我一定要穿戴得跟你一模一样。男人们有时候对这个是很注意的，懂吗？”

“可是他们的注意也没有什么要紧哪！”凯瑟琳说，显得非常天真。

“要紧！哦，天哪！我是历来不去管他们说什么的。要是你不给他

① 《查尔斯·葛兰迪森爵士》(1753)是英国小说家理查逊(1689—1761)所著，是早期哥特派小说，他的作品对18世纪英国文学有很深的影响。

们一点厉害看看，让他们举止稳重一点，他们常常是会非常无礼的。”

“他们是这样的吗？哦，我从来没有注意到这个。他们对我总是很有礼貌的。”

“嗐！他们这种样子是装的。他们是最最自高自大的东西，自以为非常的了不起！顺便问一下，我想是想到过好多回了，但是我又老是忘了问你，你最喜欢男人是什么肤色？你最喜欢他们是黑还是白？”

“我说不上来。我从来没有去多想过。在两者之间吧，我想。褐色，不是白，也不很黑。”

“很好，凯瑟琳。那就是他。你说的蒂尔尼先生我还没有忘记；‘褐色皮肤，黑眼睛，略黑的头发。’哦，我喜欢的可不同。我喜欢淡淡的眼睛，至于肤色嘛，你知道吗，比较起来我更喜欢淡一些。要是碰上你哪一位熟人，跟我说的长相相符合，你可不能瞒我哟。”

“瞒你！你说的是什么意思？”

“哦，不要让我心烦了。我知道我说得太多了。我们不要再说了。”

凯瑟琳颇有点惊讶，但是她服从了；她沉默了几分钟之后，正要再提起她此时最感兴趣的话题，即罗兰蒂娜的骷髅，她的朋友却插进话来说：“哎哎哎！我们还是离开这一头吧。你知道吗，两个讨厌的男人盯着我看了老半天。真的叫人很不自在。我们去看看新来的人。他们不会跟我们到那边去的。”

她们起身走向放登记簿的地方；伊莎贝拉查看来客登记时，凯瑟琳的事就是留心那两个怪吓人的青年的举动。

“他们没朝这边来吧？我希望他们不会那样无礼，跟着我们走。他们要是过来你就告诉我。我是不会抬起头来的。”

过了一会儿，凯瑟琳真带着一脸的喜悦，告诉她说，用不着再犯愁了，因为那两个青年已离开了温泉房。

“他们是走哪一条路？”伊莎贝拉赶紧转过身来问道。“他们有一个长得很漂亮。”

“他们朝教堂庭院去了。”

“哦，我真高兴，总算把他们甩了。喂，怎么样，陪我到埃德加大楼走一趟，去看看我要的帽子，好吗？你说过你也想看看。”

凯瑟琳欣然答应。“不过，”她又补充了一句，“也许我们又会碰上那两个人的。”

“哦！别去管它了。要是我们走快一点，不一会儿就可以超过他们，我很想让你看看我要的帽子。”

“可是，只要等上一会儿，我们就绝不会见到他们了。”

“我跟你说，我是不会这么看得起他们的。我从来没有想过要这样地去尊重男人。那是害了他们。”

凯瑟琳说不出话来反对她这一套理论；因此，为了表现索普小姐的独立见解，以及她要煞一煞男人们傲气的决心，她们立即飞快地出发，去追那两个青年。

第七章

只半分钟，她们便穿过温泉房院子，来到联合路对面的拱门；可是，到了这里她们便走不通了。凡是熟悉巴思的人都会记得在此地穿过奇普大街的艰难；这确实是一条让人非常尴尬的街道，它非常倒霉地与去伦敦和牛津的大路相连接，并直通城中最主要的旅店，因此，一群群的女人们，不管她们要办的事有多重要，无论是去买点心，还是去选购头饰，甚至（如现在这个情况下）是去追赶年轻小伙子，没有一天不被马车、骑马的人或是大车挡住了去路，只得停留在街道的两旁。自从伊莎贝拉在巴思安顿下来到现在，这样的倒霉事，她每天至少要感受和怨恨三回；现在，她又注定要再感受和怨恨一回了，因为，就在她们走到联合路的对面，看到那两个年轻小伙子穿过人群、在那条人人关注的小巷跨过街沟的那一刻，一辆两轮轻便马车从高低不平的路面上驶了过来，驾车的是一个面孔非常聪明的人，他把马车赶得飞快，真会送了他自己和同伴以及那匹马的性命。

"啊，该死的马车！"伊莎贝拉抬起头来说着，"多叫人讨厌。"不过，这厌恶的情绪虽然是理所应当，但又立即消退了，只见她又抬起头来看，高声喊道，"真有趣！莫兰先生，还有我哥哥！"

"天哪！是詹姆斯！"在同一瞬间凯瑟琳叫道；年轻人看到了，立即勒住了缰绳，由于用力，马差一点坐倒在地上，这时候仆人也已赶到，年轻人跳下马车，把车和马都交给了他。

凯瑟琳一点也没有料到会有这一次的巧遇，因此，她兴高采烈地朝她的哥哥迎上去。他呢，由于脾气非常好，又真心地喜欢她，因此这时候也喜形于色，并可以从容不迫地表示他同样的喜悦，而索普小姐晶莹的双眼则在一旁频频地招引他的注意。他立即向她打了个招呼，心头是既喜又窘。如果凯瑟琳对于别人的感情的发展再内行一点，也不一味沉浸在自己的喜悦之中，这窘相怕是已经让她看出来了，她哥哥觉得她的朋友很美丽，跟她自己的想法是一致的。

当时正在吩咐怎样安置马匹的约翰·索普，不一会儿也过来了，于是她马上就从他那里得到了应有的弥补，因为当时只见他轻轻地、并不怎么在意地拍了一下伊莎贝拉的手，而对于她，他脚不离地往后伸直一条腿，微微向她欠了一下身。他个子不高，但是个很壮实的人，相貌平平，身材难看，他似乎怕自己模样太漂亮，除非是穿上马夫的衣服；也生怕自己太像一个绅士，除非该彬彬有礼的时候可以很随意，能允许他随和些的时候可以放肆。他取出怀表："莫兰小姐，你说我们从泰特伯里到这里跑了多少路？"

"我不知道有多远的路。"她哥哥告诉她说二十三英里。

"二十三！"索普大声说；"足足有二十五英里。"莫兰不同意他的说法，他有道路图、旅店老板和里程碑作为依据；可他的朋友对这些就是不买账；他测路程还有更加可靠的方法。"我知道必定是二十五英里，"他说，"根据我们花的时间来计算。现在是一点半；我们出了泰特伯里旅店大院，城里的钟正好敲响十一点，全英格兰有哪个男人敢说我的马套上之后每个小时跑不到十英里。照这样的速度现在正好是二十五英里。"

"你记错了一个小时，"莫兰说；"我们离开泰特伯里的时候只有十点钟。"

"十点钟！十一点钟，错不了！我是一下一下数的。莫兰小姐，你这个哥哥要把我搞糊涂。你仔细看看我的马，你见没见过哪一匹马有这么会跑的？"（仆人刚跳上马车，正准备把车赶走。）"这么好的纯种马！三个半钟头才跑上二十三英里！你看这匹马，那怎么可能呢。"

"没错，这马真是跑得热了。"

"热！我们到华尔科教堂的那一段路，它根本没事儿似的。你看看它的前身，看看它的脊背；只要看看它的动作就行了。这样的马一个小时还跑不到十英里。捆上它的腿也照样跑。莫兰小姐，我的马车怎么样？是不是顶呱呱的？非常挺括，是城里跑的马车。我买下还不到一个月。它是给基督堂学院[①]一个学生定做的。是我的一个朋友，一个很好的人。这辆马车他自已用了几个星期，直到，我相信，他觉得手头紧了，还是卖了方便一些时。那会儿我也正好想弄一辆这样的车，尽管我也定了主意要买一辆双马拉的双轮轻便车。说来也巧，上个学期，当时他正赶着马车到牛津，我在马格达仑桥上遇上他：'哦，索普，'他说，'你是不是正巧想买一辆这样的小玩意儿？这是一辆顶呱呱的马车，可我已经玩腻了。''哦！妈的，'我说，'行啊。开个价吧。'莫兰小姐，你猜他要价多少？"

"我肯定怎么也猜不中。"

"你看看这双轮轻便马车的装潢：坐垫、箱子、剑套、挡风板、灯、银踏

① 牛津大学的一个学院。

脚，一应俱全；这车架，跟新的一样，比新做的还好呢。他要价五十畿尼，我立即同意。把钱一掏，我就是车主了。”

“我知道，”凯瑟琳说，“这种事情我懂得太少，说不上五十畿尼是贵还是便宜。”

“不贵也不便宜。我知道还他一个价也行，不过我不喜欢讨价还价，而且可怜的弗里曼等钱用。”

“你心真好，”凯瑟琳说，很满意的样子。

“哦！妈的，要是有能力为朋友做一件好事，我就讨厌小家子气。”

接着开始询问小姐们打算到哪儿活动；得知她们要去的地方之后，两位先生决定陪她们到埃德加大楼，去向索普太太请安。詹姆斯和伊莎贝拉在前头带路，她心里在庆幸她的好运气，感到心满意足，她要争取让他开开心心地一起步行，因为他带来了双重的便利，他既是她哥哥的朋友，又是她朋友的哥哥，她的感情非常的纯洁，毫无卖俏的意思。在这样的情况下，尽管他们到了弥尔逊街就把那两个冒犯过她们的年轻人赶上了，并从他们身边走过，但是由于她根本就不想引起他们的注意，因此，她回过头来看他们也只不过三次罢了。

约翰·索普自然是和凯瑟琳一块儿走，并且在沉默了几分钟之后，接着重新谈起了他的这辆轻便马车，“不过呢，莫兰小姐，你会发现，有些人会说这是买得便宜了，因为如果想卖是可以在第二天多卖十个畿尼的；奥里尔[1]的杰克逊马上向我出价六十呢。当时莫兰跟我在一块儿。”

---

① 牛津大学的一个学院。

“是的，”莫兰听见后说，“可你忘了，马也算在里面的。”

“我的马！哦，妈的，我的马出一百也不卖。莫兰小姐，你喜欢敞篷马车吗？”

“喜欢，很喜欢；我还从来没有机会坐过敞篷马车呢，可就是特别地喜欢。”

“这样我就高兴；我每天让你坐我的车去兜风。”

“谢谢了，”凯瑟琳说，因为怀疑接受人家这样的建议是否妥当而犯愁。

“明天我载你到兰斯顿山去。”

“谢谢；可你的马不要休息吗？”

“休息！今天才不过跑了二十三英里呢；尽胡说；马最最伤身体的就是让它休息；让它休息垮得最快。不会的，不会的；我在这里，就要让我的马每天平均跑动四个小时。”

“真的！”凯瑟琳非常认真地说，“那就是一天四十英里啦。”

“四十英里，嗐，五十英里，我才不管呢。好啦，我明天载你上兰斯顿山；记住了，就这么定了。”

“那有多开心啊！”伊莎贝拉转过身来说；“我最亲爱的凯瑟琳，真叫我眼红；不过，哥哥，恐怕你没有位置给第三个人了。”

“第三个人；不行，不行；我到巴思可不是来带姐妹们兜风的；那样是大笑话了，一点不假！你让莫兰来照顾。”

于是，另一对人说了一阵客气话；可凯瑟琳既没有听到详细内容，也不知道他们交谈的结果。她那好朋友的谈话原先都是非常活泼的调子，现在听见的不过是对每一个他们所见到的女人简短明确的赞美或谴责，而凯瑟琳，则显得非常地有礼貌，并表现出年轻女性心中的尊敬，一直在静心倾听和表示赞同，此刻，她生怕冒失地摆出自己的观点，与一个非常自信的男人的意见相左，尤其是涉及女性美的问题，最后，她终于提出了一个问题来转换话题，这个问题早就藏在心里；那就是："你有没有看过《尤道尔弗之谜》，索普先生？"

"《尤道尔弗之谜》！哦，我的天！我才不看呢；我从来不看小说；我有别的事要做。"

感到羞辱的凯瑟琳打算为自己提了这个问题而道歉，但是他抢在她前面又开口说，"小说都是些胡说八道的东西；《汤姆·琼斯》[1]之后就没有出过一本比较像样的书，只有《僧人》[2]是个例外，不久前我刚看过。至于别的嘛，都是些最愚蠢的作品。"

"要是你真拿来看的话，我觉得你一定会喜欢《尤道尔弗之谜》的；这本书非常有意思。"

"我才不呢，一点不假！不看，我真要看小说的话，那就得看拉德克利夫夫人写的；她的小说才有趣呢；她的小说值得看，那些书很有趣，很逼真。"

"《尤道尔弗之谜》就是拉德克利夫夫人写的，"凯瑟琳犹豫了一会儿

---

① 《汤姆·琼斯》(1749)是英国现实主义小说奠基人之一亨利·菲尔丁(1707—1754)所著。

② 《僧人》(1796)是一本畅销哥特派小说，英国小说家刘易斯(1775—1818)的成名作，并因此被称作"僧人刘易斯"。

说道，生怕羞辱了他。

“肯定不是，是她写的吗？哦，我想起来了，是她写的；我当成另外一本乏味的书了，人们老说起的那个女人写的，她跟一个法国移民结了婚。”

“我想你是说《卡米拉》吧？”

“对了，是那本书；这么不合常情！——一个老头儿玩跷跷板！我曾经拿到第一卷，翻了一翻，可没多一会儿就觉得这本书不行；实际上我还没看到这本书就猜到它必定是什么玩意儿了；一听说她跟一个法国移民结婚，我就知道绝不可能把书从头看到底的。”

“这本书我还没看过。”

“我跟你说，你没看过也不会少了什么；都是些最最无聊的东西；除了一个老头儿玩跷跷板和学拉丁文，就什么内容也没有；的确什么内容也没有。”

这一通批评的公正性，可惜那头脑单纯的凯瑟琳并没有领会，不过，在说了这一通话之后，他们已经到了索普太太住所的门口。索普太太早在楼上望见了他们，这时他们在过道上碰了面；对《卡米拉》富有洞察力和毫无偏见的读者感情，这会儿让位给尽心尽责和怀着爱心的儿子的感情。“哦，妈妈！您好！”他说，一边与她亲切地握手：“你哪儿弄来的这顶怪帽子？戴着像个老巫婆。我和莫兰来跟你住上几天，你得在附近去找两张舒舒服服的床。”这说话的态度似乎使做母亲的心中所有热切的愿望得到了满足，因为她朝他迎上去时是满心的欢喜，无限的疼爱。接着他向两个小妹分别表示了做哥哥的亲切情感，他向她们一一地问候，还说她们两个都长得很丑。

这样的态度没有使凯瑟琳觉得愉快；可是他是詹姆斯的朋友、伊莎贝拉的哥哥；而且，她们到房里去细看新买的帽子时，伊莎贝拉告诉她说，约翰觉得她是最最美丽的姑娘，在分手的时候，约翰又约她当晚陪他跳舞，这么一来，凯瑟琳更是没有了主见。假如她年龄再大一点，或再自信一点，这样的进攻是不会有多大效果的；可是，如果年轻又加上羞怯，要抵御被称为最最可爱的姑娘和这么早就被约为舞伴的诱惑，那就需要有非同寻常的坚定的理智。于是，在莫兰兄妹俩与索普一家人坐了一个小时后，又准备一起到艾伦夫妇住所去的时候，詹姆斯在索普家门口问道，“哎，凯瑟琳，你觉得我的朋友索普怎么样?”听了这话，假如这事不涉及到友情，先前也没有听过什么讨好的话，她可能会说，“我一点儿也不喜欢他，”可是当时她并没有说那样的话，而是立即回答说，“我很喜欢他，他好像很讨人喜欢。”

“他的确是一个和善的人，话很多；可也正是这一点，我想才讨女人的喜欢。那么，他家里其他的人你喜欢吗?”

“确实非常、非常喜欢；特别是伊莎贝拉。”

“我很高兴你这么说；她正是我愿你去亲近的年轻女子。她很有见识，绝对不做作，非常和气，我一直都希望你跟她认识，而她似乎也非常喜欢你。她尽力找最感动人的话来赞扬你；像索普小姐这样一位姑娘的赞扬，甚至你，凯瑟琳，”他深情地拉住她的手，“也会觉得自豪的。”

“我是真的喜欢，”她回答说；“我很爱她，我很高兴你也喜欢她。你去那里作客之后给我的信里一点也没有提起她。”

"因为我想过不了多久自己就要见到你。我希望你们在巴思的日子里会常常在一起。她是一个很和善的姑娘;那么聪明!全家人都很喜欢她;看得出来是人见人爱;在这样的一个地方,一定是非常受人称赞的——对吗?"

"是的,确实非常受人称赞,我想;艾伦先生觉得她是巴思最美丽的姑娘。"

"我觉得他一定是真这么想的;艾伦先生是评判美的行家,没人比得上。亲爱的凯瑟琳,你在这里是不是觉得快活,我也用不着问你了。有伊莎贝拉·索普这样一个同伴和朋友,你是不可能不快活的;我相信,艾伦夫妇对你一定很好吧?"

"是的,对我很好;我过去从来没这么快活过;现在你也来了,那就更加叫人高兴。你太好了,这么远特地赶来看我。"

詹姆斯听了这表示感激的话语自然高兴,同时为了让自己觉得受之无愧,他十分真诚地说,"真的,凯瑟琳,我非常地爱你。"

这时候兄妹两人间进行的谈话是询问和提供弟妹们的消息,一会儿问到这几个的情况,一会儿又说到另外几个的成长,还谈到家里的其他事情。谈话中只有一回詹姆斯扯到索普小姐,称赞了几句。就这样,他们一边谈话,一边走着,不觉来到了普尔特尼大街。在这里他们受到了艾伦夫妇非常亲切的欢迎。艾伦先生请他们一起吃饭,艾伦太太则叫他们看她新买的手笼和披肩,要他们猜一猜她花了多少钱,还要他们说一说好不好看。由于詹姆斯在埃德加大楼预先有约,使他无法接受艾伦先生的邀请,于是一旦满足了艾伦太太的要求之后,便匆匆离开了。两个晚会合在一起，都在八边形大厅[1]举行，时间也都作了正确无误的调整。这时候，凯瑟琳一页一页翻着《尤道尔弗之谜》，陶醉在兴奋、焦躁和可怖的想象之中，忘却了一切尘世的穿衣和吃饭之事，对于艾伦太太担心盼望已久的裁缝会误了时间，她也没法去安慰，连自己今晚已经被约请的喜悦，也只能抽出一忽儿工夫去想一想。

① 上厅里的一间大厅，常作聚会之用。

第八章

然而，尽管《尤道尔弗之谜》和裁缝造成了影响，但是普尔特尼大街那一班人，还是很及时地到了上厅。索普一家及詹姆斯·莫兰只不过比他们早到两分钟罢了；伊莎贝拉照通常的礼节，急匆匆地来迎接她的朋友，面带甜蜜的笑和亲切的情谊称赞她礼服的式样，又羡慕她的鬈发。这样客气了一通之后，她们手挽着手，跟着她们的年长女伴走进舞厅，想到什么就悄悄地交谈几句，还借按按手、亲切地笑笑表达许多的意思。

她们坐下来没多久舞会就开始了。詹姆斯跟他妹妹一样，跟人约跳舞已经好长时候了，他硬缠着伊莎贝拉站起身来。可是，约翰到玩牌室跟一个朋友去聊天了，因此她说，她亲爱的凯瑟琳不加入，那就别想来劝动她。“我跟你说，”她说，“要是你亲爱的妹妹不参加，我绝不会站起来。我要是站起来，那我们两个肯定整个晚上都分开了。”凯瑟琳感激这样的好意，于是他们又坐了几分钟。这时候，伊莎贝拉与坐在她另一侧的詹姆斯说了一会儿话后，转身对他妹妹悄声说，“亲爱的，我恐怕得离开你了，你哥哥急得要命，要现在就跳舞。我知道我离开，你是不介意的，约翰过一会儿肯定会回来，你也会很容易找到我。”凯瑟琳虽然有点儿扫兴，但是她性格温柔，并没有说反对的话。这时别的人都站起身来，伊莎贝拉只是按了按她朋友的手，“回头见，我亲爱的，”说完就急急忙忙地走开了。

索普小姐的小妹也起身去跳舞，凯瑟琳只好与索普太太和艾伦太太做伴，冷清清坐在她们两人之间。此时她不禁为不见索普先生的身影而烦恼，因为她不但很想跳舞，而且心中也明白，鉴于她所处地位的真正尊严不可能为人所知，因此她跟其他几十位年轻小姐一样倒霉，还呆坐在那里，仍旧因没有舞伴而感到丢脸。她在众人面前遭了羞辱，脸上是一副感到不光彩的表情，但她心里是一片纯洁，行为也天真无邪，而且她降低了身份的真正起因又在于另外一个人的不负责任，这是女主人公生平故事所特有的遭遇之一，而在这种遭遇之下表现出来的刚毅，正是尤其能体现其性格尊严之处。凯瑟琳也有刚毅的意志；她忍受着屈辱，但嘴上没有吐露半句怨言。

过了十分钟之后，她从这屈辱的心态中解脱出来，而且感到格外喜出望外，并不是因为她看到了索普先生，而是看到了蒂尔尼先生，就离她们坐的地方三码远。他似乎在朝这边走过来，但他没有看到她，因此，他的突然出现使凯瑟琳脸上露出的笑容与红晕又消失了，但这不至于损害她那女主人公的尊严。他还是那样的漂亮，充满了生气。他兴致勃勃地在跟一个衣着入时、容貌妩媚的年轻女人说着话。她倚在他的胳臂上，凯瑟琳立即猜想是他的妹妹。于是，她不假思索地排除了一个很有可能出现的想法，即认为他已经结婚因而永远失去了他。但是，由于她只是以简单的和大概的事情为依据，因此，从来没有去想过蒂尔尼先生可能已结婚。他的行为，他的言谈，不像她所习惯的已婚男子那个样子；他也从来没有说起过有妻子，只说有一个妹妹。因此根据这些情况她立即得出一个结论，他身边的女子是他的妹妹。所以，她并没有变得脸色惨白，昏倒在艾伦太太的怀里；她神志清醒，好好儿地坐着，只不过两颊比平常略微红了一点。

蒂尔尼先生和他的同伴正朝这边走过来，虽然走得很慢；这时有一位太太领头走到了他俩前面，那是索普太太的熟人；这位太太停下脚步来跟索普太太说话，他们因为是跟她一起的，所以也停了下来，而蒂尔尼先生已经看到了凯瑟琳，她立即见他微笑着向自己招呼。她也高兴地报以微笑，然后他又走近她，跟她和艾伦太太说话，艾伦太太也很客气地跟他说话。“我很高兴又见到你，先生，真的；我还怕你已经离开巴思了呢。”他感谢她为他操心，并且说，他离开了一个星期，是他有幸见到她的那个早晨走的。

“哦，先生，我可以肯定，又回到巴思来，你不会觉得后悔的，因为这里就是年轻人来的地方嘛；当然也是人人都该来的地方。艾伦先生说，这里已经住厌了，我对他说，他真不该发牢骚，因为这里是很快活的地方，在这个阴沉沉的时节，到这里来比呆在家里开心得多了。我跟他说，送他到这里来疗养是他的运气。”

“太太，我相信艾伦先生发觉来这个地方有好处后，一定会喜欢上它的。”

“谢谢，先生。他肯定会的。我们的一个邻居斯金纳大夫去年冬天在这儿疗养，走的时候就挺结实的。”

“这一情况一定是个很大的鼓励。”

“对，先生；斯金纳大夫一家子在这儿住了三个月；所以我跟艾伦先生说他不应该急着离开。”

说到这里，他们的谈话被打断了，索普太太请艾伦太太稍微挪一挪，给休斯太太和蒂尔尼小姐留出座位，因为她们同意一起坐坐。位置腾出来了，而蒂尔尼先生仍旧在她们面前站着；他想了一会儿之后，开口请凯瑟琳跟他跳舞。他的好意听来虽则让人高兴，但是对这位小姐来说却是非常丢面子的；她一边谢绝邀请，一边表示出非常懊恼的神情，仿佛她真的感觉到一样，要是一会儿之后找到她的索普早来一步，见了她这情景，必定会觉得她心里非常痛苦。他一到就说让她等久了，于是就连他从容不迫的说话样子，也丝毫没有使她改变态度，觉得就这么算了；他们就站在那里，他则管自己一五一十地介绍刚才跟他一起聊天的朋友家的马和狗，还说打算跟他交换小猎狗，然而这些话并没有使她觉得有趣，她还是频频地回头朝她与蒂尔尼先生相遇的那一头顾盼。她也在找伊莎贝拉，因为她很想把那位先生指给她看，可是就是不见她的身影。她们并不在同一个队列。她跟自己的人全部分开了，离开了自己所有的熟人；屈辱的事一件接一件，而从这一件件事情中她引出了一个用得着的教训，即，一个女子根据预先的约定去参加舞会，并不一定能抬高她的身价，或增添她的兴致。正当她想着这一番道理的时候，有人在她肩胛上碰了一下，使她突然惊醒了过来，她转过头去，只见休斯太太就在她身后，还有蒂尔尼小姐和一位先生。“莫兰小姐，对不起，”她说，“不好意思，我们怎么也找不到索普小姐，索普太太说，让这位小姐跟你在一块儿，你准保肯答应的。”休斯太太在这个大厅里再也找不到第二个人，会比凯瑟琳更加乐意为她尽力。两位小姐相互作了介绍。蒂尔尼小姐对这样的好心表示了很恰当的谢意，莫兰小姐则表现出心地宽厚的真正体谅，说这样的帮助不过是区

“莫兰小姐，对不起。”

区小事。休斯太太把她带着的年轻小姐这样妥当地安顿之后,放心地回到她自己的同伴那里。

蒂尔尼小姐有美丽的身段、漂亮的脸蛋、非常讨人喜欢的表情;她的神情中虽然没有索普小姐那种明明白白的优越感与对时髦的刻意追求,但是更显出真正的文雅。她的举止态度体现出她的见识与教养;既不是羞怯,也不是做作的直率;她似乎能够做到虽然年轻美貌、又进出舞厅,但决不想去吸引周围男人的注意,对于身边发生的无关大局的琐事既不表现出欣喜若狂,也没有不可思议的烦恼等等浮夸的感情。由于她的外貌以及她与蒂尔尼先生的血缘关系,凯瑟琳立即对她感到了兴趣,很想与她进一步熟悉;因此,凡能想到的话题,并且有勇气、有空儿,她即刻便谈起来。但由于常常缺少一个或多个必要的条件,因此非常迅速地发展亲密关系的打算还是受到了妨碍,这就使她们只能表示刚认识时的礼貌,告诉对方自己是怎样地喜欢巴思,自己如何地欣赏巴思的建筑以及周围的乡野;谈谈自己是否画画、弹琴、唱歌,是不是喜欢骑马等。

两轮舞刚结束,凯瑟琳就被她忠诚的伊莎贝拉轻轻地抓住了胳膊,她兴致勃勃地嚷道:"我总算找到你了,亲爱的,我找了你一个钟头了。你知道我在那一个队列,你怎么会跑到这个队列来的呢?没有你我难受死了。"

"亲爱的伊莎贝拉,我怎么能找到你呢?连你在哪里我也不知道。"

"我一直是这么跟你哥哥说的,可他就是不信。我跟他说,去找找她吧,莫兰先生,可是没用,他一步也不肯动。莫兰先生,是不是这么回事?

你们男人都太懒了！亲爱的凯瑟琳，我骂他骂得那么凶，你要是听了真会吓呆的。你知道对这样的人我是从不客气的。”

“那个头上挂满白色小珠子的小姐，你看见了没有？”凯瑟琳把她的朋友从詹姆斯身边拉走，悄声说道，“那就是蒂尔尼先生的妹妹。”

“哦！哎呀呀！真是她呀！我来仔细瞧瞧。多可爱的姑娘！我从来没有见过这么漂亮的人！可是她那位无往不胜的哥哥在哪里呢？他在这厅里吗？要是在这里，你马上指给我看。我很想见到他。莫兰先生，别听了。我们没在说你。”

“可是你们悄悄地说些什么呢？有什么事？”

“听见吗，我说吧。你们男人老这么好奇！在谈女人想知道的事，真的！没别的。就死了心吧，一点都不能让你知道的事。”

“你以为这样说就会叫我罢休吗？”

“真是的，我从没见过你这样的人。我们说什么，关你什么事呢？也许我们在说你，因此呀，我劝你还是不要听的好，要不然或许一句不顺耳的话正好让你听见了。”

这没什么意义的闲聊持续了一阵子，她们原先谈的事似乎忘得一干二净；虽然把这个话题暂时放一放凯瑟琳觉得很高兴，但是伊莎贝拉是否把急于想见到蒂尔尼先生的愿望全都扔在了脑后，她不免还有一丝疑惑。乐队奏起新的一轮舞曲的时候，詹姆斯本来已经拉着美丽的舞伴起舞了，可是她说什么也不肯。“莫兰先生，我跟你说，”她嚷道，“这种事我怎么也不会做的。你怎么这么烦人；亲爱的凯瑟琳，你想想你哥哥要我做的事。我已经跟他说了，这么做很不妥当，根本就是违反规则的事，但是他还是要我再跟他跳舞。要是不换换舞伴，那我们就要成为这儿的谈笑资料了。”

“我跟你说，”詹姆斯说，“在这样的公开舞会上，那是常有的事。”

“瞎说，怎么说这种话？不过你们男人哪，要人家信自己话的时候，老爱强词夺理。亲爱的凯瑟琳，快来帮帮我；劝劝你哥哥，说那是不可能的。跟他说，看见我这么做，你会吃惊的，跟他说，好吗？”

“吃惊，那是绝不会的；不过，你要是觉得不好，你们还是换换舞伴吧。”

“喂，”伊莎贝拉嚷道，“你听见你妹妹说的了，可你是不会留意她说了什么的。行了，你要记住，要是我们把巴思所有的老太太都弄得嚷嚷起来，那可不是我的错哟。亲爱的凯瑟琳，来吧，求你了，帮帮我。”她们走了，回到了她们原先的地方。约翰·索普在这个时候已经离开了；而凯瑟琳因为非常愿意给蒂尔尼先生一次机会，让他再次提出让她惊喜过一回的愉快请求，所以朝艾伦太太和索普太太那边赶去，抱着能看到他仍旧和她们在一块儿的希望——待到她发现未能如愿以偿的时候，她觉得是很不合情理的希望。“哦，亲爱的，”索普太太说道，急着要人家把她儿子夸上几句，“我希望你有一个很好的舞伴。”

“很好，太太。”

“那我就高兴了。约翰脾气可好啦，对不？”

“亲爱的，你遇见蒂尔尼先生了吗？”艾伦太太说。

“没有，他在哪里？”

“他刚才还跟我们在一块儿，说老这么坐着太没劲，他要去跳舞；所以我想要是碰上你也许会请你的。”

“他会在哪里呢?”凯瑟琳一边环顾四周一边说;她没过多久就见他领着一位小姐去跳舞了。

“啊!他已经有舞伴了,真愿他请了你,”艾伦太太说;沉默了一会儿她又补了一句,“他是一个很讨人喜欢的小伙子。”

“说得是,艾伦太太,”索普太太说,并露出得意的笑;“我虽是他妈妈,可还要说,再也找不到一个更加讨人喜欢的小伙子了。”

这句牛头不对马嘴的答话,说不定让许多人觉得莫名其妙;可是并没有把艾伦太太弄糊涂,因为她只把眉头一皱便悄声对凯瑟琳说,“我看她以为我在说她的儿子。”

凯瑟琳感到失望和心烦。就在眼前的目标,她似乎差了那么一点儿就失去了;因为心里有这个想法,所以,在约翰·索普不一会儿朝她走来对她说“哎,莫兰小姐,我觉得我与你应该起身再来跳它一个”时,她并没有给人一个客气的回答。

“哦,不跳;我感谢你,我们两轮舞跳完了;再说,我也累了,不想再跳舞。”

“你不想跳了?那咱们去走走,找好笑的人去。来,跟我走,我给你找这屋子里四个最最好笑的人;那是我的两个小妹,还有她们的舞伴。这半个钟头我一直在笑话他们。”

凯瑟琳又找了个理由推辞;终于他走开了,管自己去取笑他自己的妹妹。她觉得那一晚后来的时间非常无聊;蒂尔尼先生在吃茶点的时候从他们当中被拉走,加入了他舞伴的那一群朋友中;蒂尔尼小姐虽然是跟他们在一起，但是她并没有坐在她身边，而詹姆斯和伊莎贝拉两人只顾着说话，所以伊莎贝拉除了笑笑、按按手和说声“亲爱的凯瑟琳”之外，也就没空儿向她的朋友再表示什么了。

第九章

这一天晚上发生的事情使凯瑟琳心中很不快，经过情形大致如下，起先她还在厅里的时候，见了周围每一个人都觉得不顺眼，这样她很快就感到非常无聊，并渴望着回家去。待她回到普尔特尼大街，那不快则表现为饥肠辘辘，而肚子饱了以后，她的不快又变成真的想躺下来睡觉。这是她心中不快的极点；因为一躺下来她就呼呼地睡着了，一睡便是九个钟头，这一觉醒来，却又恢复了精神振奋，有了新的希望，新的打算。第一个心愿即要加深她与蒂尔尼小姐之间的交往，而为了达到这一目的，中午去温泉房找她，几乎成了她的第一个决定。在温泉房里，才到巴思的人是一定要见一见的，而她也已经发觉，那座建筑非常有利于发现女人的美德和实现女人的亲近，非常适合秘密交谈和倾诉心里话，因此，她兴奋起来，盼望这房子里还会出现又一位朋友，那也是情理之中的。这天早上的计划就这样安排停当。吃了早饭之后她就安安静静地坐下来看她的书，并决意呆在同一个地方，做同一件事，一直到一点钟敲响。艾伦太太说话的声音和叫喊她已经习惯，一点也不会打扰她看书。艾伦太太头脑空空的，又如此不善于思考，所以她从来没有什么高论，也从来没有安静的时候。因此，她做活的时候，如果掉了针，或断了线；如果她听见街上有马车声响，或看见衣裙上有污渍，她不管别人是否有闲工夫答话，一定要大声说出来的。大约十二点半的时候，她听见一阵响亮的嘭嘭声就赶紧走到窗口，还没有等她来得及告诉凯瑟琳说门口停了两辆马车，第一辆只坐着一个仆人，她哥哥带着索普小姐在另一辆，约翰·索普已经跑着上楼来，口中一边叫着，“哎，莫兰小姐，我来了。你等了很久吗？我们没法早来，那个赶马车的老家伙，费了老半天才弄到一辆能将就着坐的车，现在十有八九不等我们离开这条街，车子就会坏。您好，艾伦太太，昨夜的舞会棒极了，对吗？喂，莫兰小姐，快点，别人都急急忙忙的，要走了。他们都想快走。”

“你在说什么呀?”凯瑟琳说，“他们都要到哪里去?”

“哪里去？唉，你忘了我们的约会了！你不是同意今天早晨出去兜风吗？什么脑袋呀！我们要到克雷弗顿丘陵去。”

“我记起来了，是说过什么，”凯瑟琳说，并且一边看着艾伦太太，想听听她的意见；“不过我真的没在等你来。”

“没在等我！说得好！要是我不来找你，那人家就会乱说你了。”

在此同时，凯瑟琳暗中求助她的朋友，可是这种求助是白费心思，因为艾伦太太从来没有借使个眼色来传达意思的习惯，也就不觉得旁人会借使眼色传达意思。至于凯瑟琳，她想，再会一会蒂尔尼小姐的事可以稍推迟一下，先去兜一兜风，再者，与索普先生一起外出也没有什么不妥，因为伊莎贝拉也跟詹姆斯一起去，鉴于这一情况，她于是就把话说得更加明白了。“哦，太太，您看这事怎么办？我离开一两个钟头可以吗？我要不要去?”

“要去就去吧，亲爱的，”艾伦太太回答说，平平静静，一点也不在乎的口气。凯瑟琳听取了劝告，赶紧去换衣服。转眼间她就出来了，在索普听艾伦太太夸了一下他的马车，她听她的朋友说了告别时的良好祝愿之后，还没来得及让他们两个人说上一句半句赞赏她漂亮的话，他们两个人便匆匆地下楼去了。“亲爱的，”伊莎贝拉大声说，凯瑟琳没有跨进车厢前，友情责任感就在召唤她了，“你起码穿衣打扮了三个钟头了。我还担心你是病了呢。我们昨天晚上的舞会多开心！我有许许多多的事要对你说呢；快点上来吧，我想立即就出发。”

凯瑟琳听从了她的命令立刻转身上车，但是并没有迅速得连她的朋友对詹姆斯的大声说话也没有听见：“她是个多可爱的姑娘啊！我很喜欢她。”

“莫兰小姐，你不会吓着的，”索普扶她上车时这样说，“要是我的马刚起步时两腿不大稳的话。很可能它会冲几下，也许还会站住一会儿；它不久就会认识它的主人。它性子很烈，虽然淘气，但是不会伤人。”

凯瑟琳并不觉得这样的描述非常动听，但是现在要打退堂鼓为时已晚，而且她年轻轻的，不会承认自己会被吓倒；于是，她只得听天由命，相信了所谓这匹牲口会对主人了解的说法，平平静静地坐下来，也看着索普在她身旁坐下。一切安排停当，那个站在马的脑袋一侧的仆人，接受了一个用很了不起的口气下的命令，“出发！”于是他们便出发了，那样地从容不迫，既没有向前蹿，也没有跃起来，一点都没有。凯瑟琳很庆幸马车没有出什么差错，心中非常高兴，她既吃惊，又感激，于是说出了心中感到的喜悦。她的同伴立即把这件事解说得十分轻巧，告诉她，这完全是由于他拉住缰绳的方式特别地英明，还有他的马鞭甩得特别有眼光、特别地灵巧。凯瑟琳心想，他既然有这么高超的驾驭马的本领，为什么还要讲述马

他们便出发了，那样地从容不迫，既没有向前蹿，也没有跃起来

的诡计多端来吓唬她，尽管她心中难免嘀咕，但是还是打心眼里觉得庆幸，遇上这么出色的一个赶马车的人。望着那匹牲口继续用同样从容不迫的步子跑着，却看不出它有丝毫想让人觉得不舒服地活跃起来的样子，而且(考虑到最终的速度是一小时十英里)步伐一点不是吓人似的快，在这明媚和煦的二月天里，她于是尽情地陶醉于这最让人心旷神怡的空气和运动中，心里感到非常地安全。他们起初简短地交谈了几句，接着便是一阵沉默；但这几分钟的沉默被索普很突然的发问打破了，“艾伦老头像犹太人那样富有，对不对?”凯瑟琳不明白他说的话的意思，于是他又重复了一遍，并且补充说明道，“艾伦老头，跟你一起的那个人。”

“哦！你是说艾伦先生。我看是的，他很富有。”

“没子女吗?”

“没，没有。”

“这对他的第二继承人是件好事。他是你的教父，对吗?”

“我的教父！不是的。”

“可是你常常跟他们在一块儿。”

“是常常在一块儿。”

“是了，我就是这个意思。他好像是个挺不错的老头，我觉得，他年轻的时候日子过得很好；他是不会无缘无故得痛风病的。他现在一天喝一瓶酒吗?”

“一天一瓶！不对。你为什么会想起这样的事?他是一个很节制的人，你不会觉得他昨晚喝醉了吧?”

“天哪！你们女人老关心男人喝醉酒。嗨，你总不会觉得男人喝一瓶酒就糊里糊涂吧？这事我清楚，要是大家每天都喝一瓶，这世界像现在这样的毛病，一半也不会有。那对我们大伙儿都是件好事。”

“我不信。”

“哦，天哪，那样可以挽救成千上万的人。在这个国家，该喝的葡萄酒百分之一都没有喝掉。我们国家的多雾气候要有东西来帮忙。”

“可是我听说，在牛津大学里喝掉了很多酒。”

“牛津！我告诉你，现在的牛津没人喝酒。那里谁也不喝酒。能喝四杯以上的人，你几乎是碰不到的。比如说吧，上一回在我公寓里开了一个派对，我们喝的酒，平均分摊，一人喝了五品脱，大家觉得这可是一桩了不起的事。都说这是一件非同寻常的事。我的酒可是好酒啊。在牛津，这样的酒可不是常弄得到的，道理也许就在这里。但是，那里一般要喝多少酒，这件事可以让你了解一个大概。”

“是的，确实了解到了，”凯瑟琳由衷地说，“就是说，你们比我想象的要喝得多得多了。不过，我知道，詹姆斯不会喝这么多。”

这句话引来了他响亮的回答，虽然没有一句话听得分明，只听到他不住地说着激动的话语，几乎是在咒骂，然而，在这激动的话语之间听得出他的意思，在牛津大学葡萄酒确实是喝得很多的，同时，的确很庆幸，她哥哥喝酒是喝得比较少的。

索普的思路此后全都回到了关于他自己的马车的优点上，她也因此要赞扬他的马跑动时热情奔放，并且说马的步伐加上马车弹簧的性能很好，使马车的行驶潇洒自如。她尽量紧紧跟着他的思路不停地称赞。要抢在他之前，或者是要超越他，那是不可能的。他在这方面的学识和她的一无所知，他语言表达的迅速，以及她本人言语的小心谨慎，都使她不可能有那样的能力。她不可能说出一句新颖的话语来夸上一番，但是每当他要夸上一番，她立即随声附和，终于他们有了一个一致看法，他的马车在装备上总的来说是全国最好的，车厢是最好的，马是跑得最快的，而他本人则是最好的驾车人。“索普先生，你是不是真的觉得，”过了一会儿之后凯瑟琳试图把这个话题看作是已有了定论，想稍微换一换说话的内容，这样说道，“詹姆斯的车子会坏呢？”

“车子会坏！啊！天哪！你在生活中有没有碰上过这种有点靠不住的事？车上没有一根铁是牢靠的。至少在这十年里车轮已经磨损得相当厉害了，至于车身嘛！说真的，你手指头一碰它就会散架。我从没见过这样糟糕的破车！感谢上帝！我们有一辆好车。白送我五万英镑叫我赶它两英里路我也不干。”

“老天哪！”凯瑟琳叫道，她听了吓坏了，“求求你，我们掉头吧；我们再走他们一定会出事的。求求你，索普先生，我们回头吧。回去，停下来跟我哥哥说，告诉他多不安全。”

“不安全！哦，天哪！那又有什么？要是车坏了，他们只不过是打个滚；满地是泥灰，摔一跤那才棒呢。哦，天杀的！要是懂怎么样驾马车，那车子就是安全的；那样的车子虽然相当旧，但只要驾车的是个内行，那车就还可以用上二十几年。上帝保佑！给我五英镑，我可以从这里到约克郡打一个来回，保证一颗钉子不掉。”

凯瑟琳听得目瞪口呆；同一件事情的如此极不相同的说法，她不知道该如何去理解，因为她从小到大并不懂吹牛说大话的人的习气，也不知道太爱虚荣会致使人说多少无聊的大话和多少无耻的谎话。她自己家的人都是实事求是的普通人，少有说俏皮话的。她父亲至多不过说几句双关语，她母亲则喜欢用些谚语，因此他们从没有习惯靠说假话来抬高自己，也不会满口大话以至前后矛盾。她心里很烦恼，将这事想了好久，还不止一回想张口请索普先生将这个问题的真正见解说得明白一点；但是她憋住了，没有把他先前说得含含糊糊的事情弄个一清二楚，因为她似乎觉得他并不以见解清晰见长；而且，与这件事联想起来，她觉得他也不会真让他妹妹和他的好友去冒那种他可以轻而易举地让他们避免的危险，这样想时，她终于感到，他必定明白，马车其实是好好儿的，非常的安全，于是她也就不再担惊受怕了。整件事情，他似乎已经忘得一干二净；他接下来的谈话——确切地说是他的自说自话——自始至终都围绕他自己和他自己所关心的事。他跟她谈他的那些马，说什么都是花几个钱买下，又高价卖出去赚了一大笔；他跟她谈赛马，说他的判断万无一失，下的赌注必定赢；他跟她谈与人一起去狩猎，说他打的鸟（虽然没有一枪是瞄得很准的）比他所有同伴打的加起来还要多；他还给她介绍了非常有意思的一天，带上猎狐狗去户外活动，他指挥这些狗老谋深算，手法高明，补救了最有经验的猎人出的差错，他在马背上表现出来的大无畏气势，虽然从不曾有一刻危及自己的性命，却老是使别人处境尴尬，他泰然自若地说，这样的处境使许多人困难重重。

尽管凯瑟琳心里并不常常评判他人，对于男人应该是什么样的这个问题，也没有一个固执的看法，但是她一面耐着性子听他自以为了不起的滔滔不绝的大话，一面心中不免对他是不是一个真正可爱的人有些狐疑。

这是一个很大胆的臆测，因为他是伊莎贝拉的哥哥；而且詹姆斯也说，他的举止态度像她这样的姑娘都会喜欢的。然而，尽管如此，他们出门还不到一个钟头，她就隐隐地感到与他在一起是极无聊的，而且这种无聊感继续不停地加深，一直持续到又回到普尔特尼大街。这一极无聊的感觉诱使她对这样了不起的人物略有点抵制，怀疑他是否有让人人都喜欢的本领。

他们到了艾伦太太住所的门口，伊莎贝拉发现天色太晚，他们不能陪她的朋友进屋去，这时她的惊讶真没法用言语来表达："已经过了三点钟!"真不能想象，真难以相信，真是不可能！她自己的表不相信，她哥哥的表不相信，仆人的表也不相信；不管是据理力争还是依事实说话，她一概不相信，直到莫兰取出他的表来弄清了事实：当时若是怀疑时间还应该长一点也同样是不可想象、不能相信、不可能的；而她只是一个劲地一而再，再而三地说，两个半钟头时间在过去从来没有这么快就过去的，她还要凯瑟琳出来作证；凯瑟琳可不愿说谎话，即便是讨伊莎贝拉的开心；不过，伊莎贝拉免去了她的朋友说出不同意见的苦恼，因为她并没有等她的朋友把话说出来。她完全沉浸在自己的感情中；一想到自己要径直回家去，她心里就难受极了。毕竟她是过了很久很久才有一会儿工夫与她最最亲爱的凯瑟琳说说话的；尽管她有这么多的话要跟凯瑟琳说，但是，看起来似乎她们永远不会再在一块儿了；因此，她带着充满极端痛苦的微笑和饱含十分沮丧的笑眼，与她的朋友道别后离去。

凯瑟琳发觉艾伦太太是空忙了一个上午之后刚回到家，两人一见面艾伦太太就说，"哎呀，亲爱的，你回来啦。"这是一句她既没有力气、也没有心思去反驳的真理;“我相信你们郊游一定很愉快吧?”

“是的,太太,谢谢您;从来没有这么开心过。”

“索普太太也这么说;你们都一块儿去她非常高兴。”

“你见到索普太太了?”

“是啊,你们一出门我就到温泉房去了,就在那儿碰见她的,还一起说了好多话。她说,今天早晨集市上难得买到小牛肉,成了希罕了。”

“别的熟人你见到吗?”

“见到了;我们俩一块儿到新月大楼去走走,在那边碰上了休斯太太,还有跟她一起的蒂尔尼先生和蒂尔尼小姐。”

“是真的吗? 他们跟你说话了吗?”

“说了,我们在新月大楼一起散了半个钟头步。他们看上去都挺讨人喜欢。蒂尔尼小姐穿一件很漂亮的圆点平纹细布衣服,照我了解的来看,她总是穿得很漂亮。休斯太太跟我说了很多他们家里的事。”

“她跟你谈了他们的什么事?”

“哦! 很多很多的事;她别的事几乎没说什么。”

“她跟你说了他们是格罗斯特郡的哪个地方人?”

“说了,可是我现在记不起来了。不过,他们都是很好的人,也很有钱。蒂尔尼太太以前是德鲁蒙家的小姐,她跟休斯太太过去是同学;德鲁蒙小姐有一大笔财产,她出嫁的时候,她父亲给了她两万英镑,还给了五百去买结婚服装。从商店买回来的衣服,休斯太太都看了。”

“蒂尔尼先生和太太是不是都在巴思呢?”

“在,我想他们在这里,不过我也说不准。不过,再想想,我好像觉得他们两个都已经故世了，至少母亲不在了；对，我肯定蒂尔尼太太已经去世了，因为休斯太太跟我说，德鲁蒙先生在女儿结婚时给她一副非常漂亮的珍珠项链，现在是蒂尔尼小姐戴着，是她母亲去世时留给她的。”

“那么，我的舞伴蒂尔尼先生是独生子？”

“亲爱的，我也吃不准；好像他是的；不过，休斯太太说，他可是一个很好的小伙子，会很有出息的。”

凯瑟琳不再问下去了；她已经打听了很多，觉得艾伦太太也说不出真正的情况来，她感到自己非常地倒霉，错过了与他们兄妹俩见面的一个机会。假若她能预见到这一情况，她是怎么也不会跟别人去郊游的；现在事情既然已如此，她也只能可怜自己的倒霉，想着自己已经失掉的东西，终于，她明白了，这趟外出一点都不愉快，约翰·索普这个人是很讨厌的。

第十章

艾伦夫妇、索普一家以及莫兰兄妹俩，那天晚上都在剧院里碰面了；因为凯瑟琳与伊莎贝拉坐在一起，所以伊莎贝拉就有了机会，将两人先前长久分开时汇集在她心头的许许多多的事说几件给她听。“啊，天哪！亲爱的凯瑟琳，我这不是总算看到你了吗？”一看见凯瑟琳走进包厢并在她身旁坐下，她就这样地招呼。“嗳，莫兰先生，”他就紧挨在她的另一侧，“今晚我就不再和你说话了；所以我叫你别再指望。亲爱的凯瑟琳，这么长的时间里你在做些什么呢？不过，也用不着我问了，瞧你这开开心心的样子。你的头发做得比以前漂亮多了。你这淘气鬼，你是想要大家都来看你吗？我跟你说，我哥哥已经深深爱上你了呢；至于蒂尔尼先生嘛——不过，这事已经定了——你尽管谦虚，现在也不会怀疑他的爱慕之情的；他走了又回来，那是再明白不过了。哦！我真想见见他！我心里真的是等急了，很想很想见他。我妈妈说，他是天下最好的青年；你知道，她今天上午看到他了，你一定要介绍给我。此刻他在戏院里吗？哎呀，你快找　找！我跟你说，不见到他的人我就活不下去了。”

“不在，”凯瑟琳说，“他不在这里；我哪儿都见不到他。”

“哦，真是的！难道我就永远不能跟他认识了吗？你说我的晚礼服怎么样？我看也挑不出什么毛病；袖子完全是照我自己的意思裁的。你知道吗，巴思这地方我真讨厌死了；我和你哥哥今天早晨都说，在这里待上几个星期是很舒服的，可要我们在这里生活下去，送我几千万都不愿意。我们不久就发现，两个人志趣完全相投，都喜欢乡村，别的地方都不要去；真的，我们的看法完全相同，太可笑了！我们没有一个不一致的看法；我说那样的话是决不会让你在旁边听的；你是一个狡猾的人，我知道你听了这样的话一定会说上几句滑稽好笑的话的。”

“不会的，我真的不会的。”

“哦，你真会的；你么，我比你自己更了解。你在的话一定会说，我们俩是天生的一对呀，或者别的什么胡说八道的话，要是那样，我听了真的会很苦恼很苦恼的；我的脸就会像你的脸颊那样红；我决不会让你待在旁边的。”

“你真太冤枉我了；我是绝对不会说出那样不礼貌的话的；而且，我可以肯定，那样的话我连想都不会去想。”

伊莎贝拉将信将疑地笑笑，她在那一晚后来只管自己跟詹姆斯说话。

凯瑟琳决心要再见一见蒂尔尼小姐，第二天早晨她仍然是那样的坚决；在通常出发前往温泉房的那一刻之前，她一直总有些担心，生怕又一次延误。不过，这一回没有生出事来，没有客人来访耽误她们外出；时候一到他们三人就动身前往温泉房，那里通常是交往和聊天的地方；艾伦先生喝了一杯水之后，就和一些男人谈论时事，交流各自的读报感想去了；两位女士则一起溜达，注意室内每一张新面孔，以及几乎每一顶新女帽。索普一家的女眷，由詹姆斯·莫兰陪同，在不到一刻钟时间之后，出现在人群中，凯瑟琳这时候立即找到了自己通常的位置，走到了她朋友的身旁。詹姆斯此刻是紧随不舍，也保持相似的位置，与别的人分开之后，他们就这样走了一些时候；走着走着，凯瑟琳发觉自己只跟她的朋友和哥哥在一块儿，他们两人谁也不来理睬她，于是开始怀疑，这样的处境还能不能算是开心。因为他们两人不是情话绵绵，就是争论个不停，可是，他们说起情话来声音是那样的轻，而争论起来又笑个没完，虽然他们两人也并非没有向凯瑟琳求助，争取她的支持，但是他们两人在谈些什么她根本就听不见，因此也就什么意见也没法谈。不过，她终于提出来要找蒂尔尼小姐说话，与她的朋友分了手，因为她已经非常高兴地看到蒂尔尼小姐与休斯太太走进门来。她很快就走到了蒂尔尼小姐那里，心里非常坚决地要和蒂尔尼小姐进一步熟识。倘若不是前一天的失望反而使她感到迫不及待，她也不会有这么大勇气下这么大的决心。蒂尔尼小姐非常客气地与凯瑟琳小姐相见，对于凯瑟琳小姐的问候，也表示了同样的好意，大家都在厅里的时候，两人一直在一块儿说话；虽然她们两人说出来的看法、表达的意思，过去在这同一个地方，在巴思的一年四季里，人们完全有可能已经说过千百遍，使用过千百回了，但是，她们俩说这些话时流露出朴素与真挚，并没有一丝的自高自大，这一优点也许是非比寻常的。

"你哥哥舞跳得多好！"她们谈话到末尾的时候，凯瑟琳毫不掩饰地称赞道，她的同伴听了这句话既感到意外，也觉得有趣。

"你说亨利！"她微笑地说。"是的，他确实跳得很好。"

"那天他见我坐下来，而我说已经跟人约好了，他听了一定觉得很奇怪。不过那天我真的整天都与索普先生约定了。"蒂尔尼小姐听后也只能点点头。"你真不知道，"沉默了一会儿之后凯瑟琳又说，"我又见到他时觉得有多意外。因为我曾确信他已经离开巴思了。”

“亨利上次很荣幸见到你的时候，只不过在这里呆了几天。他当时来这里是替我们预订住宿的地方。”

“这点我一点没想到；既然没再看到他，我就想他一定离开了。星期一和他一起跳舞的那位年轻小姐是不是史密斯小姐？”

“是的，她是休斯太太的熟人。”

“我觉得她很高兴去跳舞。你说她漂亮吗？”

“很漂亮说不上。”

“我想，他从不到温泉房来。”

“来的，有时候也来；不过今天早晨他骑了马跟我父亲出去了。”

此时，休斯太太过来了，她问蒂尔尼小姐是不是可以走了。“希望不久能有幸再见到你，”凯瑟琳说。“明天的花式舞会你去吗？”

“也许我们——去的，我想我们一定会去的。”

“真高兴，我们都去。”她很客气地作答，她们就这样分了手。在蒂尔尼小姐这一边，已经对她新结识的朋友的想法有了一些了解，而在凯瑟琳那一边，则一点也没有意识到自己已经表达了这些想法。

她高高兴兴地回了家。这天上午她所希望的都得到了，此时的期望目标，即未来的称心事，则在第二天的晚上。她现在最关心的是，到时候该穿什么、戴什么。她这样的想法不可能是正确的。服饰的不同在任何时候都只是微不足道的差异，如若过多地为挑选服饰而担忧，则这种担忧往往也就破坏了其本身的目的。凯瑟琳关于这一点心里是十分清楚的；她的姨婆圣诞节刚给她讲过这方面的大道理；然而，星期三夜里她睁着两

“今天早晨他骑了马跟我父亲出去了。”

眼躺在床上，翻来覆去想了十分钟，就是不知道该穿花点子平纹细布的衣服好还是穿绣花平纹细布的好；只是因为要参加第二天晚上的舞会，时间太仓促，才没有买新的。如果买一件新礼服，那会是判断上的错误，虽不能说是罕见的错误，却是一个大错误，只有找一位男性而不是女性，找她的哥哥而不是她的姨婆才能提醒她避免这种错误，因为只有男人才知道男人对于一件新晚礼服是漠然置之的。男人的心极少为女人穿戴的贵或新所打动；极少受平纹细布的质地的影响；对于花点子、树枝状、薄纱、厚棉的特别的喜好，他们都毫无感觉，倘若能让女人了解到这些，那就会挫伤许多女人的感情。女人的漂亮只是自己喜欢。没有一个男人会特别赞美女人穿得漂亮；没有一个女人会喜欢别的女人穿得漂亮。男人只要求整洁、大方；女人则在别的女人衣着寒酸或不入时才特别感到亲切。然而并没有这方面的严肃思考来扰乱凯瑟琳心绪的宁静。

星期四晚上她走进舞厅时的心情，与上次星期一到那里去时的感觉完全不同。当时应了索普的约请，心里是无比的喜悦，现在心里只想回避他，不想让他看见，免得他又来约她跳舞；因为虽然她不能，也不敢盼望蒂尔尼先生第三次请她跳舞，但是，她的愿望、期望和打算，却都专注于此。每一位年轻小姐都会同情处于这一关键时刻的我的女主人公，因为，每一位年轻小姐在某一个时候也都经历过同样的激动。她们都曾经、或者至少都曾经认为自己经历过这种尴尬处境；她们越是想回避某一个人，那人就越是在追逐自己；她们也都曾经很迫切地希望，她们想取悦的人对自己特别地关心。索普一家人一到，凯瑟琳痛苦就来了；约翰·索普朝她走过来时，她心里便开始忐忑不安，她尽可能躲开，不让他看见，他跟她说话，也装作没有听见。花式舞结束后，乡村舞开始了，然而她还是不见蒂尔尼兄妹。“亲爱的凯瑟琳，你可别吓着，”伊莎贝拉悄声说道，“我真要再跟你哥哥跳舞了。我倒要说，这样真太吓人了。我就跟他说过，他该难为情才是，不过你跟约翰可要帮我们一点忙呵。快点，亲爱的，跟我们一起跳。约翰刚走开，不过他一会儿就要回来的。”

凯瑟琳既没有工夫，也没有心思去接话。别的人都走开了。约翰·索普仍然看得见，她觉得自己这下可完了。她但愿不会让人觉得是在注意他、等着他的，于是两眼只盯着她手中的扇子；而她内心还是在责备自己的愚蠢，竟然会以为在这样的人群中，在任何看似合适的时候就会遇上蒂尔尼兄妹。这个想法刚刚在脑海里浮现，突然间她听见有人喊她，再次请她跳舞，原来正是蒂尔尼先生本人。当时她是如何眼睛一亮，脚步立即移动起来，答应了他的请求，并且怀着一颗愉快跳动的心，与他一起进入了乡村舞的队列中，这情景是很容易想象得到的。躲开了约翰·索普，而且像她自己心里想的那样，是好容易才躲开他的；又受到了蒂尔尼先生的邀请，而且一见到她就立即来邀请她，仿佛他是特地来找她的，想到这里她是多么高兴啊！她觉得这是生活所能给予她的最大的幸福。

然而，他们刚进入队列，悄悄地找到一个位置，她就被约翰·索普叫住了，他就站在她身后。“嘻！莫兰小姐！”他说，“这算是什么呢？我原以为是我和你一起跳的。”

“我觉得很奇怪你会这么想，你从来没有请过我。”

“天哪，你真会说话！我一进大厅就请你了，当时正想再邀请一回，可一转身你人不见了！真是个可恶又可鄙的花招！我上这儿来就是要跟你跳舞的，而且我坚信，你从星期一起就跟我约好了。对了，我记得你在休息室等着取斗篷的时候请你的。我在这儿还一直跟我的熟人说，我要跟这儿最漂亮的姑娘跳舞呢；要是他们看着你陪着别的人，那他们就拿我当怪人看了。”

“哦，不会的；你那样介绍了之后，他们不会再把我想起来的。”

“嗬，他们要是不会，我就把他们当大木瓜撵出去。你那个人是谁？”凯瑟琳满足了他的好奇。“蒂尔尼，”他重复了一遍，“哼，我不认识。样子很帅；长得不错。他想买马吗？我有一个朋友，萨姆·弗莱彻，他有一匹马要卖，那马谁都合适。用来代步可是挺机灵的家伙，只卖四十畿尼。我本来很想买的，我这个人有一条，碰上好马就买；可是这匹马不行，狩猎不行。真是狩猎的好马多大代价我也愿给。现在我有三匹，都是最好的，给我八百畿尼我都不卖。我跟弗莱彻的意思是在莱斯特郡弄一间屋子，下一个狩猎季节用。住小酒店妈的太不舒服了。”

他把凯瑟琳说得没精打采的，幸好这是最后一句话，因为就在这时候，一长队小姐挡不住地挤过来，把他拥到了一旁。她的舞伴此刻走近过来，说，“要是那位先生再跟你呆上半会儿，我就会忍不住了。他可没有权利把我的舞伴引走。我们已经有了一个契约，要让彼此在这个晚上感到满意，在这期间，我们全部的满意仅仅为我们彼此所有。大凡人们专注于一个人时，总免不了损害另外一个人的利益。我将乡村舞看作是婚姻的象征。忠贞与顺从是两者的主要职责；而凡是不跳舞或不结婚的男人，他们本人便与舞伴或邻居的妻子无丝毫关系。”

“可这是很不相同的两件事！”

“因此你觉得两者不可相提并论。”

“肯定不可以。结了婚的人永远不可以分离，而是要一起理家。跳舞的人只不过是在一间长厅里面对面地站上半个钟头。”

“这就是你给婚姻与跳舞下的定义。当然，那样去看问题的话，两者的相似便不显著了；不过，我认为我可以这样来观察。你得承认，在这两种情况下，男人有挑选的便利，女人只有拒绝的权力；这两种情况都是为了彼此的利益而立的男女之约；一旦有了契约，两者均属彼此所有，直到契约的终止；双方的职责是要确保彼此都不给对方以任何理由，让他或她作非分之想，并以最大的关心防止想入非非，觊觎邻居之美，也不作与别人生活便可富有的空想。所有这一切你都会承认吗？”

“对，的确，正像你所说，这些话听起来都很有道理；可是两件事仍然是非常不同的。我并不能用同样的眼光去看待，并且觉得两者也没有同样的职责。”

“有一个方面，当然存在着区别。就婚姻而言，男人应该给女人提供生活来源；女人则应为男人维持一个令人满意的家；一个是供给，一个是微笑。可是，就跳舞而言，他们的职责正好换了一个位置；满意，顺从应该来自于男人，而女人则提供扇子和熏衣草香水。我想，这就是你所谓两者职责不同，因此，情况不同，不能相提并论吧。”

“不，真的，我从来没想过这些。”

“那我就不明白了。不过，有一件事我得说一说。你这样的性格真叫人担心。你完全不承认这两种责任的相似之处；我可不可以由此得出结论，你关于跳舞的职责的看法，并不如你的舞伴所希望的那样严格？我是不是有理由担心，如果刚才和你说话的那位先生又回来，或者还有另外一位先生也来招呼你，只要你高兴，你就会跟他交谈，什么也阻止不了你?”

“索普先生是我哥哥的一位特殊的朋友，情况特别，因此，要是他跟我说话，那我还得跟他说话；可除了他以外，这厅里找不出三个我熟悉的年轻人。”

“这就是你给我的唯一保证吗？唉，唉!”

“而且，我敢说这是最好的保证；因为如果我不认识人，那我就不可能跟他们说话；还有，我也不想跟人说话。”

“你这样才算给了我一个值得记着的保证了；那我就大胆进行了。你是不是觉得巴思和我以前请教你的时候一样令人满意呢?”

“是的，很满意，实际上，觉得比以前更满意。”

“更满意！要小心，否则到了应该生厌的时候倒忘了。你呆了六个星期那就该厌了。”

“我觉得，即使我在这里呆上六个星期，我也是不会生厌的。”

“拿巴思来与伦敦相比较，它没有什么丰富多彩可言，每一年，每一个人都有这个感觉。‘呆六个星期，我承认，巴思是挺好的；可是过了那段时间，它就是天下最令人生厌的地方了。’你会听到各种各样的人这么说，他们每年冬天必定都来，他们把六个星期延长至十个或十二个星期，最后还是走了，因为他们再也呆不下去了。”

“呃，各人有各人自己的看法，那些常去伦敦的人会觉得巴思算不了什么。可是像我这样住在乡下僻静的小村子里的人，在这儿是不会感到比我们家乡还单调乏味的。因为这里有许许多多的娱乐，从早到晚有许许多多的东西要去看，许许多多的事情要去做，我在那里是一点也不可能见识的。”

“你不喜欢乡村。”

“不，我喜欢乡村。我一直住在乡下，一直都很快活。可是，毫无疑问，乡村生活比巴思要单调得多。在乡下，天天都是一个样。”

“可你在乡下的日子过得要合理得多。”

“我是吗？”

“你不是吗？”

“我不相信有很大的区别。”

“在这儿你整天追求的不过是娱乐罢了。”

“我在家里也一样，只不过没这么多娱乐。我在这儿到处走走，在那儿也是这样；可在这儿每一条街都可以看到许许多多的人，在那儿我只去艾伦太太家串门。”

蒂尔尼先生觉得很有趣。“只去艾伦太太家串门！”他重复了一句。“多生动的一幅知识贫乏的图画啊！不过，你重新跌入这个深渊的时候，你会有更多的事可以说了。你可以谈论巴思，谈论你在这儿做的一切。”

“哦！是的。再跟艾伦太太或者别的什么人交谈，我就不会没话可谈了。我相信重新回到家里，会常常谈起巴思的，我真非常喜欢巴思。要是能让爸爸、妈妈，还有其余的人都到这里来，我觉得我会非常非常高兴的！詹姆斯（我哥哥）来这里我已经很高兴了，尤其是，大家都知道，我们刚认识的这一家人，原来是他的好朋友。哦！谁在巴思会生厌呢？”

“像你这样对巴思有种种新鲜观感的人，是不会生厌的。可是，对大多数巴思的常客来说，爸爸、妈妈，哥哥弟弟，要好的朋友，一起来巴思，那都是很久以前的事了。对于参加舞会、看戏，以及每天见到的情景，他们发自内心的兴趣，现在都已经淡薄了。”

他们的谈话停了下来；因为此时的舞步要求集中注意力，不容分心。

他们刚到队列尽头停下，凯瑟琳就发觉紧靠在她舞伴身后观看的人群中，有一位绅士用一本正经的表情在注视着她。他仪表堂堂，神态威严，虽过了盛年，但仍显得富有活力；不一会儿，她看到他走过去悄声跟蒂尔尼先生说话，一面仍旧用目光注视着她。他的目光让她感到局促不安，她怕是自己的外表装束有什么不妥，招惹了他的注意，因而脸上泛起了红晕，别过头去。然而就在她别过头去时，那位绅士走开了。她的舞伴朝她走过来对她说，“我看你在猜他刚才问我什么话。那位先生知道你的姓名，你也有权知道他的姓名。他是我的父亲，蒂尔尼上将。”

凯瑟琳的回答只是“哦！”了一下，然而这一声“哦！”表达了所有要表达的意思：她听见了他说的话，完全相信他的话是真的。此刻在上将穿过人群的时候，她是怀着真诚的兴趣和深切的钦佩目光追随着他，心中暗暗惊叹，“多大方的一家人哪！”

舞会将要结束时，她与蒂尔尼小姐闲谈，一种新的快乐油然而生。她来到巴思这么些日子，还从未在乡间散过步。蒂尔尼小姐非常熟悉邻近人们常去的每一个地方，所以说起这些地方来，津津有味，弄得她心中痒痒的，也想去走走；她很直率地说出了心中的担心，怕是没有人能与她做伴，见这情形，兄妹俩说，他们可以挑一个上午与她一起去。“我喜欢这个主意,”她叫道,“这主意太好了;那就别拖延了,我们明天就去。”大家立即赞同时,只有蒂尔尼小姐提出一个条件,那就是如果天下雨就不去,凯瑟琳听了忙说天不会下雨的。他们说好了十二点到普尔特尼大街叫她,“记住,十二点,”这是她与她的新朋友告别时说的话。至于另外一位大她几岁的更加熟悉的朋友——伊莎贝拉,她已经对她的忠诚与长处有了半个月了解了,但今晚却不见她的人影。尽管她很想让伊莎贝拉也知道她的愉快,但她还是高高兴兴地听从了艾伦先生的愿望,即早早地离去。她坐着轿子回家,身子一路晃动,而她的心也在一路欢跳。

第十一章

第二天早晨，天色非常地灰暗；太阳只偶尔几次从云中钻出来；看这光景，凯瑟琳推测，一切都于她的愿望非常有利。她知道，早春天气倘若早晨晴好，则一般都会晴转阴雨，而早晨阴沉就预示午后会由阴转晴的。她为了要让自己深信自己的希望不会错，于是去想从艾伦先生那儿得到证实，可艾伦先生由于不会看这儿的天气，也不会看气压计，因此不肯绝对说天一定会放晴。于是她又问艾伦太太。比起艾伦先生来，艾伦太太的看法较为积极。她说，她觉得没有疑问，会是个大好晴天，假如云散去，太阳出来的话。

然而，大约十一点钟的时候，凯瑟琳警惕的双眼在窗玻璃上见到了几点雨滴。“哦！真是的，我看天要下雨了，”她用颓丧的语气突然这样说道。

“我就觉得会下雨，”艾伦太太说。

“今天去不成了，”凯瑟琳叹息道；“不过也许会没事的，也许雨下到十二点就停了。”

“也可能，不过那样一来，亲爱的，到处是泥浆了。”

“哦！那倒不要紧；泥浆我是不怕的。”

“是的，”她的朋友平心静气地说，“我知道你不怕。”

停顿了一会儿之后,凯瑟琳站在那里凝视一扇窗子的时候说道,“雨下得越来越急了!”

“是越来越急了。要是这样下着,街上会很湿的。”

“有四个人撑伞了。真讨厌看到人家撑伞!”

“带雨伞最烦。不管什么时候,我宁可坐轿子。”

“早晨还是好好儿的!我还以为不会下雨的呢。”

“真的,谁都以为不会下雨。要是下一个上午的雨,温泉房就不会有多少人了。我希望艾伦先生出去的时候把大衣穿上,不过我看他不会穿的,因为他是怎么也不会穿大衣出门的;我真弄不懂他怎么会讨厌穿大衣,穿大衣一定很暖和。”

雨仍在下,不大,但很急。凯瑟琳每隔五分钟就要去看一下钟,每一次看完钟走回来时她就扬言,要是雨再下五分钟,她就放弃希望作罢。钟敲响了十二点,雨仍下着。“亲爱的,你是去不成了。”

“我没完全绝望呢。不到十二点一刻我不死心。到那个时候天就该放晴了,我真的觉得天亮了一点。唉,十二点二十分了,我这个打算要全部放弃了。哦!我多么希望我们这里也像尤道尔弗的天气,至少跟托斯卡纳[①]和法国南方的天气一个样!可怜的圣奥宾[②]临死的那天夜里!多好的天气!”

到了十二点三十分,凯瑟琳已不再焦急地注意天气的变化,也不再觉

① 意大利中部地区。
② 似应为圣奥勃特,《尤道尔弗之谜》一书的人物。

得天气的变化于自己有利，而就在这时，天空上的云开始自行退去。一道阳光突然在她眼前闪现，她朝四下里看了看；云在退去，于是她立即回到窗前，看着这令人愉快的景象，并寄予希望。又过了十分钟，情况更加肯定了，午后将会晴朗，艾伦太太的看法也被证明是正确的，因为她"总是觉得天会放晴的"。可是，凯瑟琳是否仍然盼望她的朋友们，蒂尔尼小姐是否觉得雨下得不多，可以外出一游，必定还是一个问题。

下了雨，道路泥泞，艾伦太太不能陪丈夫到温泉房去；他于是独自走了。凯瑟琳还没来得及望着艾伦先生在街上走去，她就看见那同样的两辆敞篷马车到了，车里坐着几天前让她大吃一惊的同样的三个人。

"嗨！是伊莎贝拉，我哥哥，索普先生！他们可能是来叫我的，但我不去，我真的不能去，你知道蒂尔尼小姐有可能还会来。"艾伦太太对此表示赞同。约翰·索普不一会儿就到了，他的声音到得还要早，因为他人还在楼梯上就叫莫兰小姐快一点。"快点！快点！"他推开门时这么嚷道，"现在就戴好帽子，没有时间了，我们到布里斯托尔去。你好吗，艾伦太太？"

"到布里斯托尔去！那不是很远吗？可是，我今天不能和你们一起去，因为我已经跟人家约好了，他们随时都可能到。"当然，他搬出一大堆话来说这根本算不得什么理由，他还请艾伦太太帮他说服凯瑟琳，外面那两个人也进来帮衬。"亲爱的凯瑟琳，这不是很愉快吗？我们一路上会非常开心的。这事你还应该感谢我和你哥哥呢。我们是吃早餐的时候想起的主意，我当即就觉得是个好主意。要不是没这场讨厌的雨，我们两个钟头前就动身了。不过这也没什么关系，晚上有月光，我们会很快活的。

哦！一想到呼吸一点乡下的空气和享受一下乡下的宁静，人就陶醉了！比去下厅要开心多了。我们先到克利夫顿，然后在那里吃饭；吃完中饭要是有时间，就立即出发到金斯威斯顿去。”

“我看我们来不及跑这么多地方，”莫兰说。

“你最啰唆！”索普说，“再跑十个地方也行。金斯威斯顿！嗨，布莱士城堡也行，我们要上哪儿就可上哪儿；可现在是你妹妹说不去。”

“布莱士城堡！”凯瑟琳叫道，“那是哪儿？”

“英格兰最美丽的地方，任何季节都值得走五十英里路赶去看看。”

“你说什么，真是一座城堡，一座古城堡？”

“王国最古老的城堡。”

“是不是书里写的那样？”

“是那个样，一模一样。”

“真是那样，有塔楼、长廊吗？”

“有几十处。”

“那我倒要去看看；可我不能，不能走。”

“不走！我的小姑奶奶，你在说什么呀？”

“我不能走，因为，”她说话时低着头，生怕看到伊莎贝拉的笑，“我在等蒂尔尼小姐和她哥哥来叫我到乡间去走走。他们说好了十二点钟来，只是下雨了；可现在天好了，我看他们一会儿就会来这儿的。”

“其实他们不会来了，”索普说道，“因为，我们的车拐入布劳德街的时候，我看到他们了——他不是驾一辆四轮轻便马车，套着一匹光亮的栗色马吗？”

“其实我也说不上来。”

“没错,我知道他的;我看到他的。你是说昨晚你和他跳舞的那个男人,对不对?”

“是啊。”

“那就对了,当时我看到他正好在兰斯顿路,车上还有一个漂亮的小妞。”

“是真的吗?”

“是真的;再一次看到他我一下子就认出来了,他好像还有几匹很漂亮的马。”

“那就很怪了!不过,我看他们觉得下了雨湿漉漉的,散步太脏了。”

“那是很可能的,我从来就没见过这么多的泥浆。散什么步!你说可以去散步就等于说你会长翅膀飞呢!今年冬天这是最泥泞的一回了,到处都是齐脚背的泥浆。”

伊莎贝拉帮腔了:“亲爱的凯瑟琳,你真想象不出这泥浆有多脏;好了,你得跟我们一起去;这时候你不可以回绝说不去的。”

“我是很想看看城堡;可是我们每一处都可以看吗?我们可以看每一个楼梯,每一套房间吗?”

“是的,是的,每一个角落。”

“可是还有,要是他们只不过是出去一个钟头,等地上干一些之后再来叫我呢?”

“你放心吧,他们不会来叫了,因为我听见蒂尔尼遇见一个骑马的人大声说,他们是要到威克崖去。”

“那我就去吧。艾伦太太，我要去吗？”

“亲爱的，你想去就去吧。”

“艾伦太太，你要劝她去，”大家都这么说。艾伦太太并非无动于衷：“行了，亲爱的，”她说，“我看你还是一起去吧。”于是，一会儿之后他们都走了。

凯瑟琳钻进了马车，当时她心神不定，觉得心里非常矛盾，既惋惜失去了一次快活的远足，又企盼着很快就能享受另外一次郊游的乐趣，虽然两者性质完全不同，但是这惋惜与企盼的程度却是一样地强烈。她不免觉得蒂尔尼兄妹俩待她有些不合情理，这么快就悔了约，也不带个口信来说一声。此刻只不过与原先约定出去走走的时间相差一个钟头，尽管大家都对她说，这一个钟头里到处都有深深的泥浆，但是，根据她自己的观察，她总还是觉得，他们要是出去散散步是没有多大不方便的。想到人家没有将她放在心上，她觉得非常痛苦。可一想到布莱士城堡也许是和尤道尔弗一样的古堡，到这样的一座古堡探幽，那是多大的乐趣，足以抵消几乎一切已发生的事，这使她觉得莫大的安慰。

他们的马车轻快地开出普尔特尼大街，穿过劳拉广场，大家都没有多说话。索普同他的马说话，她心里在冥思苦想，一样接一样地想着悔约、断拱门、四轮马车、假帷幕、蒂尔尼兄妹俩、还有活动天窗。可是，就在他们的马车进入阿盖尔大楼的时候，她同伴的话将她从冥想中惊醒，“刚才走过去的那个姑娘盯着你看，她是谁？”

“谁？在哪里？”

“右边的人行道上，这会儿一定是看不到了。”凯瑟琳环顾，她看到了蒂尔尼小姐，身体靠在她哥哥的胳膊上，慢慢地在街上走。她看到他们两个人都在回头看她。“停一停，停一停，索普先生，”她急躁地喊道；“那是蒂尔尼小姐；那是她。你怎么可以说他们都走了呢？停下来，停下来，我现在就下车，我要去找他们。”可是她叫了有什么用？索普听了反而甩了一下鞭子，那马也跑得更快了。而蒂尔尼兄妹俩已经不回头看她了，过了一会儿已经绕过了劳拉广场的转角，不见了人影；又过了一会儿，凯瑟琳自己也飞快地进入了集市广场。然而她仍旧叫着，到了另一条街，她一直喊着，请求他停下马车。“索普先生，请你停一下。我不能再这样下去了。我不愿再这样下去。我必须回去找蒂尔尼小姐。”可是，索普先生反而哈哈哈地笑，甩一下鞭子，催马快跑，同时发出奇怪的声响，赶着马车继续朝前跑。凯瑟琳虽然又气又恼，却没有力量摆脱这种情景，因此只得作罢，被迫服从。然而，她仍不住地指责索普不该如此。“索普先生，你怎么可以这样欺骗我？你怎么可以说看到他们的马车在兰斯顿路上呢？要是我早知这样，是绝不会让这种事发生的。他们一定会觉得很意外，说我太无礼！从他们身边经过也不打个招呼！你根本不明白我心里有多烦恼。克利夫顿我是没兴致了，别的任何地方我也不会感兴趣。我宁愿，巴不得现在就跳下马车，赶回去找他们。你怎么可以说见到他们坐着马车出去了呢?”索普是强词夺理，一味辩解，说什么从来没见过两个人这么相像，硬说那人的确是蒂尔尼本人。

即使这件事不再谈论了，他们这一路上心情也不会舒畅的。凯瑟琳以前跟他们一起外出的时候，总是顺着别人的口气，万事都说好，此刻她不再顺从了。她甚至懒得去听他们说话，即使搭话也不多说。只有布莱

“停一停，停一停，索普先生。”

士城堡算是她的唯一慰藉；对于这座古城堡，她仍然不时翘首以待。不过与其因事先说定的远足不能成行而扫兴，尤其是让蒂尔尼兄妹对她有不好的看法，她倒宁愿不去感受古城堡内的神秘气氛会给予她的愉悦——这愉悦可能是穿过一长排高深的屋子，屋里虽然已经多年无人光顾，但是华丽的摆设仍然残存，走在狭窄而弯弯绕绕的拱顶地下室里，突然会有一道低矮的栅栏门挡住了去路；有时会有一阵风蓦地吹过来，吹灭了他们的灯、他们仅有的一盏灯，使他们置身于一片黑暗之中。她这么想着的同时，他们的马车平平安安行进着，一路无事，凯恩夏城也已在望了；然而，就在这时，坐在他们身后的莫兰一声大叫，他的朋友勒住缰绳，问出了什么事。大家都凑过身来听他说话，于是莫兰说道，“索普，我们还是掉头吧；今天太晚不能再走了；你妹妹的想法跟我一样，不行。从普尔特尼街到这里正好是一个钟头，不过走了七里路多一点；而我觉得我们至少还要赶八里路。怎么也不行的。我们出发太迟了。我们还是改天再去，现在回头吧。”

“回头赶车也一样是赶，”索普很生气地说；说着就把马掉过头来，于是大家往回巴思的路上驶去。

“要是你哥哥没这么一匹蹩脚的马，”不一会儿之后他说道，“我们说不定已经到了。要是用我的马，放开手让它跑，一个钟头准能到达克利夫顿。这匹马可好，要他妈的拼老命跑，缰绳拉得我手臂也折了。莫兰也真蠢，自己不弄一辆双轮马车。”

“可不能这么说，”凯瑟琳热心地说，“我知道他没法买。”

“他为什么没法子买？”

“因为他钱不够。”

“那怪谁呀?”

“照我说,谁也不怪。”于是,索普接着就又犯老毛病,哇啦哇啦、前言不搭后语地说了一通,什么这样做也太财迷心窍啦,要是在钞票堆里翻滚的人买不起,那真叫人纳闷还有谁买得起;这些话凯瑟琳也真懒得去听个明白。第一回的扫兴本来还可以得到一点慰藉加以弥补,可是现在那一点慰藉也不见了,她又一次感到扫兴,越来越不开心,也不想看看她的同伴是否开心。他们回普尔特尼街这一路上,她连话都没说几句。

她一进屋,仆人就对她说,她刚出门没一会儿就有一位先生和一位小姐来找她;他回答他们说,她跟索普先生出去了;听了这话那位小姐问有没有口信留给她;他说没有留,她便找了一下名片,但她身边没带名片,于是就走了。凯瑟琳一面慢吞吞地走上楼梯,一面思忖着这非常伤心的消息。待她走到楼梯顶上时,她碰到了艾伦先生。当他问明白她这么快又回来的理由之后说,“我很高兴你哥哥很有头脑,我很高兴你回来了。那可是一个莫名其妙、不知天高地厚的计划。”

那一晚的时光他们都在索普家消磨。凯瑟琳心里乱糟糟的,一点也提不起精神来;可伊莎贝拉只管打康默斯[①],她与莫兰搭档,她似乎觉得,与克利夫顿小客栈的恬静乡村气息相比,这一晚也毫不逊色。她还不止一回表现出自己的得意心情,说幸好没有去下厅。“我真可怜到下厅去的那些人!我多高兴没有像他们那样到下厅去!我真担心舞厅会不会稀

① 一种牌戏,搭档者可互相调换手中的牌。

稀拉拉呢！这时候他们舞还没有开始呢。说什么我也不会去的。间或有一个晚上能自娱自乐那才开心呢。我看今晚的舞会是不会好的。我知道米歇尔她们是不会到那里去的。到那里去的人，真的，怪可怜的。可我猜想，莫兰先生，你是不是很想到舞厅去呀？我看你是想的。行啊，别让这儿哪个人妨碍了你。少你一个我看也没有大碍；不过你们男人觉得自己很了不起。”

凯瑟琳差一点没指责伊莎贝拉对她和她的心事没有一点同情心；她一点也不关心她的心情，对她的安慰也少得可怜。“亲爱的，别这么老蹙着眉头，”她悄声说。“你要伤我的心哪。事情的确很气人，可是这完全是蒂尔尼兄妹的错。他们为什么不能准时一点？是的，下了雨路不好走，可那有什么关系呢？要是换成我和约翰，才不管路脏不脏呢。为了朋友，我是什么也不在乎的。我就是这个脾气，约翰也是同样的脾气。他的脾气可犟呢。哇！你的手气可真好！都是老K，我说呢！我从来没有这么高兴过！我宁可让你有这么好的牌呢！”

此刻我可以将我的女主人公打发到睡榻上去辗转反侧了，那才是真正的女主人公的命运；头靠着一个布满了烦恼和浸湿了泪水的枕头。要是在今后的三个月里她还能再睡上一个安稳觉，也许她会觉得自己很幸运了。

第十二章

“艾伦太太,”凯瑟琳第二天早晨说,“我今天去拜访一下蒂尔尼小姐,你看有什么不好吗？我不把事情都说清楚,心里很不自在。”

“去,当然要去,亲爱的,不过要穿一件白礼服去;蒂尔尼小姐总是穿白礼服的。”

凯瑟琳高高兴兴地听从了艾伦太太的话;今天不比往常,她穿戴好了就更加迫不及待地要到温泉房去,以便弄清蒂尔尼上将的住处,虽然她知道他们住在弥尔逊街,但是他们住哪一座房子她没有把握,而艾伦太太又说得犹豫不决,反而叫她越发疑惑了。在她弄清了到弥尔逊街该怎么走,门牌号码也记得准确无误了后,她就跨着急切的步子,怀着一颗怦怦直跳的心,匆匆地走去,去登门拜访,说清自己的行为,求得原谅;她用轻快的脚步,穿过了教堂的庭院,而且目不斜视,生怕不得已而要与她亲爱的伊莎贝拉和她的家里人碰见,因为她总觉得他们就在附近的店铺里。她很顺利地就找到了那座房子,看了看门牌后举手敲门,门开了后,她询问蒂尔尼小姐是否在家。仆人觉得她应该在,但也说不准。仆人请问她的芳名呢？她递上一张名片。过了一会儿,那仆人出来了,他脸上的表情和他的话不很相称,说他弄错了,蒂尔尼小姐已经出去了。凯瑟琳两颊绯红,很没有面子地离开了这座房子。她几乎很肯定地觉得,蒂尔尼小姐在家,是因为心里太生气了，不想见到她。她回头又走到街上时，不禁抬头望了一眼客厅的窗口，想看见她就站在窗口，但是窗口没有人在。然而，当她走到大街的尽头，又回头看了一下时，她见到了蒂尔尼小姐，她不是站在窗口，而是从屋里出来。她身后是一个男人，凯瑟琳觉得那人就是她爸爸，他们转身朝埃德加大楼走去。凯瑟琳朝前走着，心里感到受了很大的屈辱。对于这样令人气愤的无礼行为，她自己差一点也气愤起来。然而她抑制了心头的怒气；她记起了自己的无知。她当时并不了解，按照人们相处时需要讲究礼貌的道理，像她那样的过错会被人如何看待；她也不了解，像她那样的过错，按情理其后果会是多么严重而不可原谅，不知道那样的过错反过来会叫她咎由自取，受到多么粗暴的对待。

由于她情绪低落，又感到自己很丢脸，因此她甚至觉得晚上不太想和大家一块儿去看戏了；但是必须承认，她这些想法也没有持续多久。因为不一会儿她就想起来，第一，她根本找不到什么借口待在家里；第二，那个戏正是她很想看的。于是乎他们一块儿都上了剧院。在剧院里并不见蒂尔尼兄妹，没人来恼她或逗她；她心想，这一家人虽然多才多艺，但爱好戏剧恐怕并不算在内。不过，也许那是因为他们看惯了伦敦大舞台上更加出色的表演之故。从伊莎贝拉那里她知道，看了伦敦的演出，别的什么演出都是“很吓人的”。她来剧院是为了消遣娱乐的，她没有上当受骗；这个喜剧的效果极好，她把烦恼暂时都丢开了，因此，在前面四幕演出时，凡是注意观察她的人，都不觉得她有什么苦恼。然而，到了第五幕刚开始的时候，她突然在对面包厢里看到蒂尔尼先生和他的父亲坐到一帮人的旁边，她的焦虑与烦恼顿时又恢复了。舞台上的表演已不能激发真正的快乐,不再吸引她,令她全神贯注。她注意力分散,平均每隔一次,她就要瞥一下对面的包厢;在整整两场演出中,她都这样注视着蒂尔尼先生的,然而她一次也没能引起他的注目。现在是不可能再说他对戏剧漠不关心了;整整两场戏中,他的眼睛一直没有离开过舞台。不过,他总算朝她看了一下,并且点了点头——这点头多么冷淡!没有笑容,点了一下头之后并没有注视她;他的目光立即又回到了原先的方向。凯瑟琳心神不定,心里非常苦恼;她真想赶到他坐的包厢去,拉住他,要他听她解释。她所流露的并不是女英雄人物的情感,而是自然的情绪;他们不假思索地就认为过错在她,但她并没有去想这样做挫伤了她的自尊,骄傲地认为自己是无辜的,对存有疑心的他表现出忿怒来,让他自己来苦苦哀求,要她说清事情的原委,她也不故意回避,或是去与别人亲热来让他明白过去的错;恰恰相反,她把这件事的处理不当,至少是这件事情的发生,全都让自己一个人把责任承揽了下来,而且急于寻找机会,要把事情的缘由说个明白。

剧终了,幕落下了,亨利·蒂尔尼原先坐的地方已不见了人影,不过他父亲还坐着,也许他此刻正朝他们的包厢走过来。她猜对了,过了片刻他向这儿走来,从观众渐渐散去的一排排座位穿过,用同样镇定礼貌的口气跟艾伦太太和她的朋友说话。然而她的话却没有像他说得那样镇定自若:“哦!是蒂尔尼先生,我一直很想跟你说说,向你道个歉。你一定觉得我很没有礼貌;但那件事确实不能怪我,艾伦太太,你说是吗?他们不是说过,蒂尔尼先生跟他妹妹一起坐了马车出去了,对吗?而我是非常想跟你一起出去的,艾伦太太,我有没有这样说过?”

“亲爱的,你把我礼服拉坏了,”艾伦太太这样回答。

然而，她这一番郑重其事的话语尽管只是自己在说，却并非白说；听了她的话，他的脸上流露出了较为热情、自然的笑容，但他说话的语气还略带有一丝拘谨：“我们当时还是非常感谢你的，我们在阿盖尔大街上从你们身边走过时，你还祝愿我们散步愉快：非常感谢你特地回过头来看我们。”

“可其实我真的没有祝愿过你们散步愉快；这样的事我连想也没有想过。我只是恳求索普先生停下马车。我一看见你们就马上叫他停车。哎，您说我是不是叫了，艾伦太太，哦！您当时不在。可我真的叫了。而且，只要索普先生一停，我就会跳下车来追赶你们的。”

对这一番表白会无动于衷，天底下有这样的人吗？反正亨利·蒂尔尼不是这样的人。他脸上的笑容变得更加和蔼，关于对他妹妹的担心、后悔，以及对凯瑟琳为人的信赖，他把要说的话都说了。“哦！别说蒂尔尼小姐没生气，”凯瑟琳大声说道，“因为我知道她生气了，今天早上我上她那儿去时她不愿意见我。我刚离开她就走出了屋子，我看到的。我觉得很伤心，但那不是侮辱。也许我到过那里你并不知道。”

“我当时不在屋里，但我从艾丽诺那里听说了。她一直都很想见一见你，要向你解释清楚发生这种不礼貌的事情的原因。不过，或许也可以由我来解释。也不是什么大事，只不过我父亲——当时他们正好准备外出，他急匆匆地要赶时间，又不肯再推迟一下，就是不答应她，请你相信，就是这么回事。她心里也很苦恼，想尽早向你道歉。”

听了这一情况，凯瑟琳心头一块石头落了地，但她心里总觉得还有些不踏实，于是乎就生出了下面这个疑问。就这个问题而言，的确是问得很天真，尽管这位先生听了觉得很不好受。她说，“可是，蒂尔尼先生，你为什么不如你妹妹那么宽宏大量呢？假如她那么相信我的心是好的，认为那不过是一场误会，那为什么你说生气就生气了？”

“我！我生气！”

“是嘛，我知道，你走进包厢的时候，看得出来你是气呼呼的。”

“我气呼呼的！我可没理由生气。”

“可是，见过你那怒容的人谁会说你没理由呢。”听了这话，他只是请她挪出个空儿，然后跟她讨论起刚才那个戏来。

他跟她们待了好一会儿，举止谈吐让凯瑟琳很喜欢，因此，他走的时候，她已经是心满意足，没有一点怨言了。不过，他们分手之前，两人都同意了，原先说好的郊游应该尽早去。他离开她们那个包厢的时候，她心里是很难过的，不过，除了这一点之外，总的说来，她当时觉得自己也是天底下一个最最幸福的人了。

他们在交谈的时候，她感到很意外，发现那个从来不会在一个地方坐上十分钟的约翰·索普，在跟蒂尔尼上将攀谈。等她感觉到自己成了他们两人注目和谈话的对象时，她心里的感觉已经不只是意外而已。他们会谈论她什么呢？她只是怕蒂尔尼上将不喜欢她的外貌，他宁愿将她拒之于门外，不让她与女儿碰面，也不想推迟一会儿外出散步，她觉得就有这个意思在里面。“索普先生怎么认识你父亲的？”她一面为她的同伴指出索普先生，一面急切地询问。他一点也不知道这是怎么回事；不过他父亲跟所有的军人一样，交游非常之广。

散场时，索普来了，陪她们走出剧院。他的殷勤是直接冲着凯瑟琳来的；他们在休息室等轿子的时候，她原本想问个究竟的，但是心里想好的话几乎已经到嘴边了，却被他抢在前面拦住了，他一本正经地问她有没有看见他跟蒂尔尼上将交谈："他是个很好的老头儿，真的！身板结实，很精神，看上去跟他儿子一样年轻。我很敬重他，真的。一个很有绅士派头、心地非常善良的人。"

"你是怎么认识他的？"

"怎么认识！老去伦敦的人几乎没有一个我不认识的。我老在贝特福咖啡馆[1]碰到他；他今天一进弹子房我就认出他了。还有，在我们这些打落袋的人当中，他也是一个高手呢。我们还比过一回子，刚开始的时候我几乎很怕他：他赢我有八九成的把握，我要是没有击出那种最最干净利索的、为世人所称道的球的话——我正好击中他要的那个球，可是没有球台，我说了你也不明白；但我确实赢了他。他是个很有意思的人；非常富有。我很想跟他吃顿饭；真的，我敢说他常请人吃大菜。不过，你说说看我们刚才在谈什么？说你了。啊，一点没错！上将觉得你是巴思最漂亮的姑娘。"

"噢！胡说！你哪能这么说？"

"你猜我怎么说？（放低了声音）'说得对，上将，'我说，'我很赞成你的话。'"

蒂尔尼上将的话让凯瑟琳感到高兴，可索普的赞美就乏味得多了，因

① 贝特福咖啡馆坐落在伦敦考文特花园东北角，十八世纪三十年代时，那里每晚都聚集着一些有才华的人，如亨利·菲尔丁即是。索普此时显然是在说大话。

他一路上还是重复同样的甜言蜜语

此，这时候艾伦先生来把她叫走，她也就不觉得有什么惋惜的。可是，索普还是要送她坐上轿子，而且，不管她怎样恳求他住嘴，他一路上还是重复同样的甜言蜜语，一直到她坐进轿子为止。

蒂尔尼上将非但没有讨厌她，反而对她加以赞美，这确实令人很高兴。她心里喜滋滋的，觉得这一家子中随便哪个人她都用不着怕见面了。对于她来说，这一晚的收获，比她期望的要多得多了。

第十三章

星期一，星期二，星期三，星期四，星期五，还有星期六的种种情景，读者诸君都已经仔细了解。每一天发生的事，每一天的希望与担忧，每一天的懊恼与快乐，也都一一作了叙述。现在要记述的只剩星期日的痛苦了，说完之后，这一周也就到头了。克利夫顿之行是推迟了，但并没有取消，这一天午后在皇家新月楼前散步的时候，这件事又提了起来。伊莎贝拉和詹姆斯两人悄悄地商量，她是一心一意地想去的，他则同样一心一意，要讨她的开心，所以，两人意见非常一致，要是天气晴朗，第二天早晨就一起动身；他们打算起个大早，以便及早赶回家。这件事就这样决定了，他们也征得了索普的赞同，最后只剩下凯瑟琳要通知。因为她离开了一会儿，去跟蒂尔尼小姐说话去了。这个计划就是在她离开的那一会儿完成的，等她一回来，大家就要她也同意。可是，出乎伊莎贝拉的预料，凯瑟琳非但没有欣然应允，反而是一脸的严肃，很是懊恼，说是没法同去。先前她就是有约在先，不应该加入他们原先的郊游的，既然如此，她现在也不能陪他们同游了。她当时已经和蒂尔尼小姐说定，第二天按照大家都答应的计划去徒步旅游。这一回她是非常地坚决，无论怎样都不再变卦了。可是索普兄妹两人一听此言，即刻迫不及待地提出要求，说她必须并且应该改变主意。他们第二天必须到克利夫顿去，要是她不去，大家都不去；

就一次徒步旅游，推迟一天也没有什么大不了的，他们不同意她拒绝大家的邀请。凯瑟琳听了很不高兴，但她没有屈从。“别来劝我了，伊莎贝拉。我跟蒂尔尼小姐已经约好。我不能去。”这样说还是没有效果。他们又你一句我一句地向她说了同样的理由，她必须去，她应该去，他们不同意她拒绝大家的邀请。“告诉蒂尔尼小姐，你是有约在先，才刚想起来，你只好请她把一同去徒步旅游的计划推迟到下星期二，那是很好解释的。”

“不行的，没那么容易。我可不能这样做。我们事先并没有约定嘛。”然而伊莎贝拉反而更加缠住她不放；她嗲声嗲气地请求，一声接一声地说着甜言蜜语。她说，她心中明白，她的亲爱的凯瑟琳心地这么善良，脾气这么温柔，她的真心朋友是一劝就灵的。然而这一切都是白搭。凯瑟琳觉得自己的决定是对的，尽管他们说了一大堆好话请求她，使她心里感到难受，但是她依旧无动于衷。于是，伊莎贝拉来了一个新招。她责怪她偏爱蒂尔尼小姐，尽管认识她才没多久，却把最好最知心的朋友们忘记了。总之一句话，对她本人也变得冷淡、漠不关心了。“凯瑟琳，我真是好妒忌，你让我受到了冷落，我还不及新来的陌生人，可我是非常爱你的！一旦我的感情有了钟爱的对象，那是随便什么都动摇不了的。我倒觉得，我的情感比谁都深。我心里明白，这强烈的情感使我久久不能平静；我承认，看到我们两人之间的友情被陌生人所取代，我心里好难受。蒂尔尼这兄妹俩好像把我们的一切都侵吞了。”

凯瑟琳认为这样的指责既奇怪又刻薄。把她的感情暴露给别人看，难道这也算是朋友吗？在她看来，伊莎贝拉心眼太小、太自私了，为了满足自己可以不顾一切。她心里产生了这些痛苦的想法，只是嘴上没有说出来。这个时候，伊莎贝拉拿起手绢来揩眼睛，莫兰看到这样的情景，心里很难受，禁不住说道，“凯瑟琳，别这样。我觉得你不可以再坚持自己的做法了。又没什么大的牺牲；去帮这样一位朋友——要是你还拒绝，我觉得你也太不友好了。”

这是她哥哥第一回公开地站出来反对她。为了避免她哥哥的不愉快，她想出了一个折衷的办法。只要他们肯把计划推迟到下星期二，她就愿意跟他们一块儿去，大家的要求都可以满足，这样改动是很方便的，因为他们完全可以自行决定。可是，她立即得到回答说“不行，不行！那可不行，因为索普不知道下星期二会不会到伦敦去”。凯瑟琳只好表示遗憾，说她无能为力了；接着是一阵子沉默，还是伊莎贝拉说了话。她语气冰冷，并且脸有愠色，说，“很好啊，那么郊游就到此为止。要是凯瑟琳不去，我也不会去。总不能就我一个女人。无论如何我是不会做出这种不体面的事来的。”

“凯瑟琳，你非去不可，”詹姆斯说。

“可是索普先生为什么不可以带他另一个妹妹去呢？我觉得另外两个妹妹总有一个想去的。”

“谢谢你，”索普大声说，“我到巴思来不是要带妹妹兜风、当傻瓜的。绝不会，要是你不去，我去就不是人。我去就是为了带你。”

“你的恭维我并不高兴。”然而索普突然转身就走了，并没有听见她说的话。

索普走后，其余三个人仍在一起，在那样的情景下一起散步，可怜的凯瑟琳是非常不自在的。有时候什么话也不说,有时候不是向她苦苦哀求,就是一味地指责。虽然她的胳膊依旧与伊莎贝拉挽在一起,但是两个人心里却在闹着别扭。她一会儿心软了,过了一阵子又气恼了;情绪一直不好,但态度一直是坚决的。

"没想到你这么固执,凯瑟琳,"詹姆斯说;"以前你不是这么不好说话的人;在几个妹妹当中,你是最和气、脾气最好的。"

"我希望我现在并不比以前差,"她情绪激动地回答道;"可是我的确没法去。要是我有什么错的话,那是我做了我认为是对的事。"

"我猜想,"伊莎贝拉低声说,"怕是没有做过思想斗争吧。"

凯瑟琳气极了;她抽回了自己的胳膊,伊莎贝拉也没有抵抗。就这样过去了长长的十分钟,直至索普又回来。索普脸带笑容地走到他们身边,说,"哎,事情解决了,这么一来我们明天都可以一起去郊游了,心里不必再犯难。我去找过蒂尔尼小姐,替你打了个招呼。"

"不可能!"凯瑟琳大声说。

"我去了,真的。刚从她那儿来。我对她说,我是受你委托,转告她,因为刚记起来原先跟我们约好明天到克利夫顿去,所以跟她出去散步要改到下星期二了。她说了,很好,下星期二她也一样方便。这样我们的困难都解决了。我出了个好主意,——哎?"

伊莎贝拉又是一脸的微笑,显得十分愉快,那詹姆斯也又高兴起来了。

"确实是一个很好的主意!喂,亲爱的凯瑟琳,我们全部的烦恼都结束了;你也很体面地解除了顾虑,我们可以快快活活地去郊游了。"

“那样绝对不行，”凯瑟琳说，“我不能服从。我必须立即去找蒂尔尼小姐，纠正你的说法。”

可是伊莎贝拉和索普一人一边抓住了她的两只手。三个人一齐儿来责备她。连詹姆斯也十分生气。事情都解决妥当了，蒂尔尼小姐自己也说下星期二很好，这个时候再反对就十分可笑，十分荒唐了。

“我不管。索普先生无权编造这样的话。假如我本人觉得要推迟的话，我早就可以亲口跟她解释。这样做反倒显得更加无礼。我怎么知道索普先生有没有——也许他又误会了；他星期五就因误会而害得我做了一件失礼的事。索普先生，放开我；伊莎贝拉，别拉着我。”

索普对她说，追也没用了。他追上他们的时候，他们已经转弯到布鲁克大街，此刻他们已经到家了。

“那我一定要追到他们，”凯瑟琳说；“不管他们走到哪里，我都要找到他们。别说了，说也没有用。假如劝不动我去做我认为错的事情，那么骗也是骗不成的。”说了这几句话，她挣脱双手，赶紧走了。要是没有莫兰拉住，索普就追上去了。“让她去，让她去，要是她一定要走，她固执得像头——”

索普没有说出来像什么，因为这个比方说出来决不会是很妥当的。

凯瑟琳很激动地走了，她穿过人群，拼命地快走，生怕被人撵上，虽然如此，但她还是决心坚持到底的。她一面走，一面思考着刚才发生的事。让他们感到扫兴，感到不高兴，尤其是让她哥哥觉得不愉快，她心里是很痛苦的，但她不能后悔自己作出了抵抗。撇开自己的意愿不谈，就说第二次失约于蒂尔尼小姐，仅仅五分钟之前自愿作出的允诺现在又食言，而且

“索普先生，放开我……”

是编造了借口，也必定是错误的。她与他们冲突并非只是出于自私的本能，并非仅仅考虑满足个人的愿望；自私的本能和满足个人的愿望，那是可以在某种程度上由郊游这件事来解决的，可以凭游览布莱士城堡来满足；绝不是这么一回事，她考虑的是别人的权益，以及她在人们心目中的声誉。然而，尽管她坚信自己正确，但仍不足以使她恢复镇静，只有等到亲自跟蒂尔尼小姐说清楚了，她才能舒心。离开了新月大厦她就加快了步子，余下那一段路她几乎是跑着的，一直跑到了弥尔逊大街。尽管蒂尔尼小姐他们出发在先，但是由于她的动作非常迅速，因此，他们看见她来的时候，也还是刚刚进屋。仆人还站在门口，尚未关上门，她只请求立刻与蒂尔尼小姐说几句话，说完就跟在仆人身旁匆匆上了楼。接着，推开正好在右边的第一扇门，她一下子就跨入了客厅，里面是蒂尔尼上将以及他的儿子和女儿。她一进门就解释，但这解释没有一点连贯性。因为她心烦意乱，又气喘吁吁的。“我是急急忙忙赶来的——这是一场误会，我从来没答应去过；我一开头就跟他们说我不能去。我是匆匆忙忙奔过来说明的。我不管你们会对我有什么看法。我不能等仆人来传话了。”

这一连串断断续续的话虽然并没有明白地说清事情的原委，但是这件事不一会儿也就真相大白了。凯瑟琳发现，约翰·索普确实来说过了；而蒂尔尼小姐毫无顾忌地承认，当时听说之后是感到非常地意外。虽然她的这一番解释，出于本能是既说给蒂尔尼小姐听的，也是说给她哥哥听的，但是，她哥哥是否比她还觉得愤愤然，凯瑟琳是无法得知的了。不管在她来之前他们心里是什么样的感觉，她一到就急切表明的态度，立即就使她每一个表情、每一句话，都像她期望的那样让人觉得是诚恳友好的。

事情这样妥当地解决之后，蒂尔尼小姐将凯瑟琳介绍给了她的父亲。她父亲欢迎凯瑟琳来访，立即很爽气地表现出彬彬有礼的样子，态度之生动使她想起了索普说的话来，她欣喜地感到他有时候还是可以相信的。上将的礼貌可说是表现为热切关注，只见他由于不了解她是异乎寻常地匆匆进屋的，因此对仆人非常生气，责备他失职，让她自己开门进寓所里来。“威廉是怎么搞的？他应该好好询问一下事情才是。”假如不是凯瑟琳一腔热情证明那并非他的过错，那么她的急匆匆进屋即使不会使威廉丢了饭碗，也很可能使他从此失去了主人的重用。

在与他们一起坐了十五分钟之后，她起身告辞，就在这时，蒂尔尼将军问她能否赏光，与他的女儿共进晚餐，再陪陪她。这个邀请让她喜出望外。蒂尔尼小姐也请她留下来。凯瑟琳感到无比荣幸，但这事却由不得她自己决定。因为艾伦夫妇时刻都在等着她回去。将军表示，既然这样，他也不便再挽留了，艾伦夫妇的要求是不能违背的；不过，改日再请，早一点告知的话，他相信，他们俩是不会不舍得让她上朋友家来的。不会的，不会的；凯瑟琳知道他们是决不会有异议的，她一定会非常欣喜地登门的。将军亲自起身送她到临街的门口，一起下楼时说的都是热情的话语，称赞她步态的婀娜多姿，那是与她翩翩起舞时的富有朝气完全吻合的，告别时他还很有风度地向她频频点头。

凯瑟琳因刚才发生的一切而高兴，喜气洋洋地朝普尔特尼街走去，那走路的样子，正如她决心要做到的那样，显得婀娜多姿，虽然她以前从来没有想过要这样走路。她没有再去见那几个她得罪了的人就管自己回家了。既然她自始至终都是一个胜利者，自己的意图也作了说明，并且已经确定她一定去散步，这个时候（由于激动的情绪已经平静下来）她开始怀疑自己是否完全正确。作出牺牲总是崇高的；假如她在他们的恳求下作出让步，现在也不会有烦恼了，得罪了朋友，惹得哥哥生气，会给朋友和哥哥带来极大乐趣的计划也化为了泡影，这一切也许都是因她之故。为了卸下思想上的包袱，为了依照不带偏见的观点来了解自己到底做得如何，她找了个机会向艾伦先生请教，把她哥哥和索普兄妹二人已经解决了一半的第二天的计划说了一遍。艾伦先生一下子就领会了她的意图。"呃，"他说，"那你是不是也想去呢？"

"不想去；他们跟我商量之前我就已经跟蒂尔尼小姐约好了。因此，你知道，我就不能跟他们去了，对吗？"

"不能，当然不能。我很高兴你不考虑去。这样的荒唐事现在并不时兴。少男少女坐在敞篷马车上，到乡间兜风！偶尔为之倒是不错；可是你们一块儿进出乡村酒店、公共场所！那不成体统；我真弄不懂索普太太竟然会容许。我很高兴你不考虑去了；我可以肯定，莫兰太太要是知道了会生气的。艾伦太太，你是不是也跟我一样的想法？你是不是也觉得这种想法很不好？"

"是的，是很不好。敞篷马车太肮脏了。一件清洁的礼服，在马车上呆不了五分钟就脏了。上车、下车就会溅了一身泥。四面八方的风会吹乱你的头发、帽子。我就非常讨厌敞篷马车。"

"我知道你不喜欢，可是现在说的根本不是这么一回事。要是年轻的小姐老是坐在敞篷马车里，让年轻的小伙子驾车，甚至是根本没有什么关系的小伙子,你不觉得怪模怪样吗?”

“是怪,亲爱的,的确是怪模怪样的。我连看都不要看。”

“亲爱的太太,”凯瑟琳说道,“那你以前为什么不告诉我呀?我可以肯定地说,要是我知道不成体统,那我根本就不会跟索普先生去了;但我一直都希望,要是你觉得我有不对的地方,你会给我指出。”

“我会的,亲爱的,你就放心好了;我们离开家的时候就跟莫兰太太说过,我始终会在能力范围内尽量照顾好你的。可是我也不可以大惊小怪。正像你那好心妈妈自个儿说的,年轻人嘛终归是年轻人。你知道我们刚到的那会儿,我叫你不要买那枝状花纹平纹细布,可你就是要买。年轻人是不喜欢老让人家说这个不行、那个不可以的。”

“可这是正经事呀;我觉得在正经事上你不会劝不动我的。”

“现在看起来,也没有什么大碍,”艾伦先生说;“我只想劝你一句,亲爱的,不要再跟索普先生一起出去了。”

“我也正想说这个话呢,”他妻子补充说道。

凯瑟琳算是放下了心,但想起伊莎贝拉,她又犯起愁来。她考虑了一会儿之后便问艾伦先生,要是写一封信给索普小姐,说说关于她一定也和自己一样还不知道的不成体统的事,不知道是不是妥当、是不是友好。因为她觉得尽管发生了那样的事,伊莎贝拉第二天说不定还会到克利夫顿去的。然而,艾伦先生劝她千万别做这种事。“亲爱的,你就让她去吧,她这么大的人了,知道她做的是什么事。要是还不懂事,那还有妈妈会来劝导她的。索普太太,不必说,是太放纵她了。可不管怎么说,你还是别去多事。要是她和你哥哥想要去的话,那他们只会怨恨你了。”

凯瑟琳服从了；虽然她想起来很不是滋味，伊莎贝拉竟也做错事，但是，艾伦先生赞同了她的做法，这使她感到极大的宽慰，也非常地欣喜，有了艾伦先生的告诫，她自己避免了铸成这种错误的危险。她想从游览克利夫顿的一队人马中逃脱出来，现在的确是逃脱了；因为，假如她为了做一件本身就是一个错误的事而失约于蒂尔尼兄妹俩，那么他们会怎样看待她？假如她做了一桩失礼的事之后，反而又让自己做出另外一桩失礼的事，那么他们又会怎么看待她呢？

第十四章

第二天早晨，天气晴朗，凯瑟琳真有点儿觉得，聚在一块儿的那几个人又会来攻击她。现在有艾伦先生的支持，她也不怕这样的事发生；不过，假如得胜本身是令人痛苦的话，那么她倒情愿不参加竞争；所以，她从心底里感到高兴，既没有看到他们的人影，也没有听说有关他们的消息。到了预先约定的时候，蒂尔尼兄妹就来叫她了，由于并没有新产生的麻烦，没有突然想起来的事，没有突然冒出来的召见，也没有冒冒失失闯进来的客人打乱他们的计划安排，因此在这种情况之下，我的女主人公就可以一反常情地[1]实现她与朋友的约会，尽管这是与男主人公本人之间的约会。他们决定去游览那座壮丽的小山，即山毛榉崖，山上青葱欲滴的草木矮林实在引人注目，几乎巴思每一座建筑的窗户，都能望见山上的草木。

"我一看到这座山崖，"他们在河边散步的时候，凯瑟琳这样说，"就会想起法国的南方。"

"这么说，你到过国外？"亨利有些惊讶地问道。

"哦！没有，我只是想说，我在书上看到的。它老让我想起《尤道尔弗之谜》中艾米莉和她的父亲游历过的乡间。你从不看小说，是吗？"

"为什么就不看小说呢？"

“因为小说于你还欠妥，男人们是读正经书的。”

“无论男人还是女人，要是对一本优秀的小说没有兴趣，那必定就是一个极愚蠢的人。我把拉德克利夫夫人的书都看了，大部分都很喜欢。《尤道尔弗之谜》这本书，我拿起来就再也放不下；我记得两天就读完了，自始至终都叫人毛发倒竖。”

“对，”蒂尔尼小姐补充说，“我记得你答应读给我听的，后来我被叫去回一封信，仅仅五分钟，你也不肯等一等我，拿着书躲到隐士居里，害得我只好等你看完了再看。”

“谢谢你，艾丽诺；一个非常诚实的证言。莫兰小姐，你知道了自己不公正的怀疑了。你看，我如饥似渴，为妹妹连五分钟也不愿等候；我答应给她朗读，但没有信守诺言，读到引人入胜的章节，却拿着书溜走了，而那本书，请注意，就是她的书，是她自己的书。想着这件事我就觉得自豪，我想你听了这番话，一定可以纠正你对我的看法了。”

“我听了真的非常高兴，现在我也不会因自己喜欢《尤道尔弗之谜》而难为情了。不过我以前真的以为，男人们瞧不起小说的态度令人惊讶。”

“是令人惊讶；要是男人们瞧不起小说的话，那的确让人觉得惊讶——因为他们跟女人一样看很多小说。我本人就读了许多许多。说到什么朱莉娅啰、路易莎啰，关于这些人物的知识，你别以为我不是你的对

① 作者这句话是针对哥特式小说的手法而发的，在哥特式小说中，女主人公与男主人公的约会常为意想不到之事所干扰，所以叫“一反常情”，含讽刺之意。

手。假如我再深入一步，再没完没了地问‘这本你看过吗？’和‘那本你看过吗？’那我很快就会把你远远地甩在后头，就像——我该说像什么呢——我想找一个贴切的比喻——就像你的朋友艾米莉跟她姨妈进入意大利，把可怜的瓦伦科特甩了一样。你想想我出道要比你早许多年。我当年在牛津大学开始做学问时，你还只是个在家里描绣花花样的听话的小姑娘呢！”

“恐怕并不很听话。不过说正经的，你不以为《尤道尔弗》是最好的[①]书吗？”

“最好的，我以为你这么说的意思是最精美的。那还要看书的装帧如何了。”

“亨利，”蒂尔尼小姐说，“你真太不讲礼了。莫兰小姐，他是完完全全拿你当我一样来对待了。他老是在挑我的毛病，说我遣词造句有些不妥帖。现在也同样挑起你的毛病来了。‘最好的’这个词像你这样用法是不合他的规范的。你还是尽快换个说法吧，要不然他一路上会没完没了地搬出约翰逊[②]和布莱尔[③]来教训我们了。”

“说真的，”凯瑟琳说道，“我并没有要说与事实不相符的话。这本书的确是一本好书，我为什么不能说好呢？”

“很正确，”亨利说，“今天天气非常好，我们的徒步旅游很好，你们是两个很好的小姐。哦！这真是一个很好的字眼！哪里都可以用得上。这

---

① 原文为 the nicest，有“最好的”、“最精美的”等多种释义。

② 塞缪尔·约翰逊(1709—1784)，英国作家、评论家、辞书编纂者。

③ 休·布莱尔(1718—1800)，语法修辞学家，著有《修辞学讲稿》(1784)。

个词原来也许只是用来表达精美、贴切、雅致、高雅等意思的，人们在衣着、见解或选择方面好挑剔、讲究。可是，如今随便就什么话题说任何称道的话，都可以用这个词表达。”

“而实际上，”他妹妹说，“这只应该适用于你，但我这话没有一点称赞的意思。你是好吹毛求疵，但一点也不明智。莫兰小姐，别去理他，让他去尽情斟酌用词的贴切与否，挑我们的毛病吧，我们只管挑我们最喜欢的词语来赞扬《尤道尔弗之谜》，管它什么贴切不贴切。这是一部很有意思的作品。你喜欢这一类书吗？”

“说句老实话，我喜欢这类书，别的就不怎么喜欢了。”

“真的呀！”

“就是说，我也读读诗歌呀、剧本呀那一类书。游记也看些。可是说到历史，那种真正严肃的历史，就引不起兴趣。你呢？”

“喜欢，我喜欢历史。”

“我希望自己也喜欢。历史是读过一点，那是当一门功课，但是书上说的都是些我觉得厌烦、毫不感兴趣的事。主教与国王的争吵呀，还有战争、瘟疫呀，一页一页都说的是这些。男人都是无用之辈，几乎不提女人，真叫人乏味。但我常常觉得很奇怪，怎么会这么乏味，因为历史书上好多东西一定都是虚构的。英雄嘴里说出来的话，他们的思想，他们的宏图计划，这些方面的主要内容必定是虚构的，而读别的书那些虚构的内容我倒很爱看。”

“你认为那些历史学家，”蒂尔尼小姐说，“在驱使他们的想象力方面是很不走运的。他们表现出了想象力，但又没法子激发人们的兴趣。我喜欢历史，无论真假我都兼收并蓄，非常乐于接受。在主要的史实方面，他们都参考过去的历史著作及记载，而那些历史著作与记载，我认为，是可以相信的，就像那些实际上并非自己亲历的事物一样。至于你所说的虚构的细节，也不过是细节而已，而我就喜欢这样的历史故事。如果一篇演说写得好，我就很爱读，不管是谁写的。假如出自休谟先生[①]或罗伯逊先生[②]之手，而不是卡拉克塔克斯[③]、阿格里科拉[④]或阿尔弗烈德大王[⑤]的原话，可能我就会更加爱读。”

“你这么喜欢历史！我爸爸，还有艾伦先生，也很喜欢。我有两个弟弟也不讨厌历史。真了不起，我这么几个亲友中就有这么多喜欢历史的人！这样说起来，我也就不再把写历史故事的人看作是可怜的人了。要是人们喜欢读他们的书，那当然也是好事；不过，花这么多精力去写大本大本我过去认为谁也不愿翻一翻的书，辛辛苦苦伏案写作只不过是要来折磨那些男孩女孩，我老觉得这真是命运的冷酷。现在我知道这完全是非常正确、非常必要的，但是人竟会坐下来立志完成这样的一件工作，我常常惊叹他的勇气。”

“男孩女孩应该受些折磨，”亨利说，“凡是熟悉文明制度下人之本性的人谁也不会否认这点。但是，为了我们最著名的历史学家的利益，我倒

---

① 休谟（1711—1776），英国哲学家、历史学家。不可知论代表人物。

② 罗伯逊（1721—1793），苏格兰历史学家。

③ 英国古代一国王。

④ 阿格里科拉（37—93），古罗马将领，77 年任罗马执政官，曾出征不列颠，后任不列颠总督。

⑤ 阿尔弗烈德大王（约 849—899），英格兰西南部韦塞克斯王国国王（871—899），在位期间曾率军队击败丹麦人侵者。

要指出，认为他们没有更高的目标那是很可能会触怒他们的，而且，他们是完全有资格凭借他们的方式与风格，来折磨那些最有理智、具有最成熟人生经历的读者的。我用的是动词‘折磨’，因为我注意到了那是你自己的方法，而不用‘教导’，假如这两个词现在可以算作是一组同义词的话。”

“你觉得我很可笑，把教导说成是折磨。可是，假如你也像我以前一样常常听见男孩女孩怎样先学字母，然后又学拼写，假如你也像我一样，看见他们整个上午怎样呆头呆脑，我可怜的母亲一个上午下来又是多么劳累，那么你就会承认‘折磨’与‘教导’有时候是可以当作同义词来用的。”

“那是很可能的。但是儿童识字的困难是不应该由历史学家来负责的。就连你自己，虽然似乎并不完全赞同孜孜不倦、勤奋刻苦，但也许还是会承认，为了今后能读能写，花上两年时光受点折磨也是值得的。想一想，假如没有学会识字，拉德克利夫夫人的书岂不就白写了，或者说也许就不会有她的书了。”

凯瑟琳表示赞同；听她打心底里赞美了一番那位夫人吸引读者的技巧之后，大家便结束了这个话题。蒂尔尼兄妹俩不一会儿谈起了一个新话题，她是一句话也插不进。他们在用非常熟悉绘画的眼光观察这一片景色，怀着具有真正鉴赏力的极大热情，认定这片景色可以入画。听到这里凯瑟琳迷惑了。她一点也不懂绘画，一点也不懂鉴赏。她聚精会神地听着他们俩的谈话，然而她一无所获，因为他们用的字眼，她几乎一点儿也不知道是什么意思。而她所能听懂的那一丁点儿，却似乎又与她过去关于这个问题的一知半解相左。似乎要取一个好景不再是站在高高的山顶上了，同时，蔚蓝的天空也不再是大好晴天的证明。她为自己的无知而深深地感到羞愧，可这是不合时宜的羞愧。人们倘要结交朋友，始终要表现出无知。要是表现出无所不知的样子，那就等于说没有能力迎合别人的虚荣，这是聪明的人始终想加以避免的。一个女人，倘若她不幸有些知识的话，尤其得尽可能加以掩饰才是。

美丽的姑娘长了一个笨脑袋，其有利之处另一位女作家[①]的生花妙笔已有著述。除了她所说的之外，就这个问题我只想补充一点，为男人们说句公道话。尽管大多数轻薄的男人认为，女人之蠢反倒很能衬托出她们容貌的美，但是，他们也有一部分人本身就极为明智、博学，因此不希望女人无知之外还有别的品质。然而凯瑟琳对自己的这一个优势并不了解，不了解一个容貌姣好、温柔多情，同时又很无知的姑娘，是绝不可能吸引不了一个聪明的小伙子的，除非外界条件处处与自己作对。在眼前这个事例中，她承认自己知识的贫乏，她为此而感到遗憾，并表示无论如何也要学会画画。他听后立即给她讲解了一通绘画的理论。他的讲解明白易懂，她立即开始看到了他所赞美的每一处景物之美，而且她又是那般全神贯注，以致他完全相信她具有天生的鉴赏力。他讲到了近景、远景、次远景、旁衬景、透视法和光线明暗。凯瑟琳真是一个有出息的学生，等到他们登上山毛榉崖顶的时候，她自觉地指出，整座巴思城都不配入画。亨

---

① 即芬妮·伯尼（1752—1840），英国小说家，作品多写涉世少女的经历，代表作为《埃维莉娜》，奥斯丁很欣赏她的小说。

利此时既为她所取得的进步而欣喜，又担心太多的绘画知识会使她生厌，也就顺其自然，不再多说。他将话题很随意地从一块岩石碎片和一棵枯萎的栎树转到一般的栎树，继而谈到树林、林场、荒地、皇室土地以及政府，并且一下子就谈起了政治。谈政治则是通向沉默的方便之路。他简短论述了国家的状况之后，大家一时都无话可说，这停顿被凯瑟琳打断了。她用相当郑重的口吻说出这样一句话："我听说，伦敦不久将要出一桩非常令人震惊的事。"

这句话她主要是说给蒂尔尼小姐听的，蒂尔尼小姐听了吓了一跳，并急忙答话，"真的！是什么性质的呢?"

"我不知道，也不知道是谁的大作。我只听说是比我们迄今为止所见的还要可怕。"

"天哪！这种事你是从哪里听来的?"

"我一个非常要好的朋友昨天从伦敦给我来过一封信，信中讲到了这件事。据说非常可怕的。我看总是谋杀以及诸如此类的事。"

"你说起来像没事儿似的！不过我倒希望你那朋友说的话是夸大其辞；要是这样的一个计划事先让人知道了，政府毫无疑问会采取适当的措施，加以防范，不让它发生的。"

"说到政府，"亨利说道，竭力不笑出来，"对这种事情既不想干预，也不敢干预。杀人的事总避免不了，政府并不关心这样的事情有多少。"

小姐们听得发了呆。他哈哈地笑起来，并补充说道，"得了，要不要让我来帮助你们俩彼此了解一下对方，还是让你们自己去苦苦思索，寻找答案呢？不要了，我要高尚一点。我要以我清晰的思维和宽广的胸怀，来证明我是一个大丈夫。对间或放下架子像女人一样去理解事情抱鄙视态度的那些男人，我是不能容忍的。也许论天资，女人是既不健全，也不尖锐，既不强劲，也不敏锐。她们还可能缺乏观察力、洞察力、判断力、热情、天才和智慧。”

“莫兰小姐，他说的话你别放在心上；还是请你说说这起可怕的暴乱事件吧。”

“暴乱？什么暴乱？”

“亲爱的艾丽诺，暴乱只不过存在于你的脑子里。你把事情搅得乱七八糟了。莫兰小姐说的可怕的事不过是一部新的出版物，该书不久即将出版，十二开本共三卷，每卷二百七十六页，第一卷扉页上画着两块墓碑和一盏提灯——你明白了吗？你呀，莫兰小姐，你说得明明白白，我的傻妹妹全都误解了。你说到了伦敦可能会出现的恐怖，但是她并没有像一个肯动动脑筋的人那样，立即想象出这些字句只能跟付费图书馆[①]有关，而是马上在脑海里描绘出一幅三千之众的暴民在圣乔治广场集结；英格兰银行遭到袭击，伦敦塔危在旦夕，伦敦街头血流成河，轻装龙骑兵第十二团（它是民族的希望）的一支小分队从北安普敦调来镇压暴乱，而英勇的弗莱德里克·蒂尔尼上尉，正率领士兵冲锋的时候，被一块从楼上窗口飞来的砖头击中，落下马来。请原谅她的愚笨。她除了女人的脆弱之外，还有小妹的担忧；不过呢，她绝非通常所说的傻瓜。”

凯瑟琳则是一脸的正经。“亨利，”蒂尔尼小姐说道，“既然你已叫我

---

① 十八世纪后半叶付费图书馆很红火，还促进了图书、尤其是长篇小说的出版。

被一块从楼上窗口飞来的砖头击中，落下马来

们了解了彼此，那么你也应该让莫兰小姐了解你本人，除非你有意要她觉得你对妹妹是极无礼的，一说到女人，你就是个蛮不讲理的人。莫兰小姐可不习惯你那种怪脾气。”

“我会很乐意地让她熟悉起来的。”

“那当然；不过这也说明不了目前的状况。”

“那我要怎么办呢?”

“你心里明白该怎么办。你要当着她的面大大方方地表明自己的个性。告诉她，你高度评价女子的理解力。”

“莫兰小姐，我高度评价世上一切女子的理解力，尤其是那些我正巧与之做伴的女子，无论她们是谁。”

“还不行。要再严肃一点。”

“莫兰小姐，谁都没有我对女子理解力的评价高。我认为，女子天生有那么高的才智，实在是连一半也用不上。”

“莫兰小姐，现在我们要他说得再严肃一点是不能了。他现在是严肃不起来的。不过，我的确可以叫你放心，如果他有时候会让人觉得对女子评价不公正，或者对我说话不客气，人们必定完全误解了他。”

凯瑟琳自然认为亨利·蒂尔尼是绝不会错的。他的方式有时候让人感到意外，但是他的本意必定始终是公允的。于是，理解的事她由衷佩服，即使不理解的事几乎也是一样地佩服。这次远足自始至终都是令人愉快的，虽然时间太短，但是结束时也是让人感到非常愉快的。她的朋友们把她送回了家，蒂尔尼小姐在分手的时候彬彬有礼地对她和艾伦太太说，请她们两天后光临共进晚餐。艾伦太太并不为难地就接受了邀请，至于凯瑟琳，唯一的尴尬是如何掩盖自己过分的喜悦。

整个上午过得如此美好，弄得她把友情与亲情一古脑儿都丢开了；因为，她与他们远足的时候，根本就没有想到过伊莎贝拉和詹姆斯。蒂尔尼兄妹俩走了以后，她又怀着较亲切的感觉想起了他们，不过这种感觉持续了一会儿后也没多少效果；艾伦太太并没有可让她释念的消息要转告，她没有听到关于伊莎贝拉或詹姆斯的消息。然而，上午将尽的时候，凯瑟琳因为缺少一码左右的缎带，需要立即去买，于是出门到了街上，碰巧就在邦德街赶上了走在前面的索普家的二小姐，当时她正慢悠悠地朝埃德加大楼走去，她的两旁是两位世上最可爱的姑娘，她们跟她已经一起玩了一个上午。从索普家二小姐那里她很快得知，去克利夫顿的那一行人已经出发了。“他们早晨八点钟出发的，”安妮小姐说，“可是我的确不眼红他们的郊游。我认为我跟你免了这一趟苦才开心呢。到那儿去一定是最无聊的事，因为这个时节克利夫顿是一个人也没有的。贝尔[①]跟了你哥哥，约翰嘛，他带了玛丽亚。”

听她说郊游是这样安排的，凯瑟琳心里确实感到很高兴，而且嘴上也这样说了。

“哦！是的，”对方接话道，“玛丽亚是去了。她是非常想去的。她觉得那一定非常有意思。我可不会说我赞赏她的趣味；至于我本人，我一开头就决意不去的。即使他们硬是劝说，我也不去。”

凯瑟琳听了这话有点将信将疑，禁不住说道，“真愿你也能去。你们

① 伊莎贝拉的爱称。

不能都去，怪可惜的。”

“谢谢你说这话；不过这对我来说完全是一桩无所谓的事。真的，我是怎么也不会去的。我刚才在跟艾米莉和索菲亚这么说着，正巧你来了。”

凯瑟琳还是不相信；但她很高兴安妮小姐还有艾米莉和索菲亚这两个朋友来安慰她。她向安妮告了别，心中不再感到很不安，然后就回了家，他们并没有因为她不肯加入而没有成行，使她心里觉得舒坦，同时打心底里祝愿他们玩得非常愉快，这样一来，詹姆斯和伊莎贝拉也就不会再因她坚持不去而对她怒气冲冲的了。

第十五章

第二天一大早，伊莎贝拉来了一封信，信的字里行间透露着友爱和亲切的感情，她还请求能立即见她朋友一面，说要告诉她一桩极重要的事情。凯瑟琳读了信之后无比地欣喜，既感到知音难得，又不免心生好奇，于是就匆匆赶往埃德加大楼。客厅里只有索普家最小的两位小姐，没有旁人；在安妮小姐起身去叫她姐姐的时候，凯瑟琳趁这机会向另一位小姐打听他们昨天郊游的一些细节。

提起昨天的郊游，玛丽亚再也找不到比这更愉快的话题了；凯瑟琳于是立即便得知，这次安排的郊游从头至尾都是最愉快的，谁也想象不出这次郊游有多快活。这就是头五分钟打听到的消息；接着的五分钟里再问下去就知道了这么一些：他们赶着马车直接到了约克饭店，吃了一点汤，还订了早中饭，然后赶往温泉房，尝了矿泉水，又花了几个先令买了钱包和晶矿石饰品，出了温泉房后到一家点心店吃冰糕，然后赶紧回到饭店，急急匆匆三口两口地吃完中饭，以免摸黑回家；后来赶马车回来的路上很愉快，只是月亮还没有升起来，天下着小雨，而且莫兰先生的马太累了，他几乎赶都赶不动它。

凯瑟琳听着，从心底里感到满意。他们似乎连想也没有想过要去布莱士城堡；至于其他，也没有什么可感到抱憾的。玛丽亚说完之后还替她姐姐安妮感到惋惜,说她因为没能与大家一起去而气得不得了。

“我心里明白,她怎么也不会原谅我的;可是你知道,我有什么办法呢?约翰一定要我去,他说过他不会带她去,他说她总懒得动弹。我知道她这一个月心情是不会好了;不过我下了决心,不会跟她不高兴;一点点小事情是不会叫我发脾气的。”

伊莎贝拉跨着迫不及待的脚步走进客厅,一脸愉快与神气的表情,真把她朋友的全部注意都吸引住了。小妹玛丽亚当即被打发走了,于是伊莎贝拉拥抱住凯瑟琳,说道:“是啊,我亲爱的凯瑟琳,真是这样;你的深邃眼光没有欺骗你哦!瞧你这诡谲的双眼!——把什么都看得透彻。”

凯瑟琳只能以不知所云的怔怔目光作答。

“喂,我亲爱的、可爱的朋友,”另一位继续说道,“你要镇静一点。你看得出来,我太激动了。咱们坐下来,慢慢地谈吧。唔,这么说你一收到我的信就猜着了?机灵鬼,是吗?哦,我亲爱的凯瑟琳,只有你了解我的心思,才能估量我此刻的幸福。你哥哥是最有魅力的男人。我只希望我自己能再配得上他一点。可不知道你的好爸爸跟好妈妈是什么意见呢?哦!天哪!我一想起他们,就非常地激动!”

凯瑟琳的理解方开始苏醒了,对事情真相的一个想法突然在心中冒出来;因为这从未体验过的新奇感觉,她不禁激动得脸泛红晕,说道,“老天爷!我亲爱的伊莎贝拉,你在说什么呀?你会——你真会是在与詹姆斯恋爱吗?”

然而,她不久便发现,这一大胆的猜测,还只不过涉及了事实的一半。她以前老受到伊莎贝拉的责怪,说她能在伊莎贝拉的一颦一笑、一举一动中看出她的钟爱之情，而在他们昨日的郊游中，她也欣喜地接受了同样钟爱之情的表白。她的心，她的忠贞，也同样向詹姆斯作了许诺。凯瑟琳从来不曾倾听过如此有趣、如此奇妙和喜悦的事情。她的哥哥和她的朋友订婚了！由于这种情况从未经历过，因此它就显得非常重要，无法用言语来表达，因而她认为这是平常的生活道路上几乎不会重复出现的重大事件之一。她无法用言语来表达她的感情之强烈，然而，这感情的性质却使她的朋友感到得意。首先溢于言表的是为能做姑嫂而感到的幸福，于是两位美丽的小姐拥抱在一起，流出了喜悦的泪水。

然而，尽管凯瑟琳在展望这一层亲属关系时从心底里感到高兴，但是必须承认，伊莎贝拉对她们亲密关系的预想，要远远超过她。“对我来说，我亲爱的凯瑟琳，今后你比安妮和玛丽亚都要亲得多了：我感到，与我自己的家庭相比，我会更加地亲近我亲爱的莫兰的家的。”

这样的友情境界，是凯瑟琳所无法理解的。

“你跟你亲爱的哥哥太像了，”伊莎贝拉继续说，“所以我刚见到你的那一刻就喜欢极了。不过我一直都是这样的；刚见面的那一刻是至关重要的。就在去年圣诞节莫兰到我们家来的第一天，就在我刚看见他的那一刻，我的心就追不回来了。我记得当时穿的是一件黄色礼服，长发束在头上；就在我进入客厅，约翰将他介绍给我的时候，我心里想，我以前从未见到过这么帅的人。”

听到这话，凯瑟琳暗暗承认爱情的巨大力量；因为，尽管她非常地爱她哥哥，而且对于他的一切天赋才能也十分赞赏，但是她却从来不认为他帅。

“我还记得，安德鲁斯小姐那天晚上跟我们一起吃茶，她穿一件深褐色薄礼服；她真是个美人儿，我于是就想你哥哥一定会爱上她的；心里想着这事我一个晚上都没合眼。啊！凯瑟琳，为了你哥哥，我有许多个夜晚没有睡着过！我是绝不愿你受半点儿这样的痛苦的！我知道，我已经变得非常地憔悴了；不过我不说我心里的苦恼了，省得你心里难受；你已经看得够多的了。我觉得我老是流露出自己的感情；说起对于神职的偏爱总是毫不提防的！不过我心中一直相信，你会替我保守秘密。”

凯瑟琳觉得，这一点是最保险的；可是，一想到事情发展到今她竟毫无所知，她又觉得羞愧，因此她不敢再去辩解，也不敢说她并不是如伊莎贝拉说的那样，机灵敏锐、善解人意。她发觉她哥哥正打点行装，准备立即动身回富勒顿去说明情况，请求父母的同意；而这才是伊莎贝拉心里真正不平静的根源。凯瑟琳自己相信，也诚恳地叫伊莎贝拉相信她的父母是决不会反对他们儿子的意愿的。“做父母的人，”她说道，“他们是最善良的，是最希望他们的子女得到幸福的；毫无疑问，他们会立即同意的。”

“莫兰也是这么说的，”伊莎贝拉接话说；“可是我不敢有这样的期望；给我的陪嫁是微不足道的；他们怎么也不会同意的。你哥哥，他干吗非得娶我呢！”

凯瑟琳又一次看到了爱情的力量。

“说真的，伊莎贝拉，你太看低自己了。陪嫁的多少是无关紧要的。”

“啊！亲爱的凯瑟琳，我知道，在你的心里，陪嫁的多少是无关紧要的；可是我们不可以希望许多人都这样公正无私呀。至于我自己，我相信，我但愿我们双方的境况能调换一下。要是我有几百万的陪嫁，要是我可以主宰整个世界，我唯一的选择就是你的哥哥。”

这一可爱的想法既新鲜又有意思，听了叫人喜欢，使凯瑟琳产生了非常愉快的回忆，想起了她所熟悉的女主人公；她觉得她的朋友在说出这个美妙的想法时是最最可爱的，从来没有这么可爱过。“我相信他们会同意的，”她再三地声明；“我相信他们会喜欢你的。”

“要说我嘛，”伊莎贝拉说道，“我的愿望很普通，小小的一笔收入我就满足了。只要两个人真心相爱，贫即是富，奢华我最讨厌：我怎么也不会在伦敦定居的。在某个僻静的乡村，找一座小屋，我就喜出望外了。里士满附近有几座可爱的小别墅。”

“里士满！”凯瑟琳嚷道。“你得在富勒顿附近住。你得找靠近我们大家的地方住。”

“我们不住在附近我真的会很难受。只要我住在离你很近的地方，我就心满意足了。可是这些都是空话！没有得到你父亲的回音之前，我是不会去考虑这样的事情的。莫兰说今晚把信送到索尔兹伯里，明天就有回信了。明天？我知道我是不会有勇气去拆信的。我知道，回信一到我就完了。”

说了这一番担心的话之后，伊莎贝拉沉思起来。待到她又说话的时候，已经要决定做什么样的结婚礼服了。

她们两人的谈话被那位心情迫切的恋人打断了。他是来依依惜别的，他就要动身到威尔特郡去。凯瑟琳想说几句祝贺他的话，可是她不知道要说什么，她的千言万语只蕴藏在她的眸子里。不过，八大类词汇在她的眼神中极其生动明白地流露出来，因此詹姆斯毫不费力地就能领会连贯起来的意思。因为他迫不及待地要实现他的全部期望，所以他只是匆匆地告别；而且，倘若不是他的心中人焦灼地催促他快动身，反而一回回地让他耽搁，那么他的告别就会更加地匆匆了。有两回就因为她焦灼地催他快走，他几乎到了门口又被叫回来。“真的，莫兰，我非得赶你走了。你想想自己骑马得赶多远的路啊。见你这么磨磨蹭蹭的，我真耐不住。天哪，别浪费时间了。行了，走吧，走吧——我真要你走。”

这两个朋友的心比先前联结得更加紧密了，这一天她们俩是难舍难分；于是，这一天的时光在憧憬姑嫂间的愉悦中飞逝。索普太太与她的儿子是无所不知的，他们似乎认为，只要莫兰先生一允诺，就会把伊莎贝拉的订婚视作他们家可以想见的最幸运之事。他们此时也得到许可进屋来，与她们俩一起商议，于是，看到他们投来的意味深长的目光与神秘兮兮的表情，那两个不许待在客厅里的小妹妹心中充满了好奇。以凯瑟琳朴素的感情看来，她觉得这种怪里怪气的拘谨态度，似乎既不是出于好意，又未必能始终坚持；若不是他们这种行为没有继续下去，她早就忍不住要点明这种态度的不友好了；然而小妹妹安妮与玛丽亚的一句“我有一个想法了”，那思维的敏锐，倒使她放松了情绪；那一晚只见她们仿佛进行了一场智斗，它体现了索普家族的足智多谋，一边是装作知道了秘密，一边是发现了秘密而不说，但双方都是同样的互不相让。

第二天凯瑟琳又去了她朋友那里，力图稳定一下她的情绪，并消磨书信到来之前那段难捱的时光；这样做也是很有必要的，因为随着合乎情理地企盼着的时刻的临近，伊莎贝拉的情绪越来越抑郁，而且，就在书信抵达之前，她的情绪已经是真正的苦闷了。然而，待到书信真的抵达，哪里还有苦闷？“我非常顺利地得到了慈爱的双亲的同意，他们还答应，凡是力所能及之事他们都会作出努力，让我的幸福快快到来，”这是来信的头三行字，于是顷刻间，一切都平平安安，令人高兴。伊莎贝拉立即喜上眉梢，满脸通红，忧虑、犯愁似乎已烟消云散，她的情绪几乎亢奋得无法控制，她还毫不顾忌地称自己是世上最最幸福的人。

索普太太含着喜悦的眼泪，拥抱她的女儿，拥抱她的儿子，拥抱她的客人，即使半个巴思城的人来了，她也会因称心满意而拥抱他们。她的心充满了慈爱。每说一句话都要带上“亲爱的约翰”，“亲爱的凯瑟琳”；“亲爱的安妮和亲爱的玛丽亚”，必须立即叫人来分享他们的快乐；而在伊莎贝拉名字之前连加两个亲爱的，对这宝贝孩子来说也是完全受之无愧的。约翰自己也不遮掩喜悦。他不仅把莫兰先生称作是世界上最优秀的人，而且还一迭连声地赌咒发誓说了许多赞扬的话。

那封带来这一切快乐的书信，是一封很短的信，内容除了表达对事情成功的保证之外，没有多少别的话；而详细情况的说明则要推迟到詹姆斯的再次来信。不过，对于伊莎贝拉来说，那些详细情况她是等得起的。必不可少的话莫兰先生的允诺都已经包含了；他已经郑重地答应，一切都会顺顺利利的；至于他们的经济来源如何解决，地产是否要放弃，储备资金的所有权是否要转让，这些事情，她既然有不存偏见的性格，是毫不关心的。她是一个聪明人，对于体面而迅速地成立家业，心里是有把握的，因此，她迅速展开了想象的翅膀，领略成家立业之后伴随而至的幸福。她看到了几个星期之后，她受到富勒顿每一位新结识的人的注目和赞叹，成了普尔特尼每一位受敬重的老朋友羡慕的人，有一辆马车听她调用，她的名片上有了一个新的姓，纤手上还有戒指的闪烁。

约翰·索普原不过是等书信一到自己就动身去伦敦的，既然现在已经了解了信的内容，他也就打点行装准备动身了。“哎，莫兰小姐，”见凯瑟琳一个人在客厅里待着时他这样说，“我是来跟你说再见的。”凯瑟琳则祝他旅途愉快。他装作没听见她的话，走到窗前，心神不定的样子，嘴里哼着曲子，似乎全在想自己的心事。

“你到德维西斯[1]不会误时吗？”凯瑟琳说。他没有答话；但他沉默了一分钟之后突然说出：“啊！这结婚的计划真是绝妙！莫兰和贝尔真聪明。莫兰小姐，你的意见呢？我说这主意不错。”

“我觉得的确是一件很好的事。”

“是吗？啊呀，真坦白！不过我很高兴你不敌视婚姻。你听过那首古老的歌‘参加一个婚礼迎来另一个’吗？哎，我希望你会来参加贝尔的婚礼。”

“是的；我答应过你妹妹会来的，如果可能的话。”

“这么说你知道，”他扭身很不自然地傻笑着，“哎，这么说你知道，我们可以核实一下这首古老的歌唱得对不对啦。”

“我们？可是我从来不唱歌。哎，我祝你旅途愉快。我今天要跟蒂尔尼小姐一起吃饭，所以我现在得回家去。”

“哎哎，用不着急成这个样子。谁知道我们何时才能再见面呢？尽管再过两个星期我会来乡下，可是两个星期我觉得太长了。”

---

① 从巴思前往伦敦的旅客到此地休息、用餐。

“那你干吗要离开这么久呢?”凯瑟琳回答,因为见他在等她的答话。

“不管怎么说,你很善良,既善良又温和。我不会随随便便忘记的。我总觉得,你比谁都温和、性情温和极了。不光是性情温和,而且哪方面都好;还有,你真——说真的,我从没见过有像你这样的。”

“哦!真是的,我这样的人有许许多多,可只是都比我好很多。再会啦。”

“不过我说呀,莫兰小姐,过不了多久我会到富勒顿来请安的,如果你们不讨厌的话。”

“一定要去。我爸爸、妈妈看到你会很高兴的。”

“我还希望——我希望,莫兰小姐,你见了我不会觉得遗憾。”

“哦!哪能呢,一点也不会。很少有人我见了会觉得遗憾的。来客人总是开心的事。”

“我就是这样想的。我要几个让人开心的伙伴,只要和几个我爱的人聚在一起,只要到我喜欢的地方去,跟我喜欢的人在一起,别的人都去见鬼吧,嗨。我真是从心底里感到高兴,听见你也这样说。莫兰小姐,我倒觉得你跟我在多数事情上想法是很相像的。”

“也许有可能;可我从没想到过这点。至于说多数事情,老实告诉你吧,我有自己的看法的事情不多。”

“嗨,我也一样。我这个人是不会为跟我无关的事去伤脑筋的。我对事物的看法很简单。只要让我有我喜欢的姑娘,哎,又有一座舒适的房子,那我还关心别的事情做什么?财产算不了什么。我自己的一份丰厚收入是有把握的;假如这位姑娘没有一文钱的嫁妆,怎么,那样反而更好。”

“很对。在这一点上我的想法跟你一样。假如一方有一大笔财产，另一方就没有必要要什么财产。别管哪一方有，只要够就行了。我讨厌有了大笔财产之后还要追求大笔财产的想法。而以金钱为目的的婚姻，我认为是世上最最邪恶的事。再见啦。我们很高兴将在富勒顿见到你，什么时候方便就什么时候来。”说完她就走了。他再殷勤也无法多挽留她一会儿。有这样的消息要传达，有这样的一次拜访要作准备，她要走是挽留不住的，不管他有什么理由要坚持，她还是急匆匆地走了，让他一个人去回味自己那一番得意的话，以及她说得明明白白的意思。

由于她刚得知他哥哥订婚的消息时有过那一阵激动，因此她以为把这一令人意想不到的事件告诉艾伦先生和艾伦太太，他们在感情上也一定不会无动于衷的。可她感到太失望了！这件大事她是转弯抹角说了一大堆婉转的话之后才引出来的，然而她哥哥一到巴思他们就已经料到会有这样的事。当时他们的全部感情就包含在一个祝愿里，祝愿年轻人婚姻幸福美满，此外，艾伦先生称赞伊莎贝拉的美丽，艾伦太太则说伊莎贝拉非常幸运。在凯瑟琳这边听来，这是令人感到极意外的冷漠。不过，前一天詹姆斯已经去了富勒顿这一秘密一透露，倒使艾伦太太情绪很是兴奋。她再不能平心静气地听凯瑟琳说话了；而是一迭连声地表示遗憾，说这事不该瞒着，并说她真希望他走之前能看到他，因为她肯定要麻烦他问候他父母，以及向斯金纳一家问好。

第十六章

凯瑟琳对于她走访弥尔逊大街的喜悦期望太高了,以致失望成为不可避免;尽管蒂尔尼上将非常客气地接待了她,虽然儿子亨利也在家,他的女儿友好地迎接了她,而且也没有别的客人。她回家时并没有花许多钟点来研究自己的情绪便发现,她的确是怀着喜悦的心情去赴约,而实际上约会并没有给她带来喜悦。她原以为那天大家交往之后她与蒂尔尼小姐之间的友情会有发展,然而,她们似乎反倒不如以前那么亲密了;原以为在家庭聚会无拘无束的气氛中,会看见亨利·蒂尔尼更平易近人,然而,他的话从没有说得这么少,从没有这么不讨人喜欢;因此,尽管他们的父亲对她非常有礼貌,尽管有谢意,他的邀请,以及他的恭维,然而离开他家时却感到是一种解脱。这一切到底是怎么回事,她百思不解。这事是不能怪蒂尔尼上将的。他非常殷勤,非常和气,总之是一个非常有魅力的男人,这一点是不容怀疑的,因为他身材高大,漂亮,而且他是亨利的父亲。有他在场,孩子们缺乏热情,她也活泼不起来,这不能让他负责。这前一种情况,她最后相信,有可能是偶然发生的,而这后一种情况,她只能归咎于自己的蠢笨了。伊莎贝拉听了她这次走访细节之后,却有不同的解说:"这都是傲慢,是傲慢,不可容忍的高傲与自大!我早就怀疑他们家自视地位高,这样一来就肯定了。蒂尔尼小姐这种无礼举动,我这辈子从未听说过！她这样的人家竟然连普通的教养都没有！竟然会对自己的客人做出这种傲慢的事来！我睬都不会睬她！”

“可是，伊莎贝拉，没有坏到这程度；并没有傲慢，她对我是很有礼貌的。”

“哦！别为她辩解了！还有她的哥哥，他好像还很喜爱你呢！天哪！唉，有些人的心思真猜不透。这么说，他整整一天就没有看过你一眼啰？”

“我并没有这么说；他似乎只是情绪不好。”

“多卑鄙！我最最反感的就是出尔反尔。还是让我来劝你别再去想他了，亲爱的凯瑟琳；他确实配不上你。”

“配不上！我觉得他从来就没想过我。”

“我说的就是这个意思；他从来没有想过你。太三心二意了！啊，跟你哥哥和我哥哥差得太远了！我的确认为约翰是一心一意的。”

“不过说到蒂尔尼上将，我想换了别人是不可能对我这么彬彬有礼、这么殷勤的，真的；他关心的似乎就只有一件事，就是款待我、让我快乐。”

“哦！我没听说过他怎样坏；我没怀疑他傲慢。我觉得他是一个很有绅士风度的人。约翰觉得他不错，而约翰的看法——”

“行了，我要看看他们今天晚上怎样待我；我们会在上厅跟他们见面。”

“我要去吗？”

“你不打算去吗？我以为都定下来了。”

“不是的，既然你这样看重，我也没话可说，就依你。但你不可以硬要我装得很和气的样子，因为我的心，你知道，会跑到几十里路以外的。至于跳舞，请你不要提起；那是完全不可能的事。我知道查尔斯·霍奇斯会死缠着我的；不过我会立即阻止的。十之八九他会猜出是什么缘故，所以那正是我要避免的，因此，我一定要让他把猜想藏在心里。”

伊莎贝拉对蒂尔尼一家人的看法并没有对她的朋友产生什么影响；她确信，无论是哥哥还是妹妹，他们的举止态度都没有无礼的表现；而且她还认为他们并没有傲慢的心理。那天晚上，她的信心有了回报；她遇到了那兄妹俩，见面时一个是同样的友好，而另一个是同样的殷勤，一如既往：蒂尔尼小姐只想着待在她身边，而亨利则请她跳舞。

前一天在弥尔逊大街的时候，凯瑟琳就听说他们几乎每一刻都在等候大哥蒂尔尼上尉的到来，所以当她看见一个以前从未见过的时髦而漂亮的青年，而且显然是他们当中的一员时，她立即就知道他是谁。她用非常仰慕的眼光注视着他，而且甚至还觉得可能有些人会认为他比弟弟漂亮，虽然以她的眼光看来，他神情中的傲气更多，而表情上的魅力则较少。他的趣味与举止态度毋庸置疑要差一些；因为她亲耳听见他不但觉得他自己跳舞是不可思议，而且甚至公开笑话亨利竟然付诸行动。从这后一种情况不妨作这样的假设，不管我们的女主人公对他有什么样的看法，他对她的仰慕并非带有很大危险性的那一种；不可能会挑起兄弟间的敌意，也不会给这位小姐带来烦恼。他不可能是挑唆者，不会唆使三个穿骑手大衣的恶棍，把她拖进一辆四轮游览马车里去，然后飞也似地把她拉走。在此同时，凯瑟琳除了遗憾只有很少几对舞伴之外，心里根本就没有感觉

三个穿骑手大衣的恶棍

到会有这样或那样的不幸来扰乱她的心绪，所以，她沉浸在通常与亨利·蒂尔尼在一起时的幸福之中，睁大晶莹的双眼听着他说的每一句话；她在发现他那样迷人的同时，觉得自己也变得有魅力了。

第一轮舞结束时，蒂尔尼上尉又朝他们走过来，而且让凯瑟琳很不满的是，竟把他弟弟拉走了。他们悄声地说着话走开了；尽管她的敏感并没有因此立即让她感到忧虑，认为蒂尔尼上尉必定已经听到哪一个人对她的恶意中伤，现在要赶紧告诉他弟弟，希图将他们永远拆散，然而她的舞伴一离开她的视线，她心中不免感到非常地不安。她心中七上八下，足足有五分钟之久；而就在她开始认为时间已经过去了很长的一刻钟时，他们两个人又都走了回来，而且亨利借提出一个问题之际，向凯瑟琳作了解释，他想知道她的朋友索普小姐是否介意跳一轮舞，因为要是她同意，他哥哥会很乐意与她认识。凯瑟琳毫不犹豫地回答说，她非常有把握地认为索普小姐根本不想跳舞。这句冷酷的回答转达给了对方，结果他立即走开了。

"我知道你哥哥不会把这话放在心上的，"她说，"因为我在这之前听他说过，他讨厌跳舞；不过，他心眼挺好的，还想到跳舞。我猜他看到伊莎贝拉坐下来，以为她可能想找个舞伴；可是他大错特错了，因为她根本就不愿意跳舞。"

亨利微笑着说道，"你一点不费心思，就能了解别人行为的动机。"

"怎么这么说？是什么意思？"

"在你这方面，你从来不去想这样的人可能会受到外界的什么影响？最可能影响这样一个人的感情的动机——年龄、处境以及生活习惯都考虑在内——是什么呢？你只是想：我该如何接受影响？什么才是我做这件事或那件事的动机？”

“我听不懂你的意思。”

“那样的话，我们非常不平等，因为我非常地了解你。”

“我？对；我没本事把话说得让人听不懂。”

“妙极了！这是对现代语言的绝妙讽刺。”

“还是请说说你的意思吧。”

“真要我说吗？你真想要知道？可是你不明白事情的后果；这样一来你会觉得非常尴尬，最后自然会引起我们之间的不和。”

“不会，不会；都不会的；我不怕。”

“那好吧，我的意思不过是说，我哥哥要想邀请索普小姐跳舞，你把他的愿望仅仅说成是心眼好，这使我深信无疑，你自己的心眼比谁都要好。”

凯瑟琳脸红了，连忙说不是，而这么一来，这位先生的预言也就证实了。不过，从他的话里也听得出一些意思，是要缓解她心里感受的窘迫；她如此认真仔细咀嚼着这意思，那认真使她只管自沉默了好一会儿，忘记了说话，忘记了听人家说话，而且差一点忘记了自己是在什么地方；一直到伊莎贝拉的说话声打断了她的沉思，于是她抬起头来，看见伊莎贝拉与蒂尔尼上尉一起向他们伸过手来，准备跳舞。

伊莎贝拉耸了耸肩，笑了笑，这就是当时她对自己态度的异常改变所能作出的唯一解释了；然而这样的解释凯瑟琳仍然还不十分理解，所以她明明白白地对舞伴说出了心中的惊讶。

“真难想象怎么会有这种事！伊莎贝拉是坚决不跳舞的。”

“伊莎贝拉过去就没有改变过主意吗？”

“哦！可是，因为，还有你哥哥！听了你转告我说的话之后，他怎么还会想到要去邀请她呢？”

“这事并没有让我感到意外。你要我为你的朋友感到吃惊，我就遵命感到吃惊；至于说我的哥哥，他在这件事中的表现，我必须承认，并没有什么特别，不过做了我认为他完全可以去做的事。你朋友的漂亮是明明白白的诱惑力；至于她态度的坚定，你知道，那只有你才明白。”

“你是在嘲笑人；不过，我告诉你，伊莎贝拉一般都是很坚定的。”

“这话说谁都可以。总是坚定就等于是常常固执的。什么时候作出适当的让步，这是对判断力的考验；而撇开我哥哥不谈，我确实认为索普小姐的不失时机绝非荒唐之举。”

这对朋友直至跳舞结束后才又碰头说起悄悄话；当两人聚在一起，手挽着手在厅里散步的时候，伊莎贝拉却这样解释说：“我明白你为什么觉得意外；可我真的累死了。他真会说话！要是我能静下心来，听他说话倒挺好玩的；可是我真想一个人静静地坐一会儿。”

“那你为什么不坐下来呢？”

“哦！亲爱的！那样一来我就太起眼了；你知道我多么讨厌让人觉得起眼。我是尽量地回绝他的，可是他就是不听。你不知道他有多缠人。我请他原谅，请他去找别的舞伴，可是不行，他不肯；一旦想着要找我做舞伴，这厅里别的人他连想都不愿去想；问题并不是他仅仅是想跳舞，他是想要跟我在一块儿。哦！这种荒唐事！我对他说，他那样来劝说我是根本行不通的，因为，我最最讨厌的就是甜言蜜语和一个劲地恭维；就这样——就这样我发现，我要是不站起身来，他就没完没了地纠缠。还有，我心里想，他是休斯太太介绍的，要是我不答应，她会很不高兴的。还有你的哥哥，他要是知道我整个夜晚一个人呆坐肯定会难受的。我很高兴这一切都过去了！听他说那些荒唐话，我什么情绪都消磨完了；不过，他是一个这么潇洒的年轻小伙子，我发现人人都在注意我们俩。"

"他的确非常英俊。"

"英俊！是的，我看可能吧。可能人们一般都会称赞他；不过他并不符合我对美的要求。我讨厌男人红润的肤色与黑眼睛。不过他也长得很好看。肯定自高自大得出奇，不过你知道，我也有我的办法，几次煞了他的威风。"

两位年轻小姐此后又一次碰面时，谈论的话题有意义得多了。当时詹姆斯·莫兰的第二封信已经收到，信中详细叙述了他父亲慈爱的打算。莫兰先生本人既享有圣职授予权又有圣职俸金，因此，一俟儿子到了岁数，就可以将有四百英镑年俸的教区牧师职务交托给他；这是家庭收入中划出的一份不小的数目；十个子女中的一个就得了这么些，实在是不少了。而且，还有一笔价值至少相等的收入也决定今后由他继承。

詹姆斯在这个时候很得体地表示了自己的感激之情；至于要等两至三年才能结婚，他也毫无怨言，因为尽管他不喜欢等，但这个决定也是在他预料之中的。凯瑟琳对父亲的收入原就没有一定的认识，她的期望也一样地不确定，因此她的意见完全为她哥哥所左右。此时她同样觉得非常满意，并为一切都令人愉快地解决而由衷地祝贺伊莎贝拉。

“确实很好啊,”伊莎贝拉一脸阴沉地说。

“莫兰先生确实把事情做得很漂亮,”为人和蔼的索普太太说道,一面焦急不安地望着女儿。“我但愿也能尽同样一份力。我们不可能期待他拿出更多来,你们知道。假如他认为他以后能尽更大的力,他肯定会的,因为我相信他一定是一个心地善良的好人。刚成家四百英镑确实只是个小数目,可是亲爱的伊莎贝拉,你的愿望是一向不过分,你从没考虑过你的要求有多低,亲爱的。”

“我并不是为自己考虑才希望得到更多的收入;我不忍心因此而让亲爱的莫兰难过,为这一点收入犯愁,连维持普通的生活开销都不够。我自己是无关紧要的;我从来不考虑自己。”

“我知道你从不为自己考虑,亲爱的;你的为人让大家都对你有好感,而这样的感情永远都是对你的回报。从来没有一个年轻女子像你这样,让所有认识你的人如此爱你;我敢说,要是莫兰先生见到你,亲爱的孩子——不过咱们别说这种话尽让亲爱的凯瑟琳难受。莫兰先生把事情做得非常漂亮,你知道。我常听人说他是一个好人;而且你知道,亲爱的,咱们还得想想,要是你有相当的陪嫁,他也会再拿出一些来的,因为我相信他一定是一个很大方的人。”

“谁也没有我这样尊重莫兰先生,是的。不过哪一个人都有他的弱点,你知道,何况人人都有权处置自己的钱财,爱怎么处置就怎么处置。”

这种旁敲侧击的话使凯瑟琳的心受到伤害。“我深信,”她说,“我父亲已经尽他最大的能力了。”

伊莎贝拉知道自己讲错了话。“这一点,亲爱的凯瑟琳,是没有疑问的，而且你也非常了解我，相信我即使再小的收入也会满足的。并不是因为心里想着更多的钱财，这一刻心情才有点不好；我讨厌金钱。假如我们现在就能联姻而一年只有五十英镑的收入，我也会心满意足的。啊！我的凯瑟琳，你算看到我的心病了。就是这一点刺痛了我的心。要度过那漫长的两年半的日日月月之后，你哥哥才可以接任教区牧师的圣职。”

“是的，是的，我亲爱的伊莎贝拉，”索普太太说，“你的心思我们非常了解。你没有一点伪装。我们对你目前的烦恼非常清楚；因此，你有这种真诚的感情，大家一定会更加地爱你。”

凯瑟琳不自在的感觉开始消退。她努力相信婚期的推迟才是伊莎贝拉感到遗憾的唯一根源；而到了她们再次相见，看到她与以前一样快活、和气时，凯瑟琳努力要自己忘却曾经有过的瞬间杂念。詹姆斯信到了后不久人也来了，并受到了非常令人欢欣的友好款待。

第十七章

艾伦夫妇俩来到巴思已经进入第六个星期;这个星期是否是最后一个星期,他们俩已经商量过好多时候,而凯瑟琳听他们商量时,心儿总是焦急地怦怦直跳。她与蒂尔尼兄妹俩的相识这么快就要结束,那真是件可恨的事。当这件事还悬而未决时,她的全部幸福似乎都危在旦夕,而最后终于决定还要住上两个星期,她心里才觉得一切都平安无事了。延长两个星期,除了能很高兴地间或见到亨利·蒂尔尼之外,还有其他什么收获,凯瑟琳很少静下心来想过。的确,由于詹姆斯的订婚一事让她懂得什么是可以实现的,因此有一两回她甚至沉浸在一个秘密的"假设"之中,但是,就一般情况而言,她的目光仅限于目前跟他在一起的快乐,所谓目前即指今后三个星期,因此,既然这一段时间的幸福无庸置疑,而今后的人生历程又离得太远,那就一定也引不起她的兴趣了。作出这一安排的那天上午,她去拜访了蒂尔尼小姐,并向她毫无顾虑地述说了心中的快乐。可这一天注定是要经受磨难的一天。她刚说完艾伦先生要多逗留日子给她带来的喜悦,蒂尔尼小姐就告诉她说,她爸爸已经决定再过一个星期就离开巴思。这是对她的一个打击!与眼前的失望相比,已经过去的早晨的不安还是轻松的、平静的。此时,凯瑟琳脸色阴沉,她用充满发自内心的忧虑的语气,重复了蒂尔尼小姐的最后一句话,"再过一个星期就要离开巴思!"

"是的,我想说服爸爸照我的看法尝试很有疗效的温泉水疗法,可他根本劝不动,他期望在这里与几个朋友会面,可是他们都没有来,所以他很失望;既然他现在身体已经相当好了,就急于要回家。"

"这事让我觉得很遗憾,"凯瑟琳垂头丧气地说,"我要是早知道这事——"

"也许,"蒂尔尼小姐为难地说,"能否请你——我会感到非常高兴,要是——"

这时她父亲进屋来,这句很有礼貌的话便没有说下去,当时凯瑟琳正在想,这句话有可能是要说说她们继续保持通信联系的心愿。她父亲像通常一样彬彬有礼地招呼之后,转身对他女儿说,"哦,艾丽诺,你想邀请你的漂亮朋友,是否已经如愿以偿?我可以向你祝贺了吧?"

"爸爸,你进门的时候我正好在说这个事呢。"

"好,你就说下去吧。我知道你心里直盼着说这件事。莫兰小姐,我的女儿呀,"他继续说,并没留出时间让他女儿说话,"早就有一个很大胆的愿望。也许她已经告诉你了,我们下星期六就要离开巴思。我们的管家来信说,要我回家,他有要事禀告;原本想在这里与朗顿侯爵和科特内上将等几位多年的老朋友会面,可惜他们都没有来,因此没有理由再多逗留。为了免得我们离开巴思时有点儿遗憾,你能不能满足我们一个出于私心的要求呢?简单地说,你能否接受我们的邀请,告别这里的熙熙攘攘的热闹场面,满足你的好朋友艾丽诺的要求,陪她回格罗斯特郡?提出这样的要求我颇有点难为情,尽管你不会像巴思的任何一个人那样觉得这很冒昧。像你这样的仪态端庄——不过我绝不会拿当面赞扬来让你尴尬。假如能说服你赏光陪她同行，那我们就有说不出的高兴。诚然，我们无法提供气氛像这样活跃的活动；我们也没法用娱乐或壮观场面来吸引你，因为你知道，我们的生活方式是平平常常、朴朴实实的；不过我们会尽心竭力使诺桑觉寺不致成为一个全然让人生厌的地方。”

诺桑觉寺！那是令人精神振奋的名字，它使凯瑟琳情绪极度兴奋。她那颗充满感激与欣喜的心简直无法将心声用相当平静的语言来表达。真没想到，会收到这样令人欣喜若狂的邀请！没想到会这样热情地请她做伴儿回乡！这一邀请是多么荣耀，多么称心，包含了全部目前的快活，也包含了所有今后的希望；她满腔热情地接受了这一邀请，只不过附带说了一句，即要征得爸爸、妈妈的同意。“我立即写信回家，”她说，“如果他们不反对的话，我知道他们是不会的——”

蒂尔尼上将已经到普尔特尼大街拜访了她的杰出朋友，他们对他的请求表示了赞同，因此，他也是同样地乐观。“既然他们肯割爱让你与我们同行，”他说，“我看别的人也都会大大方方对待的。”

蒂尔尼小姐虽说非常礼貌，但从旁帮忙劝说却也非常热切，于是，不一会儿，这件事情差不多就安排妥当了。只等向富勒顿禀告，并获允许。

上午发生的事使凯瑟琳的情绪经历了种种变化，从焦急、放心到垂头丧气，不过现在好了，她感到无比地欢欣；情绪激动到了如醉如痴，心里装着亨利，嘴上念叨着诺桑觉寺，急急忙忙赶回住所给家里写信。莫兰先生和莫兰太太既然先前就放心地把女儿交托给了朋友，当然相信他们做事会谨慎的，在他们眼皮底下结识的朋友不会有什么不妥，因此他们立即回信同意她到格罗斯特郡去做客。父母依从了她的请求，这原是她预料中的，然而也使她更加相信，她比谁都受到宠爱，无论是朋友、运气，还是环境与机遇。一切有利的事物似乎都为了她的利益聚集到一起来了。因了她最重要的朋友艾伦先生与艾伦太太的好心，她见了世面，看到了各种各样的乐趣。她的感情，她的喜好，每一回都有幸福的回报。只要她感觉到爱慕之情，她就能使爱变成现实。她对伊莎贝拉的感情将牢靠地成为姑嫂之爱。她尤其希望蒂尔尼兄妹俩，对她有好感，而他们的表现甚至远远超出了她的愿望，这一亲密关系也将因此而发展。她要成为他们的座上宾，她要与她尤其想相处的人在同一座房子里住上几个星期；而且，还有一点与众不同的是，这座房子是一座寺院！她对古老建筑的酷爱仅次于她对亨利·蒂尔尼的爱恋。当她不想蒂尔尼的时候，城堡和修道院通常就是她遐想中最有魅力的事物。不管是拾级登上城堡的防御土墙和主楼，还是探访修道院的回廊，许多个星期来一直是藏在她心中的愿望，她不愿做一个匆匆来去的游客而是想深入探寻古迹，这对她似乎是根本无法实现的奢望。然而，这个愿望即将变为现实。她要去做客的地方不是什么普通住宅、府第、乡宅、庄园、庭院或村舍，诺桑觉原来是一座寺院，而她即将踏入院内，在里面住下来。修道院内长而潮湿的通道，窄小的斗室，还有倒塌的祈祷室，她每天都可以去光顾，而且她还怀着没法克制的希望，相信可以找到一些民间传说，找到关于一个受了冤屈、遭了厄运的修女的一些记载。

真奇怪，她的朋友拥有这样一个家，竟然一点也不引以自豪；对于这个家的兴趣竟然会表现得如此平淡。唯一的解释只能是儿时的习惯力量了。他们从上一代人那里得到的荣誉并没有使他们自傲。他们觉得住宅的优越就跟人外貌的优越一样并没有什么了不起。

虽然她急于要问蒂尔尼小姐许多话;然而由于她脑子里想着那么多的事情,因此在听了回答之后,对于诺桑觉寺的了解并没有更清楚一些,只知道在宗教改革时代[①]是一个广受资助的女修道院,后来修道院解散,诺桑觉寺便落到了蒂尔尼家族一个先祖手中,这座古老建筑仍有很大一部分成为现在这座住宅,尽管其余部分都已倒塌,寺院深藏在一个谷地里,北面和东面有越来越高的栎树林作自然屏障。

① 即十六世纪欧洲宗教改革运动,天主教改革的结果产生了新教。

第十八章

凯瑟琳现在是满心的喜悦，所以不知不觉中已经度过了两三天，而这期间她还没有与伊莎贝拉见过两三分钟的面。一天上午她跟着艾伦太太在温泉房里走着，找不到话说，也听不到艾伦太太说话，这时她才第一次开始意识到近几天很少见伊莎贝拉，因此真想找她说说话。就在她想念朋友还不到几分钟时，她想见的人出现了，并且一边说要跟她说一句悄悄话，一边拉着她找到了一个座位。"这是我最喜欢坐的地方，"她们在两扇门中间的长凳上坐下来后她说，坐在那里还可以勉强看到两边进进出出的人，"坐这里谁也不注意。"

凯瑟琳注意到伊莎贝拉的双眼老是朝门看，不是朝这边看就是朝那边看，仿佛是在焦急地等待着，于是她记起来伊莎贝拉常常莫须有地指责她诡计多端，想到这里她觉得此刻正是个大好机会，真的来一回诡计多端；因此她喜气洋洋地说，"伊莎贝拉，别坐立不安的了，詹姆斯很快就会到的。"

"啐！亲爱的，"她答道，"别把我看成是这么个傻瓜，老想把他挽在我的胳膊肘上。老在一起也惹人烦；那样会让这里的人讨厌的。这么说你要到诺桑觉寺去了！我太高兴了。我认为，那是英格兰最美的古迹之一。我等着听你详细的描述。"

“尽我所能吧，你一定可以听到的。你究竟在找谁哪？你妹妹都要来吗？”

“我谁也不找。人的眼睛总要看着什么的，你也知道，脑子里在想一百英里路以外的人时，我两只眼睛老是会呆呆地直盯着什么地方。我注意力总集中不起来；我觉得我是个最心不在焉的人。蒂尔尼说某种思想类型的人总有这种情况。”

“可是我以为，伊莎贝拉，你有什么事要跟我说，是吗？”

“哦！是的，是有事要说。可不是吗，这儿就有我刚才说的话的一个证据。我这脑袋！我都忘了。呃，事情是这样的，我刚收到约翰的一封信；你猜得到信中说些什么。”

“哪能呢，真的，我猜不着。”

“亲爱的，别再装模作样了。除了你，他还有什么可写的？你知道他爱你已经爱得死去活来了。”

“爱我，亲爱的伊莎贝拉！”

“喂，亲爱的凯瑟琳，这事就太荒唐了！谦虚之类的品质，本身说起来都是挺不错的，可是真的，一点点平常的老实话有时候也一样是要的。我可不懂要这样过分的紧张做什么！这是存心要人家来说好听的话嘛。他这样地献殷勤，连小孩子都看得出来。而且就在他离开巴思前半个钟头，你给了他极明白的怂恿。他信中就是这么说的，他说他实际上向你求爱了，还说你很友好地接受了他对你的表示；因此，他现在要我再替他强调一下他向你作的求婚，还要我帮他多说说好话。所以说，你装聋作哑也是白搭。”

事实总归是事实,凯瑟琳以极严肃的态度,对这样的指责表现出惊讶,申明自己一点也没有想到过索普先生是在爱恋着她,因此也就不可能有曾经想怂恿他的意图。“至于他那方面表示的殷勤,我以名誉担保并郑重宣布,我不曾有一刻意识到过——除了在他刚到的那天想请我跳舞之外。而说到向我作的求爱表示,或任何类似的表示,那一定是个莫名其妙的误会。你明白,这种性质的事情我是绝不会误解的,而且,我很希望人家相信我的话,我现在郑重申明,这种性质的话我们之间一个字都没有说过。他走之前的最后半个钟头!这一定是一个彻头彻尾的误会,因为那天上午我一次也没见过他。”

“你当然是见过他的,因为你整个上午都在埃德加大楼,是你父亲表示同意的信收到的那一天,我可以相当肯定地说,你离开大楼前曾经和约翰单独在客厅里坐过一些时候。”

“是吗?好吧,你这么说,当然就是了。不过我是怎么也记不起来了。我现在确实记得跟你在一块儿,看到过别的人还有他,可是说我们单独呆过五分钟——不过,这没有什么好辩的,因为不管他那方面发生了什么事,鉴于我并不记得这一点,你一定要相信,我从来也没有想过,没有期待过,没有企求过来自他那里的任何这类事情。我心里感到非常地不安,他竟然会关注我,不过确实我这边是全然无心的,我从来都没有一点儿这种念头。请你尽早向他说清楚,告诉他我请他原谅——就是说,我不知道该怎么说——就用最最适当的方式让他知道我的意思。伊莎贝拉,我不想对你的兄弟说什么不尊重的话,真的;但是你非常了解,假如我对某一个人特别倾心的话,这个人也不会是他。”伊莎贝拉没有作声。“我亲爱的朋友，你不可以生我的气。我根本不可能想到你哥哥会如此关心我。而且，你知道，我们仍旧是姐妹。”

“对，对，”（脸色绯红）“我们做姐妹凭的不止是一层关系。呃，我扯到哪儿去了？对了，亲爱的凯瑟琳，照现在的情景看来，你是决心不接受可怜的约翰了，是不是这样？”

“我当然不可能回报他的感情，但是同样地我以前也并没有怂恿他的意思。”

“既然事情是这样，我肯定不会再强求的。约翰希望我跟你谈谈这件事，所以我说了。不过我承认，我一看完信就觉得这件事不聪明、不慎重，对双方都不可能有什么益处；因为假如你们今后在一块儿，你们靠什么生活？当然你们俩都有一些财产，可是如今要维持一个家庭可不是一个小数目；而且不管写浪漫故事的小说家们会说些什么，事实是没有钱总是不行的。我只是弄不明白，约翰怎么会有这个念头；我上一封信他一定没有收到。”

“这么说，你真认为我没什么错啰？你已经相信，我从来没有捉弄你哥哥的意思，直到现在这一刻，我也从来没有觉得他是喜欢我，对吗？”

“哦！这个嘛，”伊莎贝拉笑着说，“我并不想妄自确定你在过去有何想法和计划。这些事你自己最明白。来一点儿无伤大雅的调情也是常有的事，而且人常常会经不住诱惑，忘却了原先奉行的原则而去怂恿对方。不过你尽管放心，我是绝不会来严厉指责你的。所有这些事情对于年轻人和兴致正浓的人来说，也是情有可原的。你知道，人嘛，今天说的是这个意思，说不定明天就变卦了。情况是要变化的，看法也会改变。”

“但是我对你哥哥的看法却从来没有改变过；我一直是同样的看法。你是在说根本就没有发生过的事情。”

“亲爱的凯瑟琳，”另一个继续说着，她根本就没有听人说话，“我绝不会让人利用，在你还没有弄清是怎么回事的时候，就催促你匆匆订婚。希望你牺牲全部的幸福，仅仅为了帮我哥哥一个忙，就因为他是我哥哥，我觉得这怎么说都是没有道理的，而且你知道，他也许终究没有你也同样会有幸福，因为人们难得知道自己在追求什么，特别是年轻人，他们都是朝三暮四、见异思迁的。我的意思是说，兄弟的幸福为什么就一定要比朋友的幸福宝贵呢？你知道，我把朋友情谊看得很重。不过，尤其重要的是，亲爱的凯瑟琳，千万别草率。你听我一句话，假如你过于草率，你一定会后悔一辈子的。蒂尔尼就说，人们往往上自己感情的当，我觉得他的话是对的。哦！他来了；不要紧，他一定不会看见我们的。”

凯瑟琳抬起头来，看到了蒂尔尼上尉；伊莎贝拉一边说一边带着渴望的表情盯着他看，这很快引起了他的注意。他立即走过来，在她挪开身子让给他的地方坐下来。他一开口说话就叫凯瑟琳吃惊。话音很低，但她是听得清的，“怎么！老让人监视着哪，不是亲自出马就是叫人代劳！”

“去，胡说八道！”伊莎贝拉接话道，同样是悄悄的声音。“干吗你要给我提示这些呢？好像我信你说的！——我的心灵，你知道，是不受拘束的。”

“我希望你的心是无拘无束的。有这一条我就满足了。”

“我的心，是啊！你跟心有什么相干？你们男人没有一个人是有心的。”

“我们要是没有心，那还有眼睛啊；眼睛真让我们受够了折磨。”

“是吗？那就对不起了；很抱歉你的眼睛在我身上看到了不顺心的东西。我朝别处看吧。我相信这样你就舒服了，”（转身背朝着他）“我相信你的眼睛现在不受折磨了。”

“从来没有这样受折磨；因为红润面颊的边缘我还能看见——既太大，也太小。”

这些话凯瑟琳都听到了，觉得很不自在，再也听不下去了。她感到惊讶，伊莎贝拉竟然还受得了，同时又为她哥哥吃起醋来，于是她站起身来，一边说她该去找艾伦太太，一边提议要伊莎贝拉一块走过去。然而伊莎贝拉并没有想走的意思。因为她太累了，在温泉房里招摇地走来走去又太烦人；还说假如离开了自己的座位，就会找不到她的妹妹，她可是随时都想看到她们；因此，她亲爱的凯瑟琳非得原谅她，非得再静静地坐下来。然而凯瑟琳有时也很固执。就在这时候，艾伦太太走过来提议她们一起回家，她也就迎上去，出了温泉房，丢下伊莎贝拉，让她仍旧与蒂尔尼上尉一块儿呆着。她是带着很担忧的感觉离开他们的。她似乎觉得蒂尔尼上尉爱上了伊莎贝拉，而伊莎贝拉也无意识地在鼓励他；必定是无意识的，因为伊莎贝拉对詹姆斯的爱慕之情也与她的婚约一样是毋庸置疑、众所周知的。怀疑她的真诚与善意是不可以的；然而，在他们整个谈话当中，她的举止态度显得很奇怪。她真希望伊莎贝拉在交谈时能更像她自己平日的样子，而不要谈这么多金钱；也不要一见到蒂尔尼上尉就那么高兴。真奇怪，她竟然会看不出他的倾慕！凯瑟琳多么想给她暗示一下，让她警惕一些，从而防止她那过于活泼的态度会给上尉和她哥哥带来痛苦的

红润面颊的边缘我还能看见

局面。

约翰·索普的爱慕之情并没有补救在他妹妹身上表现出的轻率。她根本就不曾希望他的爱慕是真挚的,她几乎也同样不相信他是真的爱慕;因为她并没有忘记他也会犯错误,而他说的求婚以及她给了鼓励的话,又使她深信,他的错误有时会极其愚蠢。因此,在虚荣心方面她收获微乎其微;她主要的得益是在于大惑不解。他竟然会花心思去想入非非,认为自己在爱她,这真是一件令人万分惊讶的事。伊莎贝拉说他表示殷勤;可她从来没有感觉到过;不过伊莎贝拉的许多话她相信是没有多加思考说出来的,也决不会再说起了;于是,想到这里她高高兴兴地全然不再去理会了,她关心的是眼前的悠闲与慰藉。

第十九章

几天过去了,凯瑟琳虽然不愿意去怀疑她的朋友,然而还是不免要对她密切注视。她观察的结果并不令人高兴。伊莎贝拉似乎已经变了一个人。伊莎贝拉周围只有埃德加大楼,或普尔特尼大街那些最接近的朋友时,她举止态度的变化倒是很不起眼,因此,倘若这变化没有发展下去,也不会引起别人的注意。她脸上间或掠过一丝毫无生气的冷漠,或如她自己所说而凯瑟琳过去从没有听说的心不在焉,可是,倘若仅此而已,没有更严重的情况出现,那倒反而会显露出新的魅力,引起人们更加强烈的关注。然而,看到伊莎贝拉在公开场合对蒂尔尼上尉的殷勤随时欣然接受,并且允许他与詹姆斯平等分享她送去的秋波与微笑,凯瑟琳觉得她的举止变化太确凿无疑了,根本无法忽略。这种变化无常的举止究竟意味着什么,她的朋友的意图又是什么,这是她无法理解的。诚然,伊莎贝拉并没意识到她带给人家的痛苦;然而凯瑟琳心里却不能不愤愤不平,伊莎贝拉有点蓄意轻率。受害者是詹姆斯。凯瑟琳发现他一脸的严肃,显得很不愉快;曾经倾心于他的女人无论对他现在的慰藉多么不关心,对她来说却始终是关心的。她对可怜的蒂尔尼上尉也非常关心。尽管他的相貌并不讨她的欢喜,但是有了这姓他却能博得她的善意,因此一想起他将要面对的失望,她从心底里感到同情;因为,尽管她相信自己在温泉房无意中听到了他们的谈话，但是从他的行为看，他对伊莎贝拉订婚一事好像并不知情，因此她想来想去，总觉得他不像是了解订婚这件事。他可能是将她哥哥当作情敌而怀有嫉妒之心，但是如果他心里似乎还有更深的意思，那一定是她自己误解了。她想用婉转的言词去劝说伊莎贝拉，提醒她注意自己的处境，让她明白她会两边不讨好；然而真要劝说，时机的把握和能否让人理解始终与她的愿望相违背。即便她能够给一个暗示，伊莎贝拉决不会理解的。她为这事感到苦恼的时候，蒂尔尼一家人计划离开巴思就成了她的主要安慰；他们过几天就要起程去格罗斯特郡，而蒂尔尼上尉不在此地的话，除他自己之外，至少就可以让大家的心绪恢复平静，然而蒂尔尼上尉目前并没有想走的意思；他不准备与大家一起回诺桑觉寺去，他要再在巴思呆些时候。凯瑟琳得知这事之后，便立即作出了决定。她跟亨利·蒂尔尼谈及了此事，对他哥哥显而易见爱上索普小姐感到遗憾，并请他将索普小姐已经订婚一事转告给他哥哥。

“这事儿我哥哥是知道的，”亨利这样回答。

“知道吗？那他为什么还待在这儿？”

他没有答话，并且谈起了别的事；然而她急切地接着说下去，“为什么你不劝他离开呢？他在这儿待得越久，对他来说最终就越不好。为了他自己，为了大家，请劝说他立即离开巴思。只要离开，最终又会让他心情舒畅起来；而他在这儿是没什么希望的，再呆下去只会叫他感到痛苦。”

亨利微笑着说，“我哥哥确实也不想那样。”

“那么你去劝他走，好吗？”

“劝说这个法子不是想用就能用的；请原谅，劝说这个办法我连尝试都不想尝试。我已经同他说过索普小姐已订婚了。他知道他做的事，也不想听别人的指挥。”

“不对，他并不知道他做的事，”凯瑟琳激动地说；“他并不明白他给我哥哥带来了痛苦。并非詹姆斯已经跟我这样说过，但我知道他心里的确很难过。”

“你能肯定这是我哥哥造成的吗？”

“对，很肯定。”

“带来这痛苦的原因是我哥哥向索普小姐表示了殷勤呢，还是索普小姐接受了他的殷勤？”

“难道不是一回事吗？”

“我认为莫兰先生会承认两者是不同的。没有一个男人会因另一个男人仰慕他爱的女人而生气；只有女人才能让这件事成为折磨人的事。”

凯瑟琳替她的朋友感到脸红，说道，“伊莎贝拉是不对。但我敢说她并非有意要折磨人，因为她是非常爱我的哥哥的。他们俩初次见面时她就爱上他了，在我父亲还没有给肯定答复表示同意时，她心里烦躁极了。你知道她一定是爱他的。”

“我明白，她爱着詹姆斯，而又与弗莱德里克调情。”

“哦！不对，没有调情。与一个男人相爱的女人不可能又与另外一个人调情。”

“可能她一面与人相爱，一面又与人调情，那相爱与调情都不如单纯相爱或单纯调情来得真切。两个男人各自都必须稍微作些牺牲。”

稍稍停顿之后凯瑟琳接着说，"这么说你不相信伊莎贝拉非常爱我的哥哥啰？"

"关于这个问题，我真还说不上有何看法。"

"你哥哥到底是什么意思？假如他知道她已订婚，那他的行为是什么意思？"

"你是要问个水落石出啊。"

"是吗？我只是问我想了解的事。"

"但你是不是只问我有可能回答得上来的事呢？"

"对，我想是的；因为你一定知道你哥哥的心思。"

"照你的说法，在目前情况之下，我哥哥的心思，我老实跟你说吧，我只能做一个猜测。"

"唔？"

"唔！不，如果要猜的话，还是让我们各自去猜吧。依靠别人的猜测作判断是可怜的。前提你已经有了。我哥哥是一个充满活力的，也许有时候还是遇事考虑不周的年轻人；他与你朋友已经认识大约一个星期了，他知道她已经订婚跟他认识她几乎有一样长的时日了。"

"是啊，"凯瑟琳想了好一会儿之后说，"你或许能依据所有这些猜到你哥哥的意图；可是我猜不到。哎，你爸爸是不是觉得这事儿不妥呢？他是不是想要蒂尔尼上尉走呢？没错，假如你爸爸去跟他说，他会走的。"

"我亲爱的莫兰小姐，"亨利说，"你这样可爱地为你哥哥的痛苦而忧虑，会不会有一点儿搞错了？你是不是有一点儿太过分了？索普小姐的爱慕之情，或者至少是她的规范举止，只有靠不再见到蒂尔尼上尉才有保证？你哥哥无论是为自己考虑，还是为她考虑，会因为这种想法而感激你吗？他只有被隔开了才安全吗？还是只有在没有别的人向她表白时她的心才能对他忠贞？他不会这样想，而且你可以相信，他也不会要你这样想。我不会对你说：'别担心。'因为我知道你，在这个时候，是在担心；但你要尽量少担一点心。你既然不怀疑你哥哥与你朋友之间的爱慕之情；因此放心好了，真的嫉妒之心不可能在他们当中存在；也请放心，他们之间的不和是不会持久的。他们两人的心相互间是坦白的，如同他们两人的心都不会向你坦白一样；他们完全明白什么是他们所需要的，什么是他们所能承受的；你可以放心，他们相互取闹是决不会失却所谓寻开心的分寸的。"

见她仍旧是将信将疑、一脸严肃的样子，他又说道，"虽然弗莱德里克不和我们一起离开巴思，但是他可能只逗留很短时间，也许我们走了以后他只呆几天而已。他的假期很快就要满了，他必须回他的兵团去。因此那个时候他们相识了又怎么样呢？兵团的食堂里有人在两个星期里会端起杯子为伊莎贝拉·索普祝愿，而伊莎贝拉与你哥哥则会在一个月的日子里去笑可怜的蒂尔尼的痴情。"

凯瑟琳心里不再固执地坚持不听安慰了。她在听这一大段讲话时，心里就是不愿接受这安慰，然而现在她听从了这安慰。亨利·蒂尔尼的见解一定最正确。她责怪自己太担心了，决定再也不把这个问题看得那样严重。

在她们告别前见面时，伊莎贝拉的态度表明她的决定是正确的。凯瑟琳在巴思的最后那一晚，索普一家人是在普尔特尼街度过的，恋人之间

兵团的食堂里有人在两个星期里会端起杯子为伊莎贝拉·索普祝愿

没有发生什么让她觉得不安的事，使她离开时心里仍然感到惶惶然。詹姆斯的心情非常好，伊莎贝拉则平静而可爱。她对她朋友的爱似乎倒像是她心头最珍惜的感情；不过在这样的时刻，这倒是情有可原的；只有一回，她给了她恋人一个明明白白的反驳，也仅仅有一回，她没有让他拉住她的手；但是凯瑟琳记起了蒂尔尼的告诫，把她所见到的一切都看作是明智的爱慕之情。小姐们告别时的拥抱、流泪、允诺，在此不必赘述，一切都可以想见。

第二十章

艾伦夫妇要和他们年轻的朋友分手，心里很难过，因为凯瑟琳脾气好，性格开朗，所以成了他们很看重的伙伴，而且在促使她快乐的同时，他们俩自己的兴致也大大提高了。然而，看到她与蒂尔尼小姐同行的快乐，他们也就不好再说什么了；而且，他们俩自己在巴思也不过是再多呆一个星期，她现在与他们告别也不会长久影响他们的情绪。艾伦先生送她到弥尔逊大街去吃早餐，看着她在新朋友当中入座，受到非常热情的欢迎；然而由于她与那一家人坐在一起时心里非常激动，生怕自己举止不能完全符合规矩，从而不能继续博得他们的好评，因此在头五分钟的侷促中，她几乎真的想与艾伦先生一块儿回普尔特尼大街去。

蒂尔尼小姐的礼貌与亨利的微笑不久便消除了她一些不自在的感觉；但她仍然非常拘束，即使上将本人不停地与她客气，也不能完全叫她打消顾虑。而且，尽管话说出来有些不合人情，但她仍然心中疑惑，假如他们少关心她一点，她或许会少一些拘束也未可知。他为她是否舒适而焦急，不停地请她吃这吃那，还常表示担心她没有合口味的东西吃，尽管她过去在早餐桌上连这么多花色品种的一半也未见到过；这使她一刻也无法忘记自己是来做客的。她感到全然不配让人家这样地重视，因此不知道如何回答。上将不耐烦地等着大儿子来入席，待到蒂尔尼上尉终于下楼来了，他又对儿子的懒怠不高兴，然而凯瑟琳的心绪并没有因此而略显平静。他父亲对他责备之严厉使她感到很难受，因为这严厉的责备对这一过错来说似乎并不妥当；而当她发觉她本人是这一顿教训的主要原因，对他的慢吞吞的样子生气主要是因为对她不尊重之后，她心里就更加犯愁了。这样一来她就被放到一个很不自在的处境里，她对蒂尔尼上尉十分同情，但不指望得到他的良好祝愿了。

他默默地听着父亲的训斥，并没有作任何辩解，这倒使她更加有理由担心，他为了伊莎贝拉而心里不平静，久久不能入睡，也许这是他早晨起得迟的真正原因。这是她第一回明明白白地与他待在一起，因此她曾希望现在可以对他有一个评价了；然而他父亲在场的时候就几乎没有听见他的声音；即使后来，由于他的情绪受到很大的影响，因此她只听到他轻声对艾丽诺说，“你们都走了，我是多么地高兴啊。”

临走时的忙碌是不舒服的。皮箱搬下楼去的时候，时钟敲响十点，而照上将先前的安排，在这个时候应该离开弥尔逊大街的。他的大衣本来是要交给他立即穿上的，可是现在却扔在他和儿子一起坐的那辆双轮轻便马车里。那辆四轮游览马车上的中间座位没有拉出来，虽然要坐三个人，他女儿的仆人却在车里塞满了大包小包，莫兰小姐连坐的地方都没有；因而他扶她上车的时候让他大伤脑筋，她自己的新写字台好不容易才保住，没有被扔到大街上。最后三个女乘客终于坐定下来，车门关上了，马车以不快也不慢的速度出发了，一个绅士驾着四匹体态漂亮、吃足草料的马要走三十英里路时，通常用的就是这种速度。从巴思到诺桑觉寺的距离正好是三十英里，现在要分成两段路程来跑完。他们从门口一起程，凯瑟琳的兴致就来了，因为与蒂尔尼小姐在一起，她就觉得无拘无束；眼前是一条她完全新鲜的大路，前面是一座寺院，后面是一辆双轮轻便马车，这一切都使她兴致勃勃，巴思最后从视野中消失时，她并不觉得抱憾，她还没有来得及想什么，一个个里程碑就都过去了。紧接着到来的是在小法兰西[1]两个钟头无聊的干等，在那里无事可做，只能吃些东西，虽然肚子并不饿，接着到处逛逛，可又没有什么可看的。本来她十分赞赏他们的旅行方式，赞赏那时髦的四轮旅游马车，左马驭者穿着漂亮的服装，双腿有节奏地在马镫上起伏，许多骑马侍从都姿势端正，可在这接踵而至的不便之中，她的赞赏也稍有减退。倘若他们这一行人是有说有笑的，途中的逗留也就算不了什么；然而尽管蒂尔尼上将是一个很有魅力的男人，但是他似乎始终抑制着他儿女们的情绪，因此除了他自己之外谁也不说话；凯瑟琳除了观察到这一点点，还看到他对小酒店的一切都不满意，动辄就对侍者发火，这些都使凯瑟琳越来越对他感到敬畏，两个钟头似乎也像四个钟头那么长了。不过，解脱的命令终于下来了；而且使凯瑟琳感到非常意外，上将提出在剩下的路途中，请她坐到他儿子的双轮轻便马车上他坐的位子上去；天气这么好，因而他很希望她能尽情观赏沿途乡村的风光。

她记起了艾伦先生关于年轻人乘坐敞篷马车的看法，因此一听说这样的计划脸就不觉红了，她的第一个念头就是拒绝；然而转而出现的想法则是对蒂尔尼上将的意见更加地服从，他是不会向她提出不成体统的建议的；于是，在几分钟之内，她便与亨利一起坐在了轻便马车里，成了世上

① 格罗斯特郡一村庄。

最最快活的人儿。马车刚跑出几步远，她便信服了，双轮轻便马车委实是世界上最好的旅行马车；诚然，四马四轮马车跑起来很有气派，但是它却是一架笨重而麻烦的家伙，而且她总没法忘记马车在小法兰西滞留的那两个钟头。换了双轮轻便马车歇一半工夫就可以了，轻巧的马跑起来非常灵巧，倘若上将没有决定由他自己的马车打头儿，他们一眨眼就可以轻轻松松地超过他的。不过双轮轻便马车的优点并不完全归功于拉车的马；亨利驾车这么内行，这么平稳，没有一点儿颠簸，而且也不在她面前炫耀，也不朝马吆喝；这与她唯一能拿来作比较的那个绅士模样的驭手截然不同！而且他的帽子正合适，他的大衣上有数不清的肩篷，跟他很相配，而且也很神气！除了与他跳舞，坐在他驾的马车上无疑是世上最最快乐的事。除了所有别的让她高兴的事之外，她现在又有一桩高兴事，即可以听他称赞她自己；至少可以高兴地听到他替妹妹表示的感谢，感谢她的好意，做了他妹妹的客人；听到他说这是真正的友谊，真让人感激不已。他说，他妹妹平时觉得很无聊，连个女伴也没有，而他爸爸常常外出，到了那个时候，身边就连一个人也没有了。

"那怎么可能呢?"凯瑟琳说，"你不跟她一起吗?"

"诺桑觉寺只不过是我半个家；我在渥德斯顿有自己的寓所，有固定的职位。那里离我父亲的住处将近二十英里，所以我有好多时间必须在那里度过。"

"那你一定为此很难受!"

"把艾丽诺丢下不管，我老觉得对不住她。"

"是啊；可是除了你爱她之外，你一定也非常喜欢那寺院！你住惯了寺院这个家之后，平平常常的牧师寓所一定让你觉得很不舒服。”

他笑了笑说，“你已经对这座寺院很有好感了。”

“我的确是很有好感。它难道不是一处美好的古迹，就像你在书上看到的那样吗？”

“那么，遇上像‘在书上看到的’那样一座房子，里面可能有种种恐怖，你有思想准备吗？你有一颗坚强的心吗？有面对活动护墙板和挂毯的胆量吗？”

“哦！有啊！我觉得我不会被吓着的，因为屋子里会有许多人，还有，这屋子又不是多年没住人空关着，然后如通常发生的那样，一家人突然间回来，事先也没打招呼。”

“当然不是。我们不必在黑暗中摸索着进到一间只有木柴余烬映照的客厅，也用不着在没有门窗没有家具的房间里打地铺。不过，你可要明白，一个年轻小姐被领进这样的一座住宅（不管是通过什么方式）的时候，她总是不跟这一家人一起住宿的。这家人都舒舒服服地回到自己的卧室里，而她呢，按规矩由一个年纪很老的女管家多萝西[1]领着，上了另一个楼梯，穿过很多昏暗的过道，进到一间屋子里，自从某一个堂兄弟或亲属大约在二十年前在这里死了之后，这屋子就一直没住过人。你能经受得起这样的款待吗？你一个人呆在这间昏暗的房子里，觉得这房间太高也太大，而且这么大的整间屋子只有一盏灯发出微弱的光在窥视着，四壁的挂毯上看得见与实物一样大的图案，而那张床用的是墨绿的料子或

① 原文为 Dorothy，因《尤道尔弗之谜》一书中的女管家名叫多萝西。

紫色的天鹅绒,甚至散发的是丧礼的气氛。这时候你心里就不会慌吗?你的心就不会沮丧吗?"

"哦!可我确信,我不会碰上这样的情形。"

"你一件一件地把房内的家具摆设都看遍,心里会怕成什么样呢?看完之后你又发现了什么呢?不是桌子、梳妆台、衣橱、抽屉,而是房间的一头也许有一把破了的诗琴,另一头是一只怎么也打不开的笨重柜子,壁炉上方是某个英俊勇士的画像,这勇士的五官特征不知什么原因牢牢吸引住了你的注意,你怎么也不能将自己的目光移开。在此同时,多萝西因你的到来也吃惊不小,她非常不安地两眼直盯着你,说了几句话,但你也不知道是什么意思。而且,为了让你打起精神来,她促使你不由得认为你住的这一头寺院是常闹鬼的,还告诉你说你若有事,是叫不应仆人的。她临走时说了这么一句让你毛发倒竖的话,行了一个礼后便离开了。你听着她渐渐走远的脚步声,直至最后一个回声消失。就在你越来越沮丧并想去锁门的时候,你愈加惊恐地发现:门连锁也没有。"

"哦!蒂尔尼先生,这多可怕!这正像书上写的!不过,这种事我不可能碰上。我肯定你们的女管家不会真是多萝西。哎,然后呢?"

"第一夜也许除了惊恐之外也不会发生什么事。你克服了那张床给你带来的无法克服的恐怖之后,就上床休息,提心吊胆地睡了几个钟头的觉。可是到第二天夜里,最迟是第三天夜里,可能就会风雨大作。后山雷声轰隆隆地响,仿佛要把整座房屋震塌似的。伴随着雷声的是一阵阵可怕的狂风,这时你可能会发现(因为灯没有吹灭),挂毯有一处地方抖动得特别厉害。在这极容易产生好奇心的时刻,你当然无法抑制好奇心,因此你立即会从床上起身，把晨衣裹在身上，走上前去查个究竟。稍稍搜寻一番之后，你在挂毯上发现了一条拼缝，拼接得极精巧，谁也不会去细看的，然而拉开拼缝，一扇门立即就出现在面前，门用粗门闩和一把挂锁扣着，你用了几下力就把门打开了，你手拿着蜡烛灯，穿过这扇门就可进入一间地下室。”

“不会，真的；我会吓得不敢动弹，不会这么做的。”

“什么！多萝西已经跟你说了，有一条秘密的地下通道，把你的房间和大约两英里外的圣安东尼教堂连接在一起，你说你不会的——这么轻而易举的冒险你也会退缩吗？不会，不会，你会进入这间小地下室，从那里还可以到另外几间去，然而都不见有什么很特别的东西。一间屋里可能有一把匕首，另一间屋里有几滴血，还有一间里有某种刑具的残骸；然而所有这些并没有什么不寻常之处，你手中的蜡烛这时差不多已燃尽，你会回你的房间去。然而重又走过那间小地下室时，你的目光会被一个老式镶金乌木大柜子所吸引。虽然先前你仔细查看过家具，但你并没有留意这个柜子。你被一个无法抗拒的预感所驱使，急切地走过去，拉开折门，把一个个抽屉都翻遍；可是一时间也没有找到什么了不得的东西，也许不过是存放着的一些钻石首饰。然而最后你的手触到了一个隐藏的弹簧，一个夹层就会打开，里面露出了一卷纸；你一下抓在了手中，那是好多张手稿，你拿着这些宝贝赶紧回到自己的房间，然而没等你辨认出‘哦！你——无论你是何人，可怜的玛梯尔达的这些回忆录也许落入你手中’时，你那手中的蜡烛已经在灯座上突然熄灭，于是你被投入一片漆黑之中。”

“哦！不要，不要！不要这样说。呃，讲下去呀。”

把她逗得这么兴致勃勃，亨利自己也被逗乐了，他没法再往下讲；无论是话题还是语气，他都无法再保持严肃的样子，只得请她在研究玛梯尔达内心痛苦的时候，去运用自己的想象。凯瑟琳一回过神来，立刻为自己的心急而感到不好意思，并且一本正经地对他说，她是聚精会神地听他讲的，不过她丝毫不觉得真会遇上他说的那种情形。她相信，蒂尔尼小姐绝对不会将她安排在他所讲的这样一个房间哩！她一点儿都不害怕。

随着他们越来越接近旅途的终点，她想见这座寺院的心情越来越急切。由于亨利刚才谈起了一些别的事情，因此她的急切情绪被中止了一段时间，此刻又充分表现了出来。每到大道的转弯处，她就肃然起敬地等待着能在百年老栎树丛中瞥见寺院灰白、坚固的石墙，还有高高的哥特式窗子映照着美丽的落日余晖。可是没想到那座建筑这么矮，当她穿过门房的大门，进入诺桑觉寺的庭院里时，却连一个古老的烟囱都没见到。

她知道她自己没有任何权利感到意外，只是这样的进门方式确实是她不曾料到的。在两排外观现代的小房子之间走过，她发觉自己在不知不觉中很方便地到了寺院里面，马车沿着一条光滑、平坦的细砾石路迅速地驶过，什么样的妨碍、惊恐或严肃气氛都没有，她觉得这似乎是奇怪而不协调的。然而让她从从容容地作这样的思考也没多久。一阵骤雨迎面打来，使她不能再去观察任何事物，她全部心思都集中在她那顶新草帽的命运上，实际上她已经到了寺院的高墙下面，亨利拉着她的手跳下马车，躲到了老门廊的下面，甚至已经朝客厅走去了，她的朋友和上将正等候在客厅里迎接她，而她此时也一点没感觉到今后会有痛苦降临的凶兆，也不曾有一刻的怀疑，觉得过去曾有恐怖事件在这座庄严的建筑内发生过。微风过处，似乎也没有朝她吹来被害者的叹息；随着微风吹来的只不过是蒙蒙细雨罢了；因此，她使劲抖抖衣裙之后，就准备等人来领她到通常用的起居室去，并且能思索一下她所在的地方。

一座寺院！是的，很高兴真的来到了一座寺院！可是她观察整个起居室时心中倒怀疑起来，她所观察的事物是否使她真有这个感觉。家具都是现代款式，奢华而精美。她原以为壁炉是从前那种宽敞并有笨重的雕刻装饰的式样，而实际上是缩小的罗姆福[1]式壁炉，用精巧而朴素的大理石面板砌成，壁炉上放着最漂亮的英国瓷。她曾听上将说起，他怀着敬重的心情悉心保留了那些哥特式窗框，所以她特别信赖地想看看这样的窗子，然而她所见到的窗子与她想象中的样子却有差距。诚然，窗子的尖拱是保留了，形状是哥特式的，甚至还有窗扉，然而一块块的窗玻璃则太大、太清晰、太明亮了！对于想象中希望见到最小的窗格和最厚实的石框，希望见到彩色玻璃、积尘与蛛网的人来说，这种差异就是非常痛苦的了。

上将注意到她的目光在观察什么，于是开始谈起了房间比较小，家具也简朴，还说室内每一样东西都是供日常起居用的，因此只要舒适就行，等等；然而他又颇为得意地说，诺桑觉寺也有几个房间倒不至于不值得她光顾——而就在他要特别提起有一个房间花了很大的代价镀了金时，他突然取出怀表收住了话，吃惊地宣布已经五点差二十分了！这好像是疏

① 即本杰明·汤普森爵士（1753—1814），英国物理学家，敞口壁炉由他所设计。

散的命令,凯瑟琳只见蒂尔尼小姐匆匆地催她离开,看这情势她明白了,在诺桑觉寺,家庭的起居时间是必须极其严格地遵守的。

回头走的时候又经过大而高的客厅,然后她们登上有光泽的栎木大楼梯,走了许多段楼梯,转过许多楼梯拐弯处,来到一条长而宽的走廊上。走廊一侧是一排房间门,走廊的另一侧是窗子。光线从窗子中透过照亮了走廊。凯瑟琳刚有时间发现窗子下面是一个四方的院子,蒂尔尼小姐就把她领到了一间卧室,而且几乎没有停下来跟她说希望她觉得舒适的话,就焦急地请她尽量少更换衣着,说完就走了。

第二十一章

凯瑟琳把这房间只瞥了一眼就明白，她这间屋子根本不像亨利编造出来试图吓唬她的那个房间。它决不是异样的大，而且既没有挂毯，也没有丝绒。墙上糊的是纸，脚下铺的是地毯；与楼下起居室的窗子相比，这间的窗子并不差，光线也不暗；家具虽不是最新的式样，但也漂亮、舒适，室内的空气总的说来绝不压抑。到了这时候，她的心即刻放下来了，于是她决定什么东西都不去仔细查看，以免浪费了时间，因为她很怕因一时耽搁而把上将得罪了。于是她急匆匆地脱下衣服，然而就在她准备打开衣服包裹时——为了随时备用，她把包裹放在双轮轻便马车座位上带来了——她的目光蓦地落在壁炉一侧墙壁的深凹处，只见一个又高又大的箱子放在那儿。看见这个箱子她大吃一惊；于是她忘记了一切其他事情，一动也不动，只是惊讶地注视着它，而她脑海里却闪过这样一些思绪：

"这真是奇怪！我没料想会看到这样的情景！一只沉重的大箱子！里面会装着什么呢？为什么要把它放在这里呢？还推到那里面，仿佛是要不让人看到！我一定要看看里面，不管要我花多少力气，我一定要看看里面，而且马上动手，要趁白天。假如等到晚上，蜡烛会熄灭的。"她走上前去，仔细地查看起来：箱子是雪松做的，很精巧地镶嵌了一些深色的木料，箱子抬高放在离地约一英尺的雕花架子上，架子也是雪松做的。锁是银制的，但因年久而失却了光泽；箱子两端有两只也是银制的残缺把手，把手也许因用力不当而早就断损；箱盖中央是难懂的首字母拼合字，也是银的。凯瑟琳俯身盯着它细看，但也不能很有把握地说看出了什么。她不管从哪一个方向去看，总不能准确地说最后一个字母是T[①]；然而要是在这屋子里出现别有所指的字母，那倒是激发非比寻常的惊讶。倘若这东西原先不是他们家的，那么它是因了什么非常事件才转手到了蒂尔尼家的呢？

她那胆怯的好奇每一刻都在增长；于是，她双手颤抖着抓住了锁的搭扣，决心冒一切危险弄个明白，至少要看看箱子里装的东西。由于有什么东西顶着，她好容易才把箱盖抬起了几英寸；可是就在这时，房门上突然敲了几下，她吓了一跳，松了手，箱盖又狠狠地合上了。这个来的不是时候的人是蒂尔尼小姐的女仆，是她的小姐让她来服侍莫兰小姐的；尽管凯瑟琳立即就将她打发走了，但是这倒提醒了她，叫她想起了自己应该做的事，迫使她不管多么焦急地想解开这个谜，但还是继续穿她的衣服，不再耽搁。她穿衣的动作不快，因为她的思想，她的目光仍然集注在那太容易引起关切和惊恐的目标上；尽管她不敢再多花一会儿工夫来做第二次尝试，但是她也不离箱子远远地站着。她的一只胳膊终于伸进了晚礼服，打扮得也差不多了，满足一下她迫不及待的好奇心并无妨碍。一会儿工夫当然是抽得出来的；而且，她必定会拼命地用力，除非箱盖是用魔力拉着，否则过一会儿一定可以把它掀开。有了这样的想法，她蓦地走上前去，而

① T是蒂尔尼这个姓氏的首字母。

她的自信也没有让她的希望落空。她猛一用力，箱盖打开了，她惊讶的双眼看到的是一条白色棉布床罩，床罩折得好好儿的，放在箱子的一侧，里面再无其他的东西！

她因惊讶而脸有愧色，绯红了脸盯着床罩，就在这时，蒂尔尼小姐因为急着要她的朋友快快梳妆，一下推进门来，于是，她在因为一时抱有荒唐期望而感到阵阵羞愧之外，又增添了因这样无聊的搜寻让人撞见而感到的羞愧。凯瑟琳匆忙地合上箱盖，转身去照镜子，这时蒂尔尼小姐说，“这是一只奇怪的旧箱子，你说是吗？已经说不清放在这里有多少代了。第一次是怎么会搬到这里来的我也不知道，不过我一直没有叫人搬走，因为我想有时候说不定可以派上用场，存放各种帽子。最麻烦的是箱子太沉很难打开。不过放在那个角落里至少不占地方。”

凯瑟琳没有闲工夫说话，她绯红着脸，既要系礼服，又要极迅速地作出明智的决断。蒂尔尼小姐婉转地暗示恐怕要迟到了；于是转眼间她们便一块儿奔下楼梯，心里是并非毫无根据的惶恐，因为蒂尔尼上将手里握着他那块怀表，在起居室里来回踱着，并且就在她们跑进门去的那一刻，狠狠地拉了一下铃之后，下令“立即上菜！”。

一听到他加重了说话的语气，凯瑟琳便哆嗦起来，她坐在那里脸色发白，上气不接下气，一脸恭恭顺顺的样子，只替他的儿子、女儿担心，心里还恨着那古旧的箱子；上将端详着她的脸，又恢复了原先的客气，接着就责怪他女儿，不该这么没脑子地催促她的漂亮朋友，她就是因为急匆匆才被弄得上气不接下气，而实际上根本没理由这样急急匆匆的。然而凯瑟琳心里很痛苦，她连累她的朋友挨了训，而自己还做了一个大傻瓜，这样

蒂尔尼上将手里握着他那块怀表，在起居室里来回踱着

直到他们高高兴兴地入了席才算摆脱了这双重痛苦，这时候上将露出沾沾自喜的微笑，她自己也有了胃口，这才使她恢复了心头的平静。餐厅是一个富丽堂皇的房间，从大小看，与一间比通常面积要大得多的起居室相配才合适，室内摆设奢华，但在凯瑟琳这样的外行眼里几乎也看不出它的好坏，她只不过觉得室内宽敞，侍者众多。说到这餐厅的宽敞，她是赞不绝口；而上将则是一脸的慈祥，先是说这餐厅绝不是一间大小不合适的屋子，进而又承认，尽管他与大多数人一样在这类问题上也是不很在乎的，然而他确实将一间比较大的餐室看作是必要的生活条件之一；不过他猜想，她一定对艾伦先生家大小更合适的房间比较习惯吧？

"那倒不是，"凯瑟琳诚实地说；"艾伦先生家的餐厅最多只有一半这么大，"而她长到这么大还从来没有看到过这么大的餐厅。上将听了兴致越来越浓，喔呀，既然他已经有这样的房间，他觉得不充分利用这些房间那就太愚蠢了；不过，说心里话，他认为只有他们家一半大小的房间兴许更舒适一点。他说可以肯定，艾伦先生家的房子，大小一定正合适，能让人感到恰如其分的满意。

傍晚就这样过去了，也没有再出什么乱子，而且在蒂尔尼上将偶尔不在场的时候，气氛还非常地活跃。只有他在场的时候，凯瑟琳才感到一点儿旅途的疲劳；而且即便是这个时候，即便是倦怠或受约束的时候，事事都称心的感觉仍占上风，而她想起巴思的朋友的时候，一点也没有想与他们相聚的愿望。

入夜，风雨大作；整个下午风一直时刮时停；到了晚上散席的时候，天刮起了大风，下起了大雨。凯瑟琳从客厅走过，听着狂风暴雨，心中生起敬畏之感；当她听见狂风暴雨在这座古老建筑的一个墙角怒号，听见远处一扇门被一阵狂风砰地关上，她第一次感觉到，自己的确是在一座寺院中。是的，这些是寺院里独特的声响；这些声响使她记起了无数骇人的情景与可怖的场面，那都是这样的建筑所亲眼目睹、以这样的暴风雨为先导的；而她却从心底里感到欣喜，因为伴随着她进入这庄严的石墙内的情形则幸运得多了！她不必惧怕半夜里的杀手或是喝醉了酒的豪侠之徒。亨利上午说给她听的那些故事，毫无疑义只是说着玩的。在一所有如此室内布置、守卫如此严谨的住宅里，她既没有什么可探究，也不会遭遇到什么意外；因此可以平安无事地到她的卧室去，就像它是富勒顿她自己的房间一样。这样想着她为自己壮了胆，于是在她上楼、尤其是发现蒂尔尼小姐就睡在与她只相隔两扇门的房间里时，她很大胆地走进了自己的卧室；看到壁炉里木柴通红的火光，她的情绪立即稳定了下来。“这样不知要好多少，”她走到壁炉围栏前心里说道，“这里预先替你生好了炉火，用不着在冰冷的屋子里哆嗦着等全家都钻进被窝自己才能上床，如同许多穷人家的女孩子非得那样不可，然后才见忠实的老仆人抱着一捆柴火进屋，把你吓一大跳，两种情况相比，诺桑觉寺这儿的情况完全不同，我多高兴啊！假如它像别的一些住宅一样，我不知道遇上今天这样一个夜晚，自己是否还能鼓起勇气，可是现在，毫无疑问，不会有让人惊吓的事的。”

她朝卧室四面看了看。窗帘似乎在抖动。这可能不过是透过百叶窗缝隙的风在吹；于是她嘴里漫不经心地哼着曲子，大胆地走过去，想叫自己放心这的确是透进来的风的缘故，她很勇敢地撩起窗帘去窥探，两个低低的窗台上都没有发现有让她害怕的东西，又把一只手放到百叶窗板上，这时她完全相信了风的力量。她查看了一番之后转身时又瞥了一眼那只旧箱子,这一瞥也并非没有益处;她排除了胡思乱想所造成的莫名其妙的担心,并怀着满不在乎的愉快心情开始卸妆就寝。“我应该从从容容;不应该急急忙忙的;我不管自己是不是整座屋子最晚一个就寝的人。不过我不会把炉火捅旺的;那样似乎就显得是个胆小鬼,仿佛钻进被窝之后还要借助火光来防卫。”炉火于是慢慢熄灭了,凯瑟琳已经花了大半个钟头卸妆,刚想要钻进被窝时,她又往四下里看了看这间卧室,一只高高的老式黑橱柜吸引了她的目光,这只橱尽管放在颇显眼的地方,然而她先前并未注意到。她脑子里立即想起了亨利的话,他关于起初她并没留意的乌木大橱的描述;尽管橱里其实不可能有什么东西藏着,只不过是奇思怪想而已,然而毫无疑义,这是个很值得注意的巧合!她拿着蜡烛,开始仔细观察这个橱。这个橱并不是乌木镶金的;而是日本油漆家具,是极漂亮的黑、黄日本漆;她举高蜡烛,发现那黄漆很像是镀金。

钥匙就插在门上,因此她产生了一个奇怪的念头,想看看橱里面有什么东西,倒并非心存着要找到什么东西的希望,而是听了亨利讲的故事之后总觉得事情有些奇怪。总之,她不看个究竟是睡不着觉的。于是,她小心翼翼地将蜡烛搁在椅子上,抖抖嗦嗦地抓住钥匙使尽转动,试图把锁打开;可是她用尽力气就是转不动。她感到惊慌,然而并没有泄气,于是又换了一个方向转;锁簧弹了一下,她觉得自己成功了;可是真奇怪!不知是怎么回事,橱门仍然纹丝不动。她目瞪口呆地停了一会儿。风呼啸着钻进烟囱,暴雨哗哗地冲刷着窗子,一切事物似乎都反映出她处境的可怕。然而,这样一个目标没有达到就去睡觉,想睡也是徒劳的,因为明知近在咫尺有一只大橱神秘地锁着，要入睡必定是不可能的。因此她再次去开那个锁，希望作最后一次努力，她想尽一切办法把钥匙向各个方向转动，这样试了几下之后，橱门突然间打开了，取得了这样一个胜利，她的心高兴得要跳出来了。木橱的折叠门都打开了，第二扇门仅用插销扣住，结构不如锁奇特，尽管她的眼睛也看不出那锁有任何不寻常的地方。橱门一打开，两排小抽屉立即展现在眼前，小抽屉的上下方是几个大抽屉；中间有一扇小门，也锁着，钥匙插在上面，里面极可能是一个存放重要物品的小间。

凯瑟琳的心怦怦直跳，但是她并没有失去勇气。希望使她两颊涨得通红，好奇使她圆睁了双眼，她伸手抓住一个抽屉的把手朝外拉。抽屉里什么也没有。她虽没有变得惊慌，却越来越急切地拉开第二个抽屉、第三个抽屉、第四个抽屉：每一个里面都同样是一无所有。抽屉一个没漏地查遍了，但是没有发现任何东西。藏宝的手法她在书上看得多了，因此抽屉装假夹层的可能性逃不过她的眼睛，她急迫而敏锐地把一个个抽屉都摸了一遍，却无一发现。此刻只剩下大橱当中的小间没有检查；虽然她"从一开始就丝毫没有想在这大橱的哪个部位查出什么东西的意思，至此一无所获也一点都不觉得扫兴，然而，既然已经着手查了却不查个水落石出，那可是太愚蠢了"。然而她开这扇门却花了好大一阵工夫，开这把内锁像开外锁一样麻烦；不过终于还是把它打开了；而且，至此她的搜查也并非没有结果，她敏锐的目光一下子落在小间深处显然是暗藏着的一卷纸上，这时候她的心情真是无法形容。她的心急剧地跳动着，她的双膝在颤抖，她的面颊已经发白。她用哆嗦的手抓住这珍贵的手稿，因为她瞥上半眼就看出是书写的字迹；于是，她心里生出敬畏之情，认为这是亨利先前说的故事的明显例证，一面立即决定先把手稿仔细读完了再去休息。

手中蜡烛昏暗的亮光使她看着心里惊慌；不过蜡烛并没有突然熄灭的危险，它还可以燃上几个钟头；除了岁月久远之故有些麻烦之外，手稿辨认起来不会有太大的困难。她匆匆剪了一下烛花，哎呀！这一剪反倒把蜡烛剪灭了。一盏油灯熄灭也不会像现在这么可怕。凯瑟琳一时间惊呆了。蜡烛全都熄灭了；灯芯上没有一点儿火的痕迹，绝无希望再吹亮它。黑暗笼罩了屋子，深不可测、冷酷无情。一阵狂风蓦地咆哮而来，此时的恐怖又增添了几分。凯瑟琳全身都在哆嗦。在紧接而至的寂静中，她那受了惊吓的耳朵听到渐渐远去的一阵脚步声和远处的关门声。人的天性使她再也坚持不住了。她额头沁出了冷汗，手稿从她手中飘落到地上，于是，她摸索着来到床边，急忙爬上床钻进了被窝，想把心里的恐惧丢在一边。她感觉到，那一夜要闭上眼睛睡着是根本不可能的了。好奇心是这样的强烈，感情又是那样的激动，静静地睡着必定是不可能的。而且屋外的风雨又是那样的骇人！过去她从来不觉得风可怕，然而此刻每一阵风都带来可怕的音讯。她这么奇妙地发现了手稿，又这么奇妙地证实了上午的预言，这件事应如何解释呢？手稿里会写些什么？跟谁有关系？是通过什么方式在这里藏了这么多年？这事多么奇怪，竟然由她来担当手稿的发现人！然而，只有等到她掌握了手稿的内容，她才能入睡、才能感到安心；她决定太阳一露脸就仔细阅读手稿。然而从此刻到太阳出来还有漫长的时辰要捱。她感到战栗，在床上辗转反侧，羡慕每一个安睡的人。暴风雨仍在滥发淫威，受了惊吓的耳朵不时可以听到各种各样的声响，听起来甚至比狂风还要可怕。一会儿她床上的帐幔在抖动，过一会儿她房门的锁也在动，仿佛是有人想开进门来。走廊里似乎有空洞的低语声传来，她还不止一回听到远处传来使她毛骨悚然的呻吟声。时间一个钟头一个钟头地过去，等到疲惫的凯瑟琳听到这座房子里所有的时钟都敲响三点的时候，暴风雨才平息下来，或者说，她在不知不觉中熟睡了。

第二十二章

第二天上午八点钟，直到女仆收拢百叶窗发出了响声，才把凯瑟琳吵醒；她睁开眼睛，看到了面前充满生气的东西，然而心中还在纳闷，昨夜怎么会合上眼的；房间里的炉火已经生着，昨夜的暴风雨过去了，现在是一个明媚的早晨。随着对周围事物感觉的恢复，她立即又记起了那一卷手稿；于是，女仆一离开房间，她就从床上跳起来，迫不及待地拾起散落到地上的每一张纸，然后又迅速跑回床上，靠着枕头享受细细阅读的乐趣。她在书里面读到过的手稿都让她感到战栗，然而她此刻非常明白，她不可能指望这卷手稿与书里的手稿一样长。因为，这一卷东西似乎全都是些散开的小张纸，总共也不过是薄薄的一卷，比她原先想象的要少得多。

她拿起一页，贪婪的目光迅速看了一下。纸上的内容使她吃了一惊。这可能吗？抑或她的脑子出了毛病？一份衣物账单，潦草的现代字体，便是展现在她眼前的一切！假如她双眼所见的还可以相信的话，她手里拿的是一张洗衣清单。她又抓起一张，看到的是同样的几样东西，并无多大不同；第三张、第四张、第五张，都没有什么新东西。衬衫、袜子、领结、背心在每一张纸上展现在她的眼前。另两张同样的笔迹记着同样乏味的几项支出：邮费、头发粉、鞋带和马裤清洁球。还有一张是包在其他纸片外面的大纸，第一行密密麻麻、歪歪斜斜的字迹是“给栗色马敷药膏”，似乎是一张兽医的账单！就是这样一卷纸,(她当时猜想,也许由于一个仆人的大意,将这些东西随便扔在她发现的地方的。)让她满怀着期待、充满了惊恐,还剥夺了她半个夜晚的睡眠！她感到自己受了极大的羞辱。那只箱子的经历难道没有教会她聪明些吗？她躺在床上,看到了箱子的一角,似乎它对她的看法也不好。她这一段时间以来的奇思怪想和荒唐可笑,此时是再清楚不过了。多么荒唐,她居然认为几百年前的一部手稿放在这样的一个如此现代,又如此舒适的房间里,而且竟会藏着未被人发现！还居然认为她是第一个掌握了开橱锁窍门的人,尽管门锁上插着钥匙人人都可以去开！

她怎么会这样傻呢？但愿亨利不会知道她的愚蠢想法！可是,这种愚蠢想法在很大程度上是他造成的,因为,假如这个大橱不是与他讲述的历险记完全吻合,她对这个橱是绝不会有丝毫的好奇心的。要说有些安慰,这就是唯一的安慰。凯瑟琳急于要摆脱这些证明她愚蠢的可恨证据——即那些散落在她床上的讨厌纸片,于是她立即起身,把这些纸片尽可能照原先的样子折起来,放回大橱的原处,并从心底里真诚地希望,不会发生倒霉的事情再把这一卷东西翻出来,丢了面子,连自己都觉得可恨。

然而,为什么那两把锁起先会那么难开,这仍旧是一件很特别的事,因为她此刻可以很顺当地打开。这件事内中肯定有蹊跷,然而她这一得意猜想只是在心里一闪而过,因为她突然觉得有可能橱门起初并没有锁,而是她自己将它锁上的,想到这里她又一次羞愧难当。

她在这间房间里的举动,令她自己很不愉快,于是她尽早地离开了这间卧室，飞快地奔向早餐室，因为前一个晚上蒂尔尼小姐已经告诉过她哪里是早餐室。早餐室只有亨利一个人坐着；他一见到她就说，希望夜晚的暴风雨没让她受惊，并且还寻她的开心，说起了他们住的房子的特点，这又使她感到苦恼。她最恨人家怀疑她很懦弱；然而，她本来就不会撒谎，因此也只得承认，因为刮大风，她有一阵子睡不着。“不过风雨之后，早晨天气太好了，”她又加了一句，想换个话题；“风啊雨啊，还有睡不着觉啊，过了就没有什么了。多好看的风信子！我才学会去喜欢风信子。”

“你是怎么学会的？是偶然喜欢上的还是人家说服你的？”

“你妹妹教我的；我也不知道怎么就会了。艾伦太太过去每年总是花工夫教我喜欢这些花；可我是那天在弥尔逊街看到这些花时，才学会喜欢它们的；对于花我生来就不感兴趣。”

“可是现在你爱上了风信子。这样一来就更加好了。你又有了一个新的乐趣，让人快活的事物应该多多益善。而且，对于一个女子来说，喜欢花始终是件好事，因为那是个好办法，能让你走出屋子，能促使你比平时有更多的户外活动。尽管喜欢风信子或许还只是一种室内观赏情趣，然而，情趣一旦激发起来，又有谁能说到了一定时候，你就不会喜欢上玫瑰呢？”

“可是我不想要这样的爱好弄得我往屋外跑。散散步，呼吸呼吸新鲜空气的乐趣我已经满足了，而且假如碰上好天气，那我大部分时间都会在外面玩。妈妈常说我坐不住。”

“不过，不管怎么说，我很高兴你已经学会了喜欢风信子。学会喜欢东西，这个习惯才是最重要的；一个年轻小姐生性好学，那是一件大好事。

我妹妹的指导方法合你的意吗?”

这时上将走进客厅,使凯瑟琳避免了要作出回答的尴尬,他笑眯眯地问候说明他心情很愉快,然而他关于早起是个好习惯的善意暗示,却并没有促使她镇静下来。

他们在餐桌前入座的时候,一套精致的早餐餐具吸引了凯瑟琳的注意;而且很巧,这套餐具还是上将自己看中的。他很高兴她赞同他的鉴赏力,并承认这套餐具简朴雅致,还认为应该鼓励使用本国的餐具;就他本人而言,虽不是个行家,但他认为用斯坦福德郡黏土制作的茶具沏出的茶,与用德累斯顿或塞佛尔[①]的茶具沏出的一样清香。不过这是一套老餐具,是两年前购置的。从那时候至今,产品已经有了很大改进;上一回他进城去就见过几种很漂亮的餐具,假若他并非完全没有虚荣心的话,或许当时就会订购一套新式的了。然而他相信,也许不久就会有选购一套新的机会,虽然不是为自己。凯瑟琳可能是餐桌上唯一不懂他话意的人。

刚吃过早餐亨利就告辞,到渥德斯顿去了,因为有公事要办,而且他要在那里逗留两三天。大家都到门厅来送他上马,然后重又回到早餐室,一进门凯瑟琳便走向窗口,希望再看上一眼他的背影。“你哥哥此行要经受很大的考验了,”上将对艾丽诺说。“渥德斯顿今天一定是阴沉沉的。”

“那儿是个美丽的地方吗?”凯瑟琳问道。

---

① 斯坦福德郡为英格兰中部一郡,德累斯顿为德国一城市,塞佛尔则为法国巴黎附近一城市,均以瓷器闻名。

大家都到门厅来送他上马

“你说呢，艾丽诺？说说你的意见，因为关于男人以及地方的漂亮与否，只有女人最了解女人的情趣。我觉得大多数不带偏见的人都会承认，它有许多优点。房子面朝东南坐落在漂亮的草地中间，还有一个很好的菜园，也朝着东南方向；园子的围墙是我大约十年前砌起来作为备用的，准备留给我儿子派用场的。这可是个世袭的牧师职位，莫兰小姐；因此，鉴于那里的产业主要是我自己所有，你可以放心，我留心着，保证那里的产业不会差。即使亨利的收入只有这一个来源，他的日子也不会不好过。或许看起来有些怪，我只有两个年纪较小的孩子，却认为有必要让他有一个职业；然而，无可否认，有时候我们都会希望他从一切事务中摆脱出来。不过，尽管我并不能改变你们年轻小姐们的想法，但我还是深信不疑，莫兰小姐，你父亲一定会同意我的想法，认为让每一个年轻小伙子都有一个固定工作是很可取的。报酬是无所谓的，它并不是目的，而工作才是至关重要的。你看，就连我的大儿子弗莱德里克也有他的职业，尽管他在本郡也许与任何一名非公职人员一样，将会继承一笔相当可观的地产。”

这最后一个理由所产生的惊人效果正是他所希望的。小姐的沉默证明这个理由是无可辩驳的。

前一个晚上他曾说过要让她到这座房子的各处看看，于是此刻他主动提出做她的向导；虽然凯瑟琳原先只是想要他女儿陪她去探访这座房子，但是由于这是一个让人高兴的提议，因此她是绝对不会不乐意接受的；因为她住进诺桑觉寺已经有十八个钟头了，还只看过其中几个房间。她刚刚从容地打开钩针编织盒，现在又喜气洋洋地匆匆合上了，准备好立刻就跟着他去看看。待看完房子之后，上将还盼着能有幸再陪她到灌木林和菜园去走走。她行了一个屈膝礼，表示赞同他的意见。不过也许她觉得先到灌木林和菜园里走走更加合她的意。眼下的天气挺合适的，而且在这个季节，天气能否持续这么好是很难预料的。她喜欢先到哪里去看看呢？他愿意听候她的吩咐。他女儿觉得哪一个方案最合她漂亮朋友的意思呢？不过他认为他能看得出来。不错，他从莫兰小姐的眼神里看出了一个很有见识的要求，她要利用眼前雨过天晴的好天气去走走。她什么时候出过错？诺桑觉寺始终是既保险又淋不着雨的。他愿意毫无保留听从她的意见，他去取了帽子后就陪她们去走走。他于是离开了客厅，而凯瑟琳却是一脸的沮丧与焦虑，说她不愿让他有讨好她的错误念头，他自己不想外出却要陪着她们俩到户外去走走；然而蒂尔尼小姐打断了她的话，有点窘迫地说，"我觉得天气这么好，早晨外出走走是最明智的；所以不必因我爸爸之故而感到不安，他这个时候总是要到外面去走走的。"

凯瑟琳不很明白她这话该如何理解。蒂尔尼小姐为什么要窘迫呢？会不会上将有些勉强，不想让她参观诺桑觉寺？叫她走走看看是他自己提出来的。他竟然总是这么早就出去散步，难道不奇怪吗？她父亲，还有艾伦先生从不这么早散步。这事真是很烦人。她迫不及待地想要看看这座屋子，对园子一点儿好奇心也没有。假如亨利跟她们在一块儿就好了！可是现在，即使她见了如画的景致，也欣赏不了它的优美之处。这些就是她心里的想法，但她把这些想法藏在心里，同时忍着心里的不满情绪戴上了帽子。

然而，出乎她的意料，当她站在草地上第一次观看诺桑觉寺的时候，它的壮丽外貌马上将她吸引住了。整座建筑围绕着一个大庭院；四方院子的两侧特别显眼,有丰富的哥特式装饰,令人为之赞叹。其余部分则被土丘上的古树或茂密的树林遮掩,而屋后林木苍郁的陡峭群山给整座建筑树起了一道屏障,即使在这绿叶凋零的三月也很美丽。凯瑟琳觉得这景致简直无可比拟;她欣喜的感情极为强烈,等不及行家的评说,就冒冒失失地惊叹与赞赏起来。上将赞同她的赞美,感激地听着她说;仿佛他自己对诺桑觉寺的评价到了那个时刻才算有了定论。

菜园是下一个要赞叹的地方,于是他领着路,穿过园林的一角,到了那里。

这个园子面积之大让凯瑟琳不听则已,一听就惊呆了,因为艾伦先生和她爸爸的园子合在一起,再加上教堂墓地和果园的面积,还不及这儿的一半大。围墙似乎多得数也数不清,长得望也望不到头;在这围墙之间似乎是一个个温室组成的村落,在这围墙之内似乎有一个教区的全体居民在忙碌。她那惊诧的神情使上将感到得意,因为他已经从这惊诧中看明白她内心的感想,可他过后还硬要她用明明白白的话语说给他听,说她以前从未看到过能与此相比的园子;于是他谦逊地承认道,尽管他本人根本没有这种雄心,对此也没有任何渴望,然而他的确认为他家的园子在联合王国是无可比拟的。假如说他有癖好,这就是癖好。他喜欢园子。尽管他在大多数与吃有关的事情上很马虎,然而他喜欢上好的水果。或者说即使他自己不喜欢,他的朋友和他的孩子们喜欢。不过,照看他这样的园子,有许多麻烦事。精心的管理并不总能保证获得最珍贵的水果。去年菠萝温室里就只产了一百个。他猜想,艾伦先生也一定像他本人一样,有过这些麻烦。

"没有,根本没有。艾伦先生不管园子的事,他从来不进园子。"

上将脸上绽开了洋洋自得的微笑,说倘若自己也能这样就好了,因为他不进去也就罢了,一进园子总发现管理没有完全照他的打算进行,心里就有这样那样的烦恼。

"艾伦先生园子里的那些温控暖房是怎么管理的呢?"他们走进温度各不相同的暖房,他逐个介绍了管理情况之后这样问道。

"艾伦先生只有一个小温室,那是艾伦太太冬天里给花卉保暖用的,里边偶尔生着火。"

"他是个有福之人!"上将说道,脸上露出很得意的鄙夷表情。

他带她看了园子里每一个地块,领她走遍围墙内的每一处地方,一直到她参观得极其疲乏了,已经惊叹不起来了,他才让姑娘们乘机出了一扇外门,然后他说要检查一下新近装修的茶室情况如何,假如凯瑟琳小姐不觉得疲劳的话,那也不失为他们一起散步的又一个愉快的内容。"可你要到哪里去,艾丽诺?你为什么偏挑那条又冷又湿的路?莫兰小姐会把衣裙弄湿的。最方便的路是从园林里穿过去。"

"我最喜欢走这一条路呢,"蒂尔尼小姐说,"我总觉得这是最方便、最近的路。不过也许有点湿。"

这是一条从一片密匝匝的苏格兰古杉树林中穿过的蜿蜒小道;由于凯瑟琳被林子的幽暗所吸引,又急于要到林子里去,因此即使上将不以为然,也还是不能阻止她往前走去。他看出了她的意思,于是在又一次以当心身体为由阻止不成之后,也就不好意思再反对了。然而他找了一个借口没有与她们一起去:对他来说太阳光线还不够亮,他要另找一条路与她们碰头。他转身就走了；而凯瑟琳惊愕地发觉，和他分手之后心情竟会这么舒畅。然而因为惊愕不如舒畅那么真切，所以也没有大碍；于是她开始无拘无束、兴高采烈地说，这样一个树林子足以触发可爱的愁思。

“这个地方我特别喜欢，”她的同伴叹息道。“这儿是我妈妈最爱走的路。”

凯瑟琳以前从未听这一家人提起过蒂尔尼太太，因此这动情的回忆激起了她的关切，她立即收敛了脸上的笑容，停下脚步，静静地等待着听下文。

“那个时候我常常跟妈妈一起在这儿散步，”艾丽诺说；“尽管当时我一点儿也不喜欢在这儿散步，不像以后那样老到这儿来。那时候我确实不明白妈妈为什么要常常到这儿来。可现在对妈妈的回忆让我觉得这儿非常亲切。”

“那么这儿难道就不该，”凯瑟琳思索着，“让她的丈夫也觉得亲切吗？可是上将却不愿意走进这林子。”由于蒂尔尼小姐又默默无言，因此凯瑟琳大着胆子说，“她的死一定让你们非常痛苦。”

“非常痛苦，日甚一日的痛苦，”另一个低声说道。“当时我才十三岁；虽然在那么小的年纪，我也许已经充分地体验到悲伤和痛苦，可我还是不懂，当时也不可能懂这是多大的损失。”她停顿了一会儿，然后又很沉着地补充道，“我没有姐妹，你知道，所以尽管亨利——尽管我的两个哥哥待我都很好，而且亨利还经常到这儿来，我也很感激，可我不可能不常常孤孤单单地一个人生活。”

“毫无疑问，你一定非常想念他。”

“做妈妈的一定总是在家的。妈妈一定是个可靠的朋友；她的影响一定会超过其他一切影响。”

“她很可爱吗？她漂亮吗？诺桑觉寺里有她的画像吗？她为什么会对那片林子那么偏爱呢？是因为情绪低落吗？”她此时急切地问了一连串的问题，头三个问题立刻有了肯定的回答，而另外两个问题并没有被理会；然而凯瑟琳对于已故的蒂尔尼太太的关切，却因每问一个问题而不断增加，无论是有答复还是没被理会。凯瑟琳相信她的婚姻一定不幸。上将毫无疑问是个不体贴的丈夫。他不喜欢她来散步的地方，这样说来他还可能爱她吗？而且，他虽则英俊潇洒，然而他的脸上却有一种特别的表情，能说明他并未好好地待过她。

“她的画像，我猜想，”她对圆滑的提问方式觉得尴尬，“挂在你爸爸房间里吗？”

“没有；原先是想挂在起居室里的；可我爸爸不满意这幅画，一时又找不到一个合适的地方。她去世后没多久，我就把画像要了过来，挂在我的卧室里，我很高兴领你去看看；画得很像她。”这是又一个证据。一幅画像，画得很像，一位已故妻子的画像，丈夫却不珍藏！他一定对她狠毒之至！

凯瑟琳现在再也不想掩饰自己的情绪了，尽管他非常关心她，原先她对他只是惧怕和讨厌，现在则完完全全是厌恶了。是的，厌恶！他对这么可爱的一个女人表现出的冷酷，使他成了她眼中面目可憎的人。她在书中常碰到这样的人物，被艾伦先生惯常叫做不合常情、过分夸张的人物；然而这里却有确凿的证据，有这样的人。

就在她刚刚想通这个问题时，她们已经走到了小道的尽头，上将就在面前站着；尽管是义愤填膺，她知道自己还是要与他走在一起，听他说话，甚至他笑了她也要跟着笑。然而由于她已不再能从周围的事物中获得乐趣，过不了一会儿，她走起路来便变得没精打采；上将看出了这一点，生怕她是身体不舒服，就很急促地要他女儿陪她进屋去，他对她的关心似乎是在责怪她不该对他抱有那样的看法。他再过一刻钟会再来陪她们。他们又分手了，但过了半分钟后又把艾丽诺叫去，严厉地告诉她说，在他回来之前，绝不可以带凯瑟琳在房子里到处看。他又一次急切地推迟了凯瑟琳望眼欲穿的参观，这使她觉得很异常。

第二十三章

上将过了一个钟头才回来，在这一个钟头里，他的年轻客人则在思考他的人品，对他的看法实在不很好。“去了这么久还不见人影，又独自一个人溜达，这说明他心里并不自在，也并非问心无愧。”最后他总算出现了，而且，不管他可能为何事而抑郁思索，他仍旧会对她们面带笑容。蒂尔尼小姐对她的朋友想看看这座房子的好奇心略有所知，因此不久又提起了这个话题；与凯瑟琳料想的相反，她的父亲，这回再也找不到拖延的借口，除了停下五分钟吩咐待回来之后再送点心外，最后也乐意陪她们去看看。

他们出发了；于是，他在前面领着路，神情高傲，步履庄严，这一切让读了大量小说的凯瑟琳看在眼里，但她还是无法驱散心头的疑惑。他们穿过大厅，走过通常使用的起居室和一间不派什么用场的前厅，进入一个大小与摆设都显出宏伟气派的房间——一间真正的客厅，只有重要客人在场时才使用。客厅非常壮丽，非常宏伟，非常迷人！这就是凯瑟琳要说的一切，因为她那不善识别的双眼几乎连缎子的颜色都辨不清；而精微的赞美，所有余味无穷的赞美，则都是出自上将之口。任何一个房间的奢华或典雅她都没放在心上；她一点也不喜欢十五世纪以后较近代的家具。上将仔仔细细察看了每一件装饰，满足了自己的好奇之后，他们走进了一间图书室，这间屋子也是同样的气派宏伟，室内陈列了收藏的图书，一个谦虚的人是会满怀自豪注视这批藏书的。凯瑟琳怀着比以前更真挚的感情听着，赞美着，惊叹着，她浏览了半个书架的书名，想从这知识宝库中如饥似渴地汲取，然后准备继续参观。然而她希望看到的房间并没有出现。这座房子尽管很大，她也已经参观了大部分的房间；她听说现在已经参观过的六七间加上厨房，就占了庭院三边的房子，她决不相信真是这样，总疑心还有许多隐蔽的房间。不过，总算也有一些宽慰，因为他们要经过几间不很紧要的房间，再回到通常使用的屋子里去，那里的窗户都朝着庭院开，院子有几条曲折交错的走廊相连，通向这座建筑的各个部分；他们再往前走，她就更加宽慰了，因为他们告诉她，她现在走的地方从前是修道院的回廊，还指给她看女修道院一些密室的遗址，她也真看到了几扇门，但他们并没有将门推开，也没有给她解说；接着她又依次走进了弹子房和上将的私人房间，却连两个房间是怎样相通的也没有弄明白，出来的时候连方向也分不清；最后经过一个暗洞洞的小房间，那是属于亨利的房间，地上散乱地放着书籍、猎枪和大衣。

虽然餐室已经看过，而且五点钟一到总是要来看的，但是用脚步测量餐室的边长，以便莫兰小姐对此了解得更清楚一些，那是上将绝不会放弃的乐趣，其实凯瑟琳对此既不怀疑，也不感兴趣。他们出了餐室的门一转弯就到了厨房——是女修道院的旧式厨房，满眼是坚实厚墙和从前留下的熏烟，还有现代的炉子和烤箱。上将的改良之手并没有在这里踌躇：每一项旨在减轻厨房劳动的现代发明，都在厨子的这一广阔天地里采用；而且即使别人的创造发明失败了，他自己的却往往如愿以偿，十分成功。

单就他在这个场所的贡献而言，他永远都可以在女修道院的施主中名列前茅。

厨房四堵墙介绍完毕后，诺桑觉寺的全部古迹也就参观完毕了：庭院第四面的房子先前由于日渐倾塌，上将的父亲早将它拆除，现在的房子是后来盖的。凡有古迹色彩的东西到这里就终结了。新盖的房子不仅房子新，而且处处刻意显露出它的新；此处只供仆人使用，挨在后面的则是马厩，因此建筑风格的一致性就未加以考虑了。本来它必定比所有其他的部分都有价值，后来为区区家政考虑，竟然说拆就拆了，凯瑟琳真想痛骂一顿拆房的人；倘若上将应允，她宁肯不到如此败坏的地方来走一遭，这耻辱她真不愿蒙受。假如上将有洋洋得意的事，那就是他对仆人用房的安排；由于他坚信，对凯瑟琳这样的人来说，了解了减轻下人们劳动强度的舒适设施，必定会使她感到高兴，因此，他不必找什么借口尽可领她前往参观。他们粗略查看了全部设施；出乎凯瑟琳的意料，她发现设施的多样及其方便真叫人赞叹。在富勒顿家中，用区区几个形状难看的餐具橱和一个不太方便的洗涤池即可办成的事，在这儿却要分门别类，隔成单间去做，既方便又宽敞。不停地进进出出的仆人之多，与一间间仆人用房之多同样使她惊叹。他们走到哪里都会遇上一个穿木底鞋的姑娘停下来行一个礼，或瞥见一个号衣不整的男仆偷偷走开。然而这儿却是一座寺院！这些家政活动与她从书上看到的那些真是难以形容地不一样，书上的修道院和城堡，尽管无疑都比诺桑觉寺大，然而屋里屋外所有脏活至多交给两个女仆去做。她们怎么做得完所有这些活计，这常常叫艾伦太太迷惑不解；而待凯瑟琳看到此地需要这么多仆人时，她自己也迷惑不解起来了。

他们又回到了门厅，以便可以从这里登上主楼梯，让凯瑟琳看看主楼梯优美的木质以及雕刻精致的装饰。走到楼梯顶上之后，他们没向凯瑟琳房间所在的走廊走去，而是朝相反方向走去，不久便到了一条布局相同的走廊，只是走廊更长更宽。上将领着她依次看了三间大卧室，卧室内都有梳妆间，各种用品样样齐全，应有尽有；为了使卧室舒适幽雅，凡买得起、想得到的，都在这几个房间里布置了；然而，由于家具摆设都是近五年来置办的，因此一般人会满意的是样样俱全，而能让凯瑟琳称心的却没有一件。在他们走进最后一个卧室细看的时候，上将并不很在意地报了几个名流要人的大名，因为他们有时在此下榻；并脸带微笑地说，他冒昧地希望今后此地捷足先登的房客，有的也许是“我们富勒顿的朋友”。凯瑟琳听了这意想不到的客气话，感慨系之，心中非常遗憾：对她本人这么好、对她全家这么客气的人，她却没有好感。

走廊的尽头是一扇折门，走在前面的蒂尔尼小姐已经把门拉开，走了进去，里面是另一条长走廊，她似乎正要从左边的第一扇门进去，说时迟，那时快，上将走上前来急忙叫住她，凯瑟琳觉得他气呼呼地，他问她要到哪里去？还有什么好看的？值得莫兰小姐看一看的不都已经看过了吗？她不觉得她的朋友走了这么多路，也许很乐意吃一点儿点心吗？蒂尔尼小姐马上退回来，沉重的门在窘迫的凯瑟琳面前关上了，而凯瑟琳就在这瞬息间已经瞥见了里面有较窄的走道，还有无数扇门，仿佛还见到曲曲弯弯的楼梯，她认为自己终于碰上了值得一看的东西；因此，在她很不情愿地退回来时想，她宁愿去仔细查看屋子的那一头，而不想去看其他所有装饰华丽的地方。上将显而易见是不想让人进去细查，这反而激起了她的好奇心。肯定有什么不可告人的东西；尽管她的想象最近已经有一两回出了格，然而在这一点上她是不会错的；这不可让人知道的东西究竟是什么呢？在她们俩远远跟着上将下楼时，蒂尔尼小姐短短的一句话似乎已经点明了隐情："我要带你去看看我妈妈住过的房间，她就在那里去世的——"话虽不多，在凯瑟琳听来却包含了很多的意思。上将要回避，不想看见那个房间里一定还放着的物品，这是不足为怪的；自从那可怕的事情发生，从而使他经受折磨的妻子获得解脱以来，他备受良知的责备，从此就没有再踏进那个房间。

过后就她和艾丽诺单独在一起的时候，她鼓起勇气说出了心里的一个愿望，能否让她去看看那个房间，还有房子那一头的所有其他房间；艾丽诺答应一旦她们俩都方便时，就陪她去看看。凯瑟琳明白她的意思：必须是上将不在家时才可以踏进那个房间。"房间跟从前一个样吧？"她说道，语气中有着同情。

"是的，一模一样。"

"你妈妈去世多少年了？"

"她去世已经有九年了。"九年，凯瑟琳知道，一个经受精神创伤的妻子死后，要让她的房间恢复正常，一般要经历很长的岁月，九年不过是转眼之间而已。

"你陪着她到最后一息，对吗？"

"没有，"蒂尔尼小姐叹息道；"很不巧，我当时不在家。她的病来得很突然，时间很短；因此，我还没有赶到家，一切都结束了。"

这些话自然引起了可怖的联想,使凯瑟琳不寒而栗。这可能吗?亨利的爸爸难道会——?可是有多少例子证明,即便是往最坏处想的怀疑,结果证明也是有道理的。到了晚上,她与她的朋友坐在一起做编织活时,只见上将默默无言,两眼低垂,紧锁双眉,若有所思地在起居室里来回踱步了一个钟头,这时她心里有了底,决不可能冤枉了他。这是蒙托尼[①]一类人的神情态度!一个对人性的各种含义尚未完全麻木的人,在胆战心惊地回顾充满愧疚的往日情景时,还有什么比这样的神情态度更能反映他抑郁的内心活动呢?可怜的人哪!她的情绪焦虑不安,两眼一回回地望着他的背影,因而引起了蒂尔尼小姐的注意。"我爸爸,"她悄声说道,"在房间里常常这样踱来踱去;没什么事的。"

"那样就更糟了!"凯瑟琳心里想;如此不合时宜的运动,与他早晨外出散步奇怪的不适时是一致的,并非好兆头。

晚上的单调乏味与仿佛过了很久的感觉,让她格外意识到亨利在她们两人中的重要,在过了这样一个晚上之后,终于可以各自回房时,她从心底里感到高兴,尽管她是无意中看到上将递了个眼色,让他女儿站起来去拉铃。然而,当管家正要为他的主人点蜡烛时,他又被阻止了。上将并不准备休息。"我有许多小册子要看,"他对凯瑟琳说,"看完才能合眼;所以也许你们睡了以后,我还要花上几个钟头思索国家大事。咱们两个人各忙各的,那是再合适不过了,对吗?我的眼睛在为别人的利益而昏花;你的眼睛要好好休息,为今后的淘气而准备。"

---

① 蒙托尼是《尤道尔弗之谜》一书中的恶棍。

然而不管是他自诩要做的事，还是漂亮的恭维话，都无法叫她打消这种想法：一定是有什么完全不同的目的，所以他一定要非比寻常地推迟正常的休息。就因为几本无聊乏味的小册子，全家都睡了，他还要熬上几个钟头，那是不大可能的。必定还有某个意味深长的理由，只有全家都睡了以后才可以做某种事；因此，蒂尔尼太太可能仍活在人世，因了不为人知的原因而被锁在屋子里，同时每晚从她无情无义的丈夫手中接过一份粗劣的食物，这样的可能性便是必然的结论。这种想法尽管骇人听闻，但它至少比因虐待造成的英年早逝要好，因为按照事态的自然发展，她不久一定可以放出来的。当时她真相不为人所知的病发得突然；女儿又不在身边，说不定别的子女也不在，这都教人作出她被禁闭的推测。事情的起因——也许是嫉妒，也许是肆意虐待——则尚待查清。

她一面脱衣服一面思索这些问题时，突然觉得有件事并非不可能，她当天上午或许就从这位不幸的女人被禁闭的地方经过，可能离她在里面捱着苦难日子的禁闭室只有几步之遥；因为，除了至今仍然留着女修道院遗迹的那一边屋子以外，诺桑觉寺还有哪里更能派上这个用途呢？那条有高高拱顶的石砌走廊，她已怀着格外敬畏之情走过一回，她清晰地记得那些上将没有作任何介绍的门。那些门会通到哪里去呢？为了证明她的猜想合乎情理，她还觉得，不幸的蒂尔尼太太住房所在的那条禁止进入的走廊，据她能记起的，毫无疑问一定就在一排可疑禁闭室的上方，而她曾在瞬间瞥见的那几个房间边上的楼梯，一定与那几个禁闭室秘密相通，可能为她丈夫的残暴举动提供了极大的方便。他也许经过精心策划，在她失去知觉的情况下，把她从这个楼梯背到了下面！

凯瑟琳有时惊诧自己的大胆猜测，而有时又希望或担心自己想得太离谱；然而种种迹象促使她不能不作这样的猜测。

鉴于她假定的罪行发生在那一边的房子，按照她的看法，那里正好是在她自己卧室的对面，因而她又觉得，如果谨慎观察，上将到他妻子禁闭室去的时候，就会从下面窗口里透出他手中油灯的亮光；于是，在她上床之前，她曾两次蹑手蹑脚地走出房间，站到走廊相应的窗口，想看个究竟；然而窗外是一片漆黑，时候一定还早着呢。各种各样上楼的声响告诉她，仆人们一定还没有就寝。她认为，不守候到半夜是不会有结果的；不过到那个时候，时钟敲响十二点的时候，外边一片寂静，假若她不怕黑，她会悄悄地走到外面，再观察一回。时钟敲响了十二点时凯瑟琳已经入睡半个钟头了。

第二十四章

前一天提出要看看那几间神秘房间的要求，到了第二天并没有机会实现。这天是星期天，于是，早晨与午后两次祈祷之间的时间，都根据上将的安排到户外去活动，然后在家里吃冷肉；尽管凯瑟琳有极大的好奇心，然而，要在用过晚餐之后，趁着六、七点钟之间天空中渐渐加深的暮色，或凭借手中靠不住的油灯去看那些房间，她却没有这样的胆量，灯光虽然比较亮，但只能照亮一小处地方。因此，这一天也没有什么触发她想象的特别之处，只不过见到了为纪念蒂尔尼太太而立的非常精美的纪念碑，它就竖在教堂里家族包厢的正前方。见到这纪念碑时，她的目光立即被吸引住了，久久不能移开；不管怎么说，一定是他害死了她，这个既害了人而又觉得于心不安的丈夫，在碑文里把凡是人所具有的美德都写上了，读了这牵强的碑文，她感动得甚至落泪了。

上将竖了这样一个纪念碑之后竟然还能面对它，这也许还不很奇怪，然而，他竟然能望着纪念碑镇定自若，如此勇敢地坐在那里，保持如此庄严的神情，如此无畏地朝四下打量，不只如此，他竟然甚至还能跨进教堂的门，凯瑟琳觉得简直不可思议。不过，做了亏心事同样能无动于衷的例子并非没有。她可以记起十来个事例，那些人屡教不改，无恶不作，罪行累累，他们要杀谁就杀谁，毫无一点人性和悔恨；直至死于非命或退隐修道院才结束罪恶的生涯。然而就竖立纪念碑一事而言，它并不能左右她对蒂尔尼太太是否去世的怀疑。即便要她走下人们相信安放着蒂尔尼太太遗骨的地下家庭墓穴里，即便她亲眼目睹据说躺着蒂尔尼太太遗骨的棺材——那又能怎么样呢？凯瑟琳读过的书太多了，对于采用一个蜡像，举行一个掩人耳目的葬礼之轻而易举，她是知道得一清二楚的。

第二天早晨有了一个好兆头。上将的晨间散步，尽管从别的方面来看横竖都不相宜，然而在这一点上倒是有利时机；于是，在她得知他已走出屋子的时候，她立即向蒂尔尼小姐提出可以履行诺言了。艾丽诺乐意地应承了；她们一起走着时，凯瑟琳又提醒她已答应的另外一件事，因此她们第一个要参观的便是她卧室里挂的那幅画像。画像上画的是一个非常秀丽的女人，一张温和、忧虑的脸，在这一点上，它证明这位端详画像的陌生人的预想是正确的；然而这样的预想又不能说一个个都印证了，因为凯瑟琳满以为会见到这样一个女子，她的相貌、神态、面色即使不与亨利极相像，极酷似，也应该与艾丽诺非常地相像；她惯常想象的画像只有一种，即母亲与子女总是同样地相像。一幅肖像一旦画成，那就会显出几代人相同的特征。然而端详着这幅肖像画，她不得不寻找、考虑、思索相像的地方。尽管这幅画像美中不足，然而她还是非常激动地凝视着；而且，倘若没有比这更加让她关心的事，她真会依依不舍的。

她们踏进大走廊的时候，她心里非常的激动，连话都不敢说；她只会朝着艾丽诺看看。艾丽诺表情沮丧，但仍然沉着；这沉着表明，她对于她们迎头走上前去的所有阴沉沉的东西都已习以为常了。她又一次走过了折叠门，她的手又一次按在那把关系重大的锁上，凯瑟琳紧张得连气也喘不过来，她转过身来胆战心惊、小心翼翼地要把折门关上，就在这时，她看见走廊的尽头上将那令人惧怕的身影就在她面前！在此同时，他拉开嗓门大叫“艾丽诺”的名字，响声震撼了整座房子，叫他女儿刚明白他就在那里站着，也叫凯瑟琳感到一阵又一阵的恐怖。她见到他时的第一个本能动作就是快躲起来，然而当时要想躲开他的目光连想也别想；于是，她的朋友投来含着歉意的目光，急匆匆从她身边擦过，跟着她的父亲一起走了。她为了安全起见跑回了自己的房间，锁上了门，心里只觉得她是再也不会有勇气走下楼去了。她在房间里至少关了一个钟头，心里非常焦躁不安，深深同情她可怜朋友的处境，总觉得恼火的上将会派人来传话，叫她到他自己房间去见他。然而并没有人来传话；后来，看到一辆马车停在了诺桑觉寺门前时，她终于鼓起勇气走下楼去，在客人的掩护下去见上将。早餐室里因客人的来到而非常热闹；而她则由上将以夸赞的口吻介绍给了客人们，说是他女儿的朋友，于是，这样的口吻把他的怒气遮掩得十分妥帖，于是凯瑟琳觉得至少目前不必提心吊胆了。艾丽诺出于对父亲名誉的考虑，显得很镇定，一见有机会她就对凯瑟琳说，“我爸爸只不过是要我去回一封信，”凯瑟琳见此情景也就抱着希望，她刚才并没有被上将看见，要不就是出于谨慎的考虑，她要这么想就让她这么想吧。有了这样的信念，在客人们告辞之后，她仍旧敢在他的面前待着，而且也没有生出事来扰乱了这气氛。

想了一个上午后她作出决定，下次她就一个人去闯那扇禁止入内的门。不能让艾丽诺知道这件事，无论从哪一方面考虑，这样都要妥当得多。把她牵扯到一个侦察活动中去，将她骗到一个一定会让她伤心的房间里去，那绝不是一个朋友该做的事。上将如果大动肝火，对她总不至于像对她女儿那样；而且，除了这点之外，她认为没有人陪伴，侦察起来反倒觉得更加称心如意。对艾丽诺说明她心里的猜疑是不可能的，因为她可能很幸运地至今还没有起过这样的疑心；而且，她也不可能当着她的面，查找上将残酷行为的证据，这些证据尽管有可能至今未被人发现，然而她有信心在什么残缺的日记里找到，那种日记会断断续续记到生命最后一刻。到那个房间去的路线，她现在已经了如指掌；而且亨利次日要回来，她要赶在他回家之前了却这桩心事，时间等不及了。这天阳光灿烂，她也勇气十足；到了四点钟，太阳离下山还有两个钟头，在这个时刻走，也不过是比平时早半个小时回来穿衣打扮罢了。

凯瑟琳穿好了礼服；时钟还没有敲完四下，她已经独自一人来到走廊上了。这不是前顾后盼的时候；她匆匆地走着，尽量轻声地穿过折叠门，没有停下来瞧一瞧或喘一口气，就直冲要找的那个房间。锁在她手中打开了，而且很幸运，锁打开时并没有发出会惊动人的响声。她踮起脚跟进了房间；房间就在眼前；然而她过了好一阵子也迈不动步。她看到了使她目瞪口呆的情景。她见到了一个大而匀称的房间，里面放着一张罩着提花布床罩的漂亮的床，由女仆照无人用的床铺那样叠得仔仔细细，有一个锃亮的巴思炉、几个桃花心木的衣橱和几把油漆光洁的椅子，而几道温暖的夕阳透过两扇窗子，喜气洋洋地照在衣橱和椅子上！凯瑟琳早就料到她的情绪会很激动，现在的情绪果然非常激动。她心中先是惊讶与疑惑，紧接着，根据常识的判断，她感到了几分痛苦的羞愧感。房间她是不会找错的；可是别的事情却完完全全错了！误会了蒂尔尼小姐的意图，自己又做出了错误的估计！她心目中年代那么久远、地位又那么庄严的这个房间，竟然是上将父亲重建屋宇的一角。房间里另有两扇门，也许里面是梳妆间；然而她无意开进门去看看。这儿会不会有蒂尔尼太太最后外出披的面纱，或者她阅读的最后一本书，可以透露一点其他东西绝不可能泄露的秘密呢？没有，不管上将会有什么样的罪恶行径，他当时无疑头脑非常清醒，绝不会留下这方面的线索让人查证。她厌倦了再作探访，她只想平平安安待在自己房间里，把蠢事藏在自己心里；而她正准备像进来的时候一样再悄悄地回去时，传来一阵她一点也辨不清是在哪一个方向的脚步声，使她停下步子，哆嗦起来。在这个地方让人撞见，即使是一个仆人，也是一件尴尬的事情；而倘若让上将遇上了（每当你最不想碰见他时，他似乎总偏偏在这时候出来），那就更糟了！她竖起耳朵听了听，脚步声停止了；于是她决心一分钟也不耽搁，就出了门，又随手将它关上。就在那一瞬间，底下有一扇门骤然间打开了；似乎有人飞快地走上楼梯来，而她还得先走过那个楼梯口才可以回到走廊上。她的两条腿已经不能动了。她带着一种难以言说的恐惧感，两眼直盯着楼梯，不一会儿，亨利出现在她眼前。"蒂尔尼先生？"她惊叫起来，语气出乎异常的惊讶。他也惊诧了。"上帝呀！"她并不去管他的态度，而是继续说道，"你怎么到这儿来了？你怎么从这个楼梯上来的？"

"我怎么从这个楼梯上来的？"他回答道，感到非常奇怪。"因为从马厩到我房间，这是最近的路；我为什么不可以从这儿上来？"

凯瑟琳镇静了下来，两颊绯红，说不出话了。他似乎在她脸上寻找她嘴上没说出来的理由。她接着朝走廊走去。"现在能不能让我来问你一

“蒂尔尼先生?”她惊叫起来

下，"他说道，并掩上折叠门，"你怎么到这里来的？从早餐室到你卧室走这条走廊，跟我从马厩到我卧室爬那个楼梯，不管怎么说，同样都是一条不同寻常的通道。"

"我是去看看，"凯瑟琳低下眼睛说道，"你妈妈的房间。"

"我妈妈的房间！那儿有什么特别的东西可看吗？"

"没有，一点也没有。我还以为你打算明天才回来呢。"

"我走的时候是没想到能够提早回来；可三个钟头之前，我很高兴地发现，已没有什么事要我留下来做了。你脸色发白。怕是我这么快爬上楼梯把你吓着了。也许你不知道——没听说过那个楼梯是通向仆人们工作的房间吧？"

"是的，我没听说过。今天是骑马赶路的好天气。"

"很好的天气；是艾丽诺让你自个儿去参观这些房间的吗？"

"哦！不是的；星期天她已经带我把房间大都看过了，我们本来是准备来看看这几个房间的，可是不巧，"她放低了声音，"当时有你爸爸在。"

"所以没让你们去成；"亨利诚挚地望着她道。"那条走廊上的所有房间都看过了吗？"

"没有，我只不过是想看看，天已经很晚了，对吗？我得去梳妆了。"

"只有四点一刻呢，（取出表来给她看）你现在又不是在巴思。既没有剧院，也没有舞厅，没什么可准备的。在诺桑觉寺半个小时准够了。"

她没有理由反对，于是只好留下来，然而由于害怕他再提出一个个问题来，因此自他们相识以来，她第一次想从他身边走开。他们在走廊上缓慢地走着。"我走了以后你有没有收到过巴思来的信？"

"没有,我也觉得很意外。伊莎贝拉是那么忠实地许诺立即写信的。"

"那么忠实地许诺!信誓旦旦!这倒让人费解。我听说过忠实地履行诺言。可是信誓旦旦——忠实地许诺!这是一种不值得一提的本领,因为它会让你受骗,让你痛苦。我母亲的房间很宽敞,对吗?大而明亮,而且梳妆间布置得非常舒适。我总觉得它是整座房子中最舒适的房间,我有点奇怪,艾丽诺竟然不拿来作自己的房间。是她叫你来看房间的,对吗?"

"不是。"

"完全是你自己的主张啰?"凯瑟琳一句话也不说。沉默中他目不转睛地注视着她,过了一会儿之后他说,"既然房间本身并没有什么可让人觉得好奇的,那么一定是听艾丽诺讲述了我母亲的情况,出于对我母亲处世为人的崇敬之心而这样做了;想起她确实让人感到敬重。我认为她是世上最好的女人。可是美德会这样令人关注,那倒是不常有的。一个不为人所知的女人,热爱家庭、从不夸耀自己的优点,这并不能激发起人的深厚崇敬之情,以至于像你这样去寻访。我猜想,艾丽诺已经跟你说过我妈妈好多事了,对吗?"

"是的,说了好多。那是——不,没有说好多事,不过她说的倒都是很有意思的事。她死得那么突然,"(话说得很慢,而且吞吞吐吐的,)"而你——你们又都不在家。还有你爸爸,我曾经觉得——也许并不很爱她。"

"于是从这些情况看,"他接过话头,(他敏锐的目光注视着她,)"你就以为，也许其中有什么过失——有一点——”（她不由自主地摇摇头）“或者也许，可能还有更加不能宽恕的事。”凯瑟琳抬起眼睛直望着他，她以前可从来没有这样盯着人看的。“我母亲的病，”他接着说道，“导致她去世的是突然发作的疾病。过去经常发的这种病是胆病引起的寒热。因此要查病因还是在体质方面。到了发病的第三天，总之一旦说服她以后，就请医生来看护她，那是个非常可敬的人，她一直很相信他。根据他的诊断她已是病情危急，第二天又请来了两名医生，二十四小时几乎不间断地陪在旁边。这样捱到第五天她就去了。她病情恶化的几天里，我和弗莱德里克（我们两个人当时都在家）一再去看她；因此我们根据自己的观察可以作证，她得到了她周围人们充满爱心的精心照顾，那也是她的生活状况所能办到的。可怜的艾丽诺确实不在她身旁，而是在外地，等她赶到，母亲已经入棺了。”

“而你父亲，”凯瑟琳说道，“他难过吗？”

“有一个时期，他很难过。你以为他不爱她，错了。我相信，他是尽心地爱着她的。你知道，我们大家的性情并不都一样地温和，我也不会假惺惺地说她在世的时候常常一点气也不用受，但是，尽管他的脾气让她受了委屈，他的眼光却决没有让她受气。他对她的评价是真诚的；因此，即便她的去世并非永远让他难受，他也确实是难受的。”

“这样说我也就没事了，”凯瑟琳说；“否则多吓人哪！”

“假如我没有误解的话，这样的恐怖你预先已经有了一个主观臆测，那使我几乎找不到话来——亲爱的莫兰小姐，你好好想想你心头的猜疑是多么的可怕。你这样判断的根据是什么呢？别忘了我们生活的国度与时代。别忘了我们是英国人,我们是基督徒。请运用一下你自己的理智,你自己对于或然之事的认识,你自己对于身边发生的事情的观察。我们所受的教育会叫我们犯下这样的残暴行为吗?我们的法律会默许这样的暴行吗?像英国这样的一个国度,社会文化交流有牢固的基础;每一个人的行为都受到周围人的监视,阡陌交通、书刊报纸使一切都公开化,倘使犯下了暴行而不公布于众可能吗?亲爱的凯瑟琳,你头脑里装的是什么观念呢?"

他们走到了走廊的尽头;她含着羞愧的泪水跑着回到了自己的房间。

第二十五章

传奇故事的幻觉消逝了。凯瑟琳已经完全觉醒。亨利的一席话，尽管不多，却让她将自己近日来奇思怪想的荒唐看得清清楚楚，比起所有这些奇思怪想一回回的破灭带来的影响，他的话所起的作用要大得多。她非常痛苦地感到丢脸，她痛苦地哭泣。不但她自己觉得丢脸，而且亨利也会觉得她很丢脸。她的愚蠢在他面前暴露无遗，而这愚蠢现在似乎已经变成了犯罪，因此他一定会永远蔑视她的。她在想象中竟敢歪曲他父亲的人品，他能原谅吗？她的好奇与担忧如此荒唐，他会忘记吗？她恨她自己，这恨远不是用言语能表达的。他曾经——在今天这个不幸的早晨之前，有一两回他曾对她颇有点爱的表示。可是现在　　总之，约摸有半个钟头，她弄得自己痛苦极了，五点钟一到就走下楼去，很颓丧的样子，艾丽诺问她是否不舒服，她也说不出一句明明白白的话来。令人生畏的亨利不久也紧随她之后进了餐室，而他对她态度的唯一不同则是，他比平时更多地关心她。凯瑟琳此刻比任何时候都更加的需要安慰，而从他的表现看起来，他是了解这一点的。

晚餐之后时间缓慢地流逝，然而这抚慰人的关心体贴却并没有减弱；于是她也渐渐地提起精神来，情绪也比较稳定了。但她既没有因此而忘记发生的事，也不会替发生的事辩解，但是她希望事情不会再传开去，希望她不会完全失去亨利对她的关怀。她此时只是一个劲地想着自己因为无端的恐惧而产生的错觉，想着自己做下的蠢事；现在事情再明白不过了，这都是自己主观臆测、胡思乱想的结果，因为决心要历险而想象，又因想象而将一桩桩小事演化成至关重要的大事，由于她还未踏进这座寺院时心里就已经渴望着来历险，因此一切事情都不得不服从一个目的了。她仍旧记得她当时是准备以什么样的心情来领略诺桑觉寺的。她发觉早在告别巴思之前，她已经神魂颠倒，那恶作剧也已经成形，而且整个事情的起因若追根究底起来，似乎都可以归咎于她整天捧着的那种小说的影响。

尽管拉德克利夫夫人的全部作品，甚至她的全部模仿者的作品，都很引人入胜，然而，人性，至少是英格兰中部各郡居民所表现的人性，也许在这些作品中是找不到的。阿尔卑斯山脉[①]与比利牛斯山脉[②]，那里的松树林及其邪恶的行为，在这些作品中可能有真实的描绘；而在意大利，瑞士，以及法国南部，令人恐怖的事可能也会如这些作品中所描述的那样层出不穷。凯瑟琳不敢怀疑她自己国家以外的地方，而即使是在她自己的国家，倘若追问起来，也只会说是最北部和最西部的远方而已。然而在英格兰中部，即便是一个失去了爱的妻子，按照这个国家的法律，按照这个时代的风俗，其生活毫无疑义是颇有保障的。谋杀是不可容忍的，仆人并非奴隶，不管是毒药还是安眠药，并非像大黄一样从哪一家药店都可以买

① 西起法国东南的尼斯，东至奥地利的维也纳，穿越瑞士南部与意大利北部。
② 法国与西班牙的天然国界。

到。在阿尔卑斯山脉和比利牛斯山脉地区，也许没有多重性格的人。在那里，若非如天使般的纯洁，可能便有恶魔的脾性了。然而英国的情形则不同；她相信，英国人的心灵和行为，虽然善恶成份并不均等，然而普遍都有善与恶的混合。有了这样一个信念，即便亨利·蒂尔尼和艾丽诺·蒂尔尼今后表现出一些美中不足来，她也不会感到意外；有了这样一个信念，她也不必害怕承认他们的父亲性格上存在某些缺点，因为尽管对他的极不公正的疑心已经打消，而且她曾经有过这样的疑心，一想起来必定觉得很难为情，然而，她经过认真地思索考虑，的确认为他算不上一个非常和蔼可亲的人。

她在这几个方面有了自己的主见，并且也下了决心，今后看问题、做事情永远要多动脑筋，这样一来，她除了原谅自己、想开一点之外，也没有什么可以犯愁的了；接着又过了一天，不知不觉地，仁慈的时光老人帮了她很大的忙。亨利始终丝毫也不提及发生过的事，他在这一点上表现出来的惊人大度与高尚行为，对她是很大的帮助；在她刚开始苦恼时，她的情绪很快便因此完完全全放松了，她又同以前一样，不管他说什么，总是越听越开心。诚然，问题还是有的，她以为他们若是知道了，一定会老是担忧的；譬如提起一个箱子或一个衣橱，还有漆了日本漆的家具，不管什么形状，她都不喜欢；然而她也承认，偶然联想起过去做的蠢事，尽管会感到痛苦，也并不是没有一点益处。

传奇故事给人的惊恐消失之后，不久便有了平常生活中的烦恼。她等伊莎贝拉来信的愿望一天比一天强烈。她很想了解巴思那边的近况，上厅、下厅是否还是熙来攘往；她尤其想知道，伊莎贝拉是否已经配了一些她很想要的网眼编织细棉线；还想听说她与詹姆斯的关系仍旧很好。她只能靠伊莎贝拉打听一点消息了。詹姆斯说了，他要等回到牛津后再给她写信；艾伦太太也说过她要回到富勒顿之后才可能写信来。可是伊莎贝拉则是答应了又答应的；而她要是答应了一件事，那是会认认真真地去办的！正因为这个缘故，她才觉得好奇怪！

接连九个早晨，凯瑟琳都非常失望，而且一天比一天更令她失望，然而，到了第十天早晨，她走进早餐室的时候，一眼看见了一封信，是亨利自愿地伸手递给她的。她衷心地向他道了谢，仿佛这信是他本人写的。"不过，这是詹姆斯的信，"她看着信上的姓名地址这样说。她拆开信；是在牛津寄的；信上写道：

亲爱的凯瑟琳，

天知道，尽管我一点都不想提起笔来写信，可是我觉得我有责任告诉你，我跟索普小姐之间的事都已经结束了。昨天我已与她分手，离开了巴思，再也不想看到她，也不想再到巴思去了。详细情况我不准备说了，说出来只会让你更加难受。你用不了多久就将在别处了解到情况，明白这是谁的错；而且，我相信，你也将会为你哥哥洗清一切，只是我太愚蠢地相信自己的一片痴情会得到报答。谢天谢地！我及时弄清了真相！可这是一个沉重的打击！我们的父亲已经真心诚意地应允了——不过不必再说它了。她使我永远地苦恼！亲爱的凯瑟琳，快给我回信；你是我唯一的朋友；我真正信赖的是**你的**爱。我希望你在诺桑觉寺的访问能够在蒂尔尼上尉订婚消息宣布之前结束，否则你在那里将会处境尴尬。可怜的索普到伦敦去了，我怕见到他；他这个诚实的人心里一定很难受。我已经写信给他，父亲那里也去信了。她的那种两面派手法尤其伤我的心；直到最后，尽管我规劝她，她还是表白自己非常地爱我，还笑我的担忧。我忍耐了这么久，想起来就觉得羞愧；然而，假如一个男人有理由相信自己被人爱过，那么我就是那样的一个男人。我至今不明白她是什么打算，因为假如她想得到蒂尔尼，大可不必来欺骗我。最后我们都同意分手，要是我们从不曾相遇我才开心呢！我是决不会再去结识这样的一个女人了！亲爱的凯瑟琳，表白你的感情可要小心哪。

相信我的话……

凯瑟琳还没有看上三行字，就突然变了脸色，还发出几声短促的惊叫，那悲伤的语调表明她看到的是不愉快的消息；亨利在她看信时一直认真地注视着她，此时已经明白，这封信从头至尾都没有好消息。然而，由于他父亲走了进来，他脸上才没有流露出惊讶的表情。他们马上就去用早餐；可是凯瑟琳简直什么都不想吃。她坐在那里，两眼含着泪，眼泪还流到了面颊上。那封信她先是捏在手中，接着放到了腿上，然后就塞进了口袋里；看她的神情仿佛她并不知道自己在做什么。上将一边看报一边喝可可茶，幸好没工夫来注意她；然而对另外两个人来说，她心头的苦恼都是明白可见的。一旦她有了勇气站起来离开餐桌，她就急急忙忙回到自己的房间；可是女仆们正在房间里收拾整理，于是她只得又下楼来。她折入起居室想一个人呆着，可是亨利和艾丽诺也已在那里坐着，此刻两个人正谈着她的事。她退出来，想道个歉，可是他们很友好地硬要她留下，她只得又回转身来；艾丽诺很亲切地表示愿帮助她、给她以慰藉，说完两个人就都回避了。

凯瑟琳一个人呆着，便毫无顾忌地沉浸在悲痛和思考中，这样过了半个钟头，她才觉得有勇气去见她的朋友；不过她是否应该把她的苦恼说出来，还需要考虑考虑。假如他们问得仔细，也许她可以说个大概意思——只隐隐约约提一下，而不便多说。揭发朋友，像伊莎贝拉与她这种关系的一个朋友！而且她们自己的哥哥又与这件事有紧密的牵连！她认为这件事还是一点都不要提起的好。早餐室里就亨利和艾丽诺两个人坐着；她进去时，他们两个人都很焦急地望着她。凯瑟琳在餐桌旁坐下来，短暂的一阵沉默之后艾丽诺说道，“我想，富勒顿没什么不好的消息吧？莫兰先生和莫兰太太，还有你的弟弟妹妹，我相信他们都没人生病吧？”

“没有，谢谢你，”她一边说一边叹气，“他们都很好。信是我哥哥从牛津寄来的。”

一时大家都没有再说什么；然后她一边流泪一边又加了一句，“我看我不会再等什么信了！”

“对不起，”亨利把刚打开的书又合起来，说道；“要是我猜到信里写了什么不如意的事，我就会以截然不同的心情把信交给你的。”

“信的内容比任何人的猜想都要糟！可怜的詹姆斯多不幸啊！你们不久就会知道真相的。”

“有这么善良、这么温情的妹妹，”亨利真诚地说，“不管遇上什么苦恼，对他一定都是一种安慰。”

“我有一件事要请你们帮助，”不一会儿凯瑟琳激动地说道，“假如你们的哥哥要来这儿，请早一点关照一声，我好离开这儿。”

“我们的哥哥！弗莱德里克！”

“是的；我这么快就与你们分别，我会很难过的，不过现在事情发生了，我还跟蒂尔尼上尉同在一个屋檐下就很可怕了。”

艾丽诺放下手中编织的活计，表情越来越吃惊地盯着她；可是亨利开始对事情的真相起了疑心，嘴上说了一句，提到了索普小姐的名字。

“你反应真快！”凯瑟琳激动地说道：“你猜着了，真的！可是，我们在巴思说起这事的时候，你根本没想到会有这样的结局。伊莎贝拉——现在就不奇怪怎么没见她来信——伊莎贝拉背弃了我哥哥，要跟你哥哥成亲！世上竟有这种见异思迁、三心二意的坏事，你们会相信吗？”

“我希望关于我哥哥那一方面，你的消息不准确。我希望，莫兰先生的失恋与我哥哥没有很大的关系。他娶索普小姐是不可能的。我看你一定是弄错了。我很为莫兰先生难过，你爱的人遭到不幸我都难过；但是，要说有什么事情让人觉得意外，我觉得最让我惊讶的是弗莱德里克要跟她结婚。”

“可这都是真的；你自己可以去看看詹姆斯的信。等一等，有一段话——”她绯红了脸记起最后一行字。

“能不能麻烦你把跟我哥哥有关的几段话读给我们听听？”

“不用了，你自己看吧，”凯瑟琳说道，她仔细一想，思绪清晰多了。“我也不知道刚才心里在想什么，”想起刚才绯红过脸现在脸又绯红了，“詹姆斯不过是好意劝告我。”

他高兴地接过信来;仔仔细细看完信之后,交还给她,说,"呃,要是真会这样,我只能说我很难过。弗莱德里克不能做到头脑清醒地挑选妻子,实在辜负了家庭对他的期待。在这方面他也不是第一个人。无论是做情人还是做儿子,我都不想处在他这种境遇。"

蒂尔尼小姐应凯瑟琳之请也拿过信来看了看;同时,她还表示了自己的关切和惊讶,并且开始打听索普小姐的家庭情况和可以作为陪嫁的财产。

"她妈妈是一个很好的女人,"凯瑟琳这样回答。

"她爸爸是做什么的呢?"

"是个律师,我想。他们住在普特尼。"

"他们的家庭富裕吗?"

"不,不很富裕。我看伊莎贝拉没有什么可继承的财产。不过这一点在你们家庭并不重要。你们父亲思想这么开明!那天他对我说过,要说钱财,只有当它们能给子女带来更大幸福时,他才会看重。"

兄妹俩你看着我、我看着你。"可是,"一阵短暂停顿之后艾丽诺说,"让他与这样一个姑娘结婚,会使他更加幸福吗?她一定不是个正直的人,否则她不会那样对待你哥哥。而弗莱德里克竟会被弄得神魂颠倒,这多奇怪!一个姑娘竟然在他面前不遵守她与另外一个男人自愿订下的婚约!亨利,这不叫不可思议叫什么?弗莱德里克也真是的,以前一直是那样高傲!没有一个女人让他看得上的!"

"这可是最没有指望的证据,是证明他不好的最有力证据。想起他过去的表白,我就觉得他完了。而且,我对于索普小姐的精明评价极高,绝不认为她会在另一个男人还没有把握得到手时,会与眼前这一个男人分手。弗莱德里克的确完了!他彻底完了,在判断力上他已经死了。准备迎接你的大嫂吧,艾丽诺,你见了一定很高兴有这么一个大嫂!坦诚、直率、天真、单纯,感情强烈而朴素,不会装腔,也不懂伪装。"

"这么一个大嫂,亨利,我见了应该高兴,"艾丽诺微笑着说道。

"不过也许,"凯瑟琳说,"虽然她对我们家这么无礼,她可能对你们家会好一点。既然她真正找到了她喜欢的男人,她会对他忠贞的。"

"恐怕她的确会忠贞不渝的,"亨利接话道;"恐怕是会很忠贞的,除非她再碰上一个从男爵;这便是弗莱德里克的唯一机会。我会找份巴思的报纸,查一查新到的游客。"

"那么你认为这都是有企图的啰?真是这样,有些事情似乎很像是有企图的。我忘不了她第一次知道我爸爸要留家产给他们的时候,她似乎很失望,怪爸爸没多留给他们。有生以来,我从没被一个人的品德这样蒙骗过。"

"只是对那些你所熟悉和认真研究过的形形色色的人来说。"

"她给我带来的失望与损失是很严重的;对于詹姆斯来说,我看他是难以自拔了。"

"你哥哥目前确实值得同情;然而我们在关心他的痛苦的同时,也不可以忽略了你的痛苦。依我看,你感觉到失去了伊莎贝拉就等于失去了你自身的一半,你觉得心中失落,什么都没法填补。与人交往将变得令人心烦;至于你们在巴思常常一块儿参加的那些娱乐,一想起没有她的参加,就会让你讨厌。比如说,你现在绝不会去参加舞会了。你觉得现在你再没有朋友可以毫无保留地谈心了;再没有朋友可以信赖了;在你遇上困难时,也再没有朋友可以听听意见了。这一些是你的感受,对不对?”

“没有,”凯瑟琳思索了一会儿之后说道。“我没有——我应该这样想吗? 说实话,我感到伤心、痛苦,因而我不可能会再爱她,我不会再收到她的信,也许永远不会再见到她,但是我并没有像别人猜想的那样苦恼。”

“同你往常感受到的一样,你现在感受到的是最富有人性的情感。这种感情是应该好好研究的,以便知道个究竟。”

多少有些偶然地,凯瑟琳在这次谈话之后,情绪放松了很多,虽然她不知不觉地透露了引出这一番谈话的情况,但她一点也不觉得后悔。

第二十六章

从那时起，这三个年轻人就常常讨论这件事；而且凯瑟琳颇有点意外地发现，她的两位年轻朋友看法完全一致，都认为伊莎贝拉既无社会地位，又无可继承的财产，这对于她想嫁给他们的哥哥很可能是很大的障碍。他们认为，单凭这一个理由，撇开对她个人品德的异议不谈，上将也会反对他们的结合。而他们的这一信念倒使她转而担忧起自己来。她也跟伊莎贝拉一样，并非来自显赫的家庭，也许也没有可继承的财产作陪嫁；倘若蒂尔尼家产的继承人还觉得自己的地位与财富不够显赫，那么，家产继承人的弟弟对于财产的要求又会多高呢？要驱散这样的推理所引起的痛苦，她只能靠上将对她的偏爱了，这是她唯一感到的宽慰，因为无论是上将的行动还是他的言词都让她看到了，她从一开始便非常幸运地赢得了他对自己特别的偏爱；以及靠回忆他关于金钱问题所表述的一些非常慷慨、非常公正的见解，因为她不止一次听他这样说过，而且，这一见解还促使她认为，他在这样的一些事情上的态度，一定被他的儿女误解了。

然而，他们完全相信，他们的大哥不会有勇气去征求父亲的同意，而且他们一再地叫她放心，说他向来在这个时候是最不可能回诺桑觉寺的，这样一来，对于她本人是否要立即起程回家的问题，也就不必再伤脑筋了。但是，想到不管蒂尔尼上尉什么时候去征求同意，都不会如实向他父亲讲出伊莎贝拉的行为，因此她觉得，亨利最好将事情真相全部告诉上将，让他借此拿出一个冷静、客观的意见，这样他的反对意见就有更加公正的理由，而不像现在，只是认为家庭背景不相配，她觉得这样做是合情合理的。于是，她向亨利提出了这个想法；可是他的反应并没有她期望的那样热心。“不行，”他说道，“不必叫我父亲先有思想准备，也不必阻止弗莱德里克供认自己的荒唐事。他自己的事必须自己去说。”

“可是他会说一半瞒一半的。”

“说出四分之一就够了。”

过了一两天之后，还是没有蒂尔尼上尉的消息。他的弟弟妹妹不知道这是怎么回事。有时候他们仿佛觉得，他的沉默是大家怀疑已成事实的婚约的必然结果，有时候他们仿佛又觉得，两者完全不相干。在此同时，上将虽然因为弗莱德里克懒于写信而天天早晨都要生气，可他并没有真正的担心；现在除了要让莫兰小姐在诺桑觉寺生活得愉快这件事之外，他也没有什么特别要操心的事。他常常流露出这方面的担忧，生怕每天接触的人和做的事太单调，会叫她对这个地方感到厌倦，真希望弗雷泽家的小姐们也在乡下。他还时不时说起要请一批人来聚餐，而且有几回甚至还开始估算起附近地方能跳舞的年轻人的人数。可是目前是这么萧瑟的季节，没有野禽，没有野味，而且弗雷泽家的小姐们都不在乡下。于是最后也只得作罢。后来有一天早上，只听他对亨利说，等亨利下一次去渥德斯顿时，他们会让他惊喜一下，突然出现在他面前，陪他吃羊肉。亨利感到非常荣幸，非常高兴，凯瑟琳对这个计划则是满心喜欢。“爸爸，那么你说我什么时候可以盼望你们光临呢？星期一我必须到渥德斯顿去出席教区大会，很可能要待上两三天。”

“喔，喔，我们到时候碰运气吧。用不着定哪一天。你一点也不要多费事。你家里拿得出什么招待客人都可以。我看哪，我可以担保，小姐们能体谅一个单身汉，不会挑剔餐桌上的食物。我想想，星期一你很忙，我们星期一不会去；星期二我很忙。星期二上午我要等我布鲁克翰的调查员送报告来；过后从礼节上说，也不能不到俱乐部去一下。这个时候避开不去，那我在熟人面前也不好交代；因为，既然都知道我在乡下，要是不去会一会面，他们会很在乎的；而且，莫兰小姐，我自己有一个规矩，假如花一点儿时间，留心一点就能避免得罪人，那我是绝不会得罪任何一个邻居的。他们都是值得敬重的人。他们每年有两次要到诺桑觉寺拿半爿鹿，我有空就可以找他们一起吃饭。所以说，星期二是不可能去的。不过星期三，亨利，我看我们可以去；我们早一点去，这样我们就可以各处看看。我看两小时三刻即可到渥德斯顿了；我们十点钟坐上马车；这样你星期三下午大约一点差一刻就可以等到我们了。”

对凯瑟琳来说，参加一个舞会也没有这样一次短途旅行来得开心，因为她非常想去看看渥德斯顿。大约一个钟头之后，亨利穿着靴子、大衣来到她和艾丽诺闲坐的房间，她的心因喜悦仍在怦怦直跳，亨利走进房间，说，“小姐们，我到这儿来是要用说教的语气对你们说，我们在这世上得到快乐总是要付出代价的，而且我们的快乐往往是很不合算地获得的，以眼前实实在在的快活换取今后的快乐，而且还不一定能兑现呢。我自己此刻就是见证。因为我盼望着星期三能高高兴兴地在渥德斯顿迎接你们,所以我必须将原来的打算提前两天,现在立即就走。因为假若天公不作美,或者因了许多其他的理由,兴许就会办不成。"

"就要走!"凯瑟琳很不高兴地说,"为什么?"

"为什么!——这还用问?因为我得赶紧让我的女管家吓个六神无主,因为我当然要去给你们准备丰盛的菜肴。"

"喔!不是真的!"

"是真的,而且很伤心,因为我很想留下来。"

"可是既然上将已经发了话,你怎么还要这样做呢?他特别关照,希望你不要太费事,因为吃什么都行。"

亨利只是笑笑。"为了你妹妹和我,这样做真的很没有必要。你一定知道是这么回事;上将说得那么认真,叫你不要特别准备;再说,即使他没说过那么多的话,他在家里总是享用这么美味的菜肴,就一天吃些马虎点的也不要紧啊。"

"我希望也能像你这样想,这对我和他都有利。再见。明天是星期天,艾丽诺,我就不回来了。"

他走了;对凯瑟琳来说,不管是什么时候,怀疑她自己的意见总比怀疑亨利的意见要容易得多,因此没多久,她便不得不承认他的话是对的,不管他的离去让她觉得很不高兴。她心里一直在琢磨上将令人费解的行为。他在吃的方面是很挑剔的,这一点她经过独自观察已经觉察出来了;然而为什么他嘴里说得那么肯定,而心里始终又另有所想,那真是非常令人费解!照这个样子,人与人之间应该怎样互相理解呢?除了亨利,谁能明白他父亲的意思呢?

然而，现在从星期六至下星期三，她们是见不到亨利在身边了。这就是每一次思索的伤心的终曲。蒂尔尼上尉的信一定会在亨利不在的时候到；星期三她很肯定是个下雨天。过去、现在、未来都是一样的阴暗。她哥哥如此不幸，她失去伊莎贝拉的损失又是如此巨大；而艾丽诺的情绪又总是因亨利不在身边而受影响！还有什么会让她提起兴致、觉得好玩呢？林子和矮树林总是那么光溜溜、干巴巴的；她已经没有兴趣了。而这座寺院，现在在她眼里也与别的房屋一样，不觉得怎么新鲜了。对于它曾促使她、帮助她做下了蠢事的痛苦回忆，便是这座建筑所能激发的唯一感情。她的思想发生了多么大的变化！而她原来是多么想身临其境，走进一座女修道院哪！此刻，在她的想象中，什么都不如一座简朴、舒适、居室合理的牧师寓所那般诱人，犹如富勒顿那样，但还要胜出一筹，富勒顿有其缺陷，而渥德斯顿则可能没有。星期三到了就好了！

星期三终于到了，而且正如知足者所盼望的。这一天天气晴朗，于是凯瑟琳高兴极了。十点钟时，一辆四轮四马车载着他们三个人从诺桑觉寺出发；跑了近二十英里愉快的路程后，他们进了渥德斯顿。这是一个人口稠密的大村子，环境很不错。凯瑟琳不好意思说她认为这个村子很美丽，因为上将似乎觉得要为这一带乡村的毫无生气及村子的大小表示歉意。然而与她到过的别处相比，她在心底里倒更喜欢这里，并且一路上以羡慕的目光注视比小村舍正规些的一座座整洁的房屋，以及一间间小杂货铺。牧师寓所坐落在村子的另一头，离村子其他的房屋有一段距离。那是一座新建的坚固的石头房子，屋前有一个半圆形的草地，还有绿色的大门；当他们的马车到达门口的时候，亨利带着他独居生活中的朋友，即

亨利带着他独居生活中的朋友

一只纽芬兰大狗和两三只小猎狗，已经等在那儿迎接他们，准备好好接待他们。

凯瑟琳走进屋去的时候，由于心情太激动，因此她既看不到很多东西，也说不出很多的话；于是，待上将要她说说对这房子的意见时，她连自己坐着的这个房间也说不出个所以然来。这时她朝四下里看了几眼之后，一下子就看出来，这是最最舒适的一个客厅；然而她很谨慎，没有把这个想法说出来，因此她冷淡的赞扬让他感到失望。

“我们不说这座房子好，”他说。“我们不拿它与富勒顿和诺桑觉寺作比较，我们只是把它看作一座牧师的寓所而已。我们承认它窄小，但是也许还算体面，还可以住住；总的说不比一般的房子差；或者换句话说，我认为在英国，很少有乡村牧师的寓所及得上它一半好。不过，可以改进的地方还是有的。我绝不会说不改进；任何合理的意见我都接受，也许扩建一个凸肚窗，不过，我们私下说说，没有什么比硬贴上去的凸肚窗更让我讨厌。”

这一番话凯瑟琳并没有听仔细，因此既没理解，也不觉得烦恼；这时亨利有意提起了别的话题，并津津乐道地说起来，同时仆人端进来满满一盘的点心，于是上将又恢复了自满的情绪，凯瑟琳则又如通常一样情绪放松了。

这个房间宽敞而匀称，布置得很华丽，现在作餐厅用，出了餐厅到院子里去时，她先看了一个小房间，那是房子主人专用的，特地打扫得非常整洁；后来又去看了准备用作起居室的房间。虽然房间里还没有放置家具，然而凯瑟琳见了这房间就非常喜欢，上将见了这情景也很满意。房间的形状非常漂亮,有落地窗,从窗口望出去尽管只是一片绿色草地,却让人觉得心情舒畅;于是她用感受到的诚挚朴素之情表达了当时的羡慕之意。"哦!蒂尔尼先生,你为什么不把房间布置起来呢?不布置起来多可惜!我看到过的房间要数这间最漂亮了;这是世上最最漂亮的房间!"

"我相信,"上将说道,露出非常满意的微笑,"房间可以很快布置起来:就等一位女士的识见了!"

"呃,假如这是我的房子,那我就只看准这个房间不走了。哦!树林中有一间多么美丽的小屋子啊,而且是苹果树!这是一间美丽的小屋!"

"你喜欢它,把它作为观赏目标来赞扬,这就够了。亨利,记住跟罗宾逊关照一下这件事。小屋要留着。"

这样的恭维话使凯瑟琳很难为情,她立即不作声了;于是,虽然上将明白地请她挑选房间墙纸及帘帷的颜色,她却一点也不肯吐露这方面的意见。然而,新鲜的事物和新鲜的空气,对于驱散这些令人难堪的联想起了很大的作用;他们走到屋外精心修饰过的地方,那里有一条环绕草地两边的小道,大约半年前亨利开始在这里施展他的才能。到了这里她才从原先的难堪中回过神来,觉得这里比她以前到过的任何一处玩耍的地方都美丽,尽管这里的灌木丛还没有角落里那个绿色长凳高。

他们踏访了别的草地,从村子的一角穿过,到马厩去查看了一下扩建设施,观看了刚会打滚的一窝小狗在可爱地玩耍;这时已经是下午四点钟了,而凯瑟琳还以为连三点钟也不到呢。四点钟他们要聚餐,然后在六点钟出发回家。从来不曾有一天过得这么快。

她不能不注意到,上将对那么丰盛的晚餐似乎并不觉有丝毫的惊讶;

不但如此，他甚至还到边桌上去找冷肉，但那里并没有。他的儿子和女儿的观察却完全不同。他们难得见他在别人的餐桌上吃得这么津津有味；也从未见他对融化的黄油这么不在乎的。

六点钟，上将喝了咖啡之后，坐上了接他回家的马车；在渥德斯顿作客期间，从头至尾他的举止都令人十分满意，对于他的期望，她心里已经十分明了，因此，假若她对于他儿子的愿望也同样信心十足，那么凯瑟琳在离开渥德斯顿时，对于以后她以什么方式或什么时候可以再到这里来的问题，便不会有多少忧虑了。

第二十七章

第二天早晨，凯瑟琳出乎意料地收到了伊莎贝拉的来信，全信如下：

巴思，四月

亲爱的凯瑟琳：

非常兴奋地收到了你的两封信，没有给你早一点回信，我要向你道一千个歉。这么懒惰，我真正觉得难为情；可是在这种鬼地方，你有工夫也做不出事来。你离开巴思以后，我几乎每天都要拿起笔来给你写信，可是老是有一些无聊的琐事害得我一次次都没写成。请马上给我回信，就寄到我自己家里。谢天谢地，我们明天就要离开这个鬼地方了。你走了以后我在这里真没意思，尘土比什么都多；而且凡是合得来的人都走了。我相信，要是可以见到你，那我别的都不在乎了，因为谁都没法想象，你对于我来说是多么可亲。我很担心你的哥哥，回牛津之后就一直没有他的消息；我担心是有一些误会。只有在你的帮助下一切才能解决。他是我的确爱过并值得爱的唯一男人，而我也相信你会说服他相信这一点的。春季时装部分已经跌价，帽子的式样非常吓人。我相信你过得很愉快，可我恐怕你一点也没想到我。和你在一起的那一家人我是不会说什么的，因为我不会那样小气，也不会挑唆你去反对你敬重的人；不过谁可信谁不可信是很难知道的，年轻人呆上两天也摸不清各自心里在想些什么。我很高兴地告诉你，我特别厌恶的那个年轻人已经离开巴思了。我这么一说你就知道，我一定是说蒂尔尼上尉了，你可能还记得，你离开之前，他老是跟着我纠缠不休。后来越来越不像话，整天跟在我身边。许多姑娘都会上他的当，因为从来没人这样献殷勤的；可是这样三心二意的男人我太了解了。他两天前回了部队，所以我相信他再也不会来死缠着我了。我从来没见过这么个自以为了不起的花花公子，真讨厌。临走前那两天他老跟着夏绿蒂·戴维思：我可怜他的审美情趣，不过我不会理睬他的。我最后一次遇上他是在巴思大街，不过我径直走进了一家商店，免得他跟我说话；我是看也不想看他一眼。后来他又去过温泉房；不过我是说什么也不会跟他去的。你哥哥和他差别多么大啊！请你告诉我他的近况，想起他我心里就难过，他走的时候似乎很不舒服，感冒什么的，影响了他的情绪。我很想给他写信，可是我不知道把他的地址放到哪儿去了；而且，我上面提到过，恐怕他对我的一些做法很在意。请把事情对他解释解释，让他放心；或者，假若他还有什么怀疑，叫他写几行字给我，或者下次去伦敦顺道来普尔特尼看看，一切误会都会消除的。我已经长久不去上厅、下厅了，也没有去看过戏，就昨天夜里和霍奇斯姐妹去玩了，是半价票，是她们硬拉我去的；而我也拿定主意，不让她们说什么蒂尔尼一走，我就把自己关在房间里。我们正好坐在米切尔姐妹旁边，而她们见了我，装作很意外的样子。我知道她们心怀恶意：过去她们不可能对我客客气气的，可现在她们却一团和气；不过我可没那么傻，会上她们的当。你知道我是有自己骨气的。安·米切尔曾经也戴上一块像我那样的头巾，因为我前一个星期听音乐会用过，可是她戴上后显得难看极了。那块头巾正好与我怪怪的脸相称，反正蒂尔尼当时跟我是这样说的，还说大家都在注意我；不过他的话我是最不相信的。我现在只穿紫色的，我知道我穿紫色的样子很丑，不过不要紧，紫色是你哥哥最最喜欢的颜色。最最亲爱、最最可爱的凯瑟琳，快快写信给他，快快写信给我。

我永远是……

这样一连串浅薄虚伪的话连凯瑟琳都欺骗不了。这些话前后不一、互相矛盾，而且满是虚妄欺骗，她从一开始便看出来了。她为伊莎贝拉感到羞耻，为曾经爱过她而感到羞耻。她的借口是那么空洞，她的要求是那样无耻，而她关于情感的表白现在则让人觉得讨厌了。替她写信给詹姆斯！不可能，詹姆斯绝不可能再听我提起伊莎贝拉的名字了。

亨利刚从渥德斯顿回到家，她就告诉他和艾丽诺说，他们的哥哥好好儿的，并真诚地为此向他们祝贺，她还把信中最露骨的部分非常气愤地读出来给他们听。她读完之后激动地说："这就算是伊莎贝拉，"她叫道，"这就算是我们的深厚友情！她一定认为我是一个大傻瓜，否则她不会这样给我写信；不过这么一来，也许我的性格她不见得很了解，而我倒非常了解她了。我明白她的意图了。她是一个爱虚荣的风骚女人，而她耍的花招都没有得逞。我觉得她对詹姆斯对我都毫不在乎，因此我真愿自己从来没有认识过她。”

“要不了多久就真像没认识过一样了，”亨利说道。

“只有一件事我弄不明白。我知道她动过蒂尔尼上尉的脑筋，只是没有成功；可是我不明白蒂尔尼上尉一直在想些什么。为什么他要对她那样殷勤，弄得她跟我哥哥闹翻了，而接着自己又逃之夭夭呢？”

“至于弗莱德里克的动机，我没有什么要说。他跟索普小姐一样也有虚荣心，而主要的区别则是，由于他头脑坚定；他还没有受到伤害。假若他的行为所造成的结果让你觉得不能苟同，那么我们最好不要去查它的原因。”

“这么说，你认为他并没有真的对她有过好感？”

“我相信他从来没有过。”

“只不过是逢场作戏，假装喜欢，闹着玩的？”

亨利点头表示赞同。

“那好，我必须说明白，我一点儿也不喜欢他。尽管事情结果对我们都很有利，但我一点也不喜欢他。幸好没有什么大碍，因为我觉得伊莎贝拉并不会把心交给人家。可是，假定因他的缘故她深深爱上了他呢？”

“但是我们首先必须假定伊莎贝拉会把心交给人，——因此是一个完全不同的人；如果那样的话，她就会受到很不同的对待。”

“你站在你哥哥的立场上，那是理所当然的。”

“而假如你站在你哥哥的立场上，你对索普小姐的失望也就不会让你觉得非常痛苦了。可是你被固有的正直原则扭曲了思维，因此你既容纳不了有家庭偏袒的冷静的争辩，也容纳不了报复的欲望。”

凯瑟琳听了这一番话也不再觉得痛苦了。亨利这样和蔼，弗莱德里克也没有什么不可宽恕的过错。她决定不给伊莎贝拉写回信；并且尽量不再去想这件事。

第二十八章

过后不久，上将觉得必须到伦敦去一个星期；他离开诺桑觉寺时恳切地表示，因为有事外出，没法陪伴莫兰小姐，哪怕是离开一个钟头，他也从心底里感到遗憾，并且急切地吩咐他的孩子，在他离家的这段日子里，要把莫兰小姐的舒适和娱乐作为他们的头等大事来关心。他的离家使凯瑟琳第一次根据经验体会到，有时候失可能即是得。他们现在很愉快地消磨时光，每做一件事都是自愿的，每一声笑都是开怀大笑，每一顿餐都很轻松愉快，到哪里散步、什么时候散步都随自己的喜欢，作息起居、劳逸的结合都由自己作主，这一切使她彻底认识到上将在家时对他们的约束，并非常欣慰地感觉到目前得到了解脱。这样的自由自在，这样的欢欣，使她越来越喜爱这个地方，越来越喜爱这里的人；倘若不是担忧不久就应该离开这个地方，以及担心另外那个人并非同样地喜爱她，那么她每时每刻都会非常非常的快活；然而她到这里做客已经是第四个星期了；不等上将回家，这第四个星期就要过去，因此假如她再留很长时间，那就太打扰人家了。每次想起来，总让她觉得痛苦；因此为了摆脱这样的思想包袱，她不久便决定立即对艾丽诺谈一谈这件事，主动提出走的要求，看看艾丽诺对这事的反应后再作决定。

由于她心里明白，如果拖延着时间慢慢谈这件事，这样一个不愉快的话题就会越来越难以启口，因此在她与艾丽诺只有两个人在场的时候，当艾丽诺在一个不同的话题上刚说到一半时，她抓住机会说起了她不久必须动身回家的事。艾丽诺脸上流露出很不安的神情，并且说了这个意思。她曾经希望能与她在一起呆更长的日子，也许是她心里有这种愿望，她就以为凯瑟琳已经答应过在这里逗留更长的日子。她觉得，假如莫兰先生与莫兰太太知道她待在这里是一件她很开心的事，那么他们俩为人大方，决不会催她回家去的。凯瑟琳对此作了说明："哦！至于这一点，爸爸与妈妈是一点儿也不急的。只要我开心，他们总是心满意足的。"

"那能否问一声，为什么你要这么急地告辞呢?"

"哦，那是因为我在这儿已经待得这么久了。"

"不，假如你可以用这样一个词语，那么我也不会对你再有什么要求了。假如你觉得太长——"

"哦，不是，我真没有这样想。若为我自己的快活，我可以与你再待这么久。"于是她们立即商定，只要她还待在这里，离开的事就连想也不去想。由于这一个坐卧不安的根源高高兴兴地排除了，另一种担心的影响也就削弱了。艾丽诺的好意，她挽留凯瑟琳时所表现出来的真诚，以及亨利听说她留下来一事已决定时的欣喜表情，都是她在他们心目中的重要性的证明，因此她心里就只剩下了人不可或缺的那一点忧虑了。她的确——几乎总是——相信亨利是爱她的，也常常认为他父亲和妹妹喜爱她，甚至希望她成为他们家庭中的一员；因此，这样想来，她的疑虑与忧愁只不过是庸人自扰罢了。

亨利没有能遵守父亲的吩咐，在他离家去伦敦期间整天呆在诺桑觉寺陪伴小姐们。因为他在渥德斯顿的助理牧师有事要他星期六离家外出几天。现在没有他在家与上将在家时他没有在家完全不一样;她们的快活气氛是少了,然而也没有因此而破坏了她们的慰藉;两个姑娘由于有一样的消遣,而且友情日深,她们暂时也很能自得其乐,所以在亨利外出的当天,到了十一点钟她们才离开晚餐室,这在诺桑觉寺已经算是相当晚的时间了,就在她们走到楼梯顶上时,透过厚实的墙壁听到了一阵声响,根据判断,似乎有一辆马车到了门口,紧接着是一阵响亮的门铃声,这证实了她们的判断。在最初因惊讶而引起一阵忙乱后,艾丽诺喊了一声"天哪!这是怎么回事呀?"便迅速认定这是他大哥,因为即使他不在很不合常情的时候回家,他也总是很突然地回到家里,于是她急匆匆地奔下楼去迎接他。

凯瑟琳继续朝自己的房间走去,下定了决心,要与蒂尔尼上尉进一步认识,虽然他的举止行为给她留下的印象并不愉快,她也相信他决非一个谦谦君子,会说她的好话,但是她安慰自己说,至少在两人见面时,双方都不应该觉得非常痛苦。她相信他决不会说起索普小姐;由于他到了这个时候一定对自己所扮演的角色感到惭愧,因此是决不会有提及索普小姐的危险;因此,只要避而不谈巴思的一幕幕情景,她认为她会很客气地对待他的。时光就在这样的思考中流逝了,而艾丽诺竟然见到他那么高兴,有那么多的话要说,那一定是他的好事儿,因为他到家已经差不多半个钟头了,而艾丽诺还没有上楼来。

就在这个时候,凯瑟琳觉得她听见了走廊上的脚步声,并且等着脚步声继续响过来;可是一切都寂然无声了。然而她刚认为这是自己听错了时，紧靠她房间门的响动声叫她吃了一惊；仿佛有人在门框上摸索。不一会儿门锁微微动了一下，这说明一定是有人抓住了门锁。一想到有人这么小心翼翼地靠近，她就有一点哆嗦；然而因为不想再被细微的表面惊恐迹象所吓倒，也不愿让因此而激起的想象所蒙骗，她悄悄地走上前去，开了门。艾丽诺，就艾丽诺一个人站在门外。然而凯瑟琳的镇静只不过是瞬息之间，因为艾丽诺两颊苍白，神情焦虑不安。她显然是想走进门来，可她的样子似乎要踏进门来很艰难，而进了门之后要开口说话则更觉得难。凯瑟琳以为她是为蒂尔尼上尉之故而颇有些忧虑，于是只能是默然注视以表达她的关心；她请她坐下来，用熏衣草香水搽她的太阳穴，并焦虑地守候在她身边。“亲爱的凯瑟琳，你千万不可——你的确千万不可——”这是艾丽诺第一句连贯地说出来的话。“我好好儿的。你这么好心叫我心烦意乱。我受不住了，我是奉命来找你的！”

“奉命！找我！”

“我要怎样跟你说呢！哦！我要怎样跟你说呢！”

凯瑟琳的脑子里闪过了一个新的念头，她的脸色也变得与她的朋友一样苍白，叫道，“是从渥德斯顿来的信使吧？”

“你弄错了，”艾丽诺非常同情地答道，“不是渥德斯顿来的人。是我爸爸他自己。”她的声音在颤抖，而提及她爸爸的时候，她的两眼转到一边看着地板。他出乎预料的返家本身就足以使凯瑟琳心灰意懒了，于是她一时间简直不觉得还会有什么更坏的消息要告诉她。

她什么也没有说，而艾丽诺则竭力打起精神来沉着地说话，不过她的两眼依然看着地板，她说道，“我知道，你心地太善良，不会因为我不得已扮演的角色而把我想得更糟糕。我确实是一个非常违心的使者。既然我们两人刚刚谈过,刚刚说好了,你要如我所希望地那样,在这里再多待几个星期,而我又是多么高兴,多么欣喜啊!那我怎么能对你说,你的好意没有被接受,我怎么能对你说,你与我做伴一直到今天给予我们的愉快,得到的回报将是——可是我是不配再说什么话了。亲爱的凯瑟琳,我们要分手了。我爸爸记起了一个约会,因此下星期一我们全家都要到靠近赫里福德郡的朗顿勋爵家住上两个星期。解释与道歉都是很难令人信服的。我既不会解释也不会道歉。"

"亲爱的艾丽诺,"凯瑟琳激动地说,竭力抑制住自己的感情,"别难过了。后来的约定要服从先订的约定。我很难受咱们要分手了,这么快就分手,而且来得这么突然;不过我没有生气,真的没有生气。你知道我随时都可以结束在这里的访问;或者说我相信你会来找我的。你们从这位爵爷家回来后,能不能到富勒顿来做客呢?"

"凯瑟琳,那是由不得我作主的。"

"那你能来的时候就来吧。"

艾丽诺没有回答;而凯瑟琳把念头又转到了更加直接关心的事情上,便自言自语地说,"下星期一,星期一就走;你们都去。噢,我肯定是——不管怎样我可以告辞。我可以在你们离开之前走,你知道。别难过,艾丽诺,没事的,我可以在下星期一走。我爸爸妈妈事先不知道也没多大关系。我想,上将会派仆人送我一半路程的,那样我就到索尔斯伯里了,那时候离家只有九英里的路。"

"啊,凯瑟琳!要是这样安排,事情就不会那么令人难受了,尽管这样平常的照顾，恐怕也只是你应得的一半罢了。可是，我怎么跟你说呢？已经定了明天早晨让你离开我们，而且连动身的时刻也不能由你选择；就连马车也叫好了，七点钟到这里，也不派仆人送你。”

凯瑟琳一下子坐了下来，觉得气也透不出来，也说不出话。“听到这个决定，我简直不相信自己的感觉；你此刻能感觉到的任何不愉快，任何气愤，不管是多么的强烈而且在情理之中，都比不上我本人——可是我不应该谈论自己的感觉了。哦！我多么希望能说出一个减轻痛苦的借口来！天哪！真不知道你爸爸妈妈会说什么呢！原来你好好儿的，有真正的朋友在照顾，后来用甜言蜜语将你请到这里来，路程几乎离家远了一倍，到现在又把你逐出门去，连起码的礼貌也不管了！亲爱的、亲爱的凯瑟琳，叫我来通报这样的决定，我似乎觉得自己是这一切侮辱的罪魁祸首；不过，我相信你会赦免我的罪责，因为你在这里住了这些日子，一定已经看出来，我不过是这儿名义上的女主人，我的权力是微不足道的。”

“是不是我得罪了上将？”凯瑟琳声音颤抖地问道。

“唉！就我做女儿的感情来看，我可以担保的是，你不可能有理由得罪他。他现在毫无疑问是非常地心烦意乱；我难得见到他的心情有比这更糟的时候。他情绪很不愉快的，而现在又出了件事，这事又非同寻常地加剧了他心中的烦乱；他觉得失望，觉得烦恼，而这件事在这个时候似乎对他又关系重大；可是我总觉得与你没有什么关系，因为这怎么可能呢？”

要凯瑟琳说话实在是件痛苦的事；而她只是为艾丽诺着想才勉强开了口。“说真的，”她说道，“假如我有得罪他的地方，我是很难过的。这是我最不愿意做的事。不过，不要难过，艾丽诺。你知道约好了的事是一定要守信用的。我只是觉得遗憾，他为什么没有早一点记起这个约会，要不然我也可以写封信回去。不过这也不是很重要。”

“我相信，我真诚地相信，这不会关系到你实际的安全；可是与其他各个方面却有着非常重大的关系，与舒适、面子、礼貌、你的家庭和世情有着极大的关系。假如你的朋友艾伦夫妇现在还在巴思，你或许可以比较方便地去找他们；花不了几个钟头就可以赶到那边；可是七十英里的路程，你要搭邮车，你这么小的年龄，孤身一人，没有人陪伴，那怎么得了！”

“哦，路途是无所谓的。别去想这些了。假如说我们要分手，早几个钟头晚几个钟头，你知道，这并没有什么区别。七点钟之前我会收拾好的。请及时叫我一声。”艾丽诺看出来了，她想一个人呆着；而且觉得不再交谈下去于双方都更好一些，于是她说了一句“早晨我来送送你”就告辞了。

凯瑟琳痛苦的心情需要宣泄。当着艾丽诺的面，友情与自尊使她把眼泪抑制住了；而艾丽诺刚走，她的眼泪便刷刷地流下来了。被人家赶出门去，而且是这样被赶走的！没有给她任何一点说得通的理由，这么突然，这么粗鲁，这么无礼，也不说一声对不起来缓和一下。亨利远在别处，也不能向他道个别。对他的所有希望，所有期待，至少也要暂时搁置一旁，可是谁知道要搁置多久？谁说得上他们何时才能再相见？而这一切又都是像上将这样的一个人造成的，他先前是这么客气、这么有教养、而且至此为止一直非常地喜欢她！这件事让她受辱，让她痛苦，也让她觉得不可理解。这事是因何而起，又会怎样了结，这便是她心中觉得既费解又惊恐的两个问题。这件事做得极其无礼；一点也不考虑她是否方便，就急急忙忙地把她逐出门，甚至连装装样子，让她挑个上路的时间与方式也不肯；还有两天时间，偏偏选定最早的日子，而且是那一天的最早的时辰，仿佛要在他早晨还未起床时就要她离开，这样他就不必非见她一面不可了。这一切不是故意侮辱又是什么呢？总之一定是她倒了霉，把他得罪了。艾丽诺曾希望她不要有这样痛苦的想法，可是凯瑟琳认为，无论将军遇到什么不幸或伤害，都不可能挑起他对一个与此事无关——或者至少是不能认为与此事有关的人——的人的如此怨恨。

这是一个沉重的夜晚。入睡，或者换种与入睡更相称的说法，是不可能的了。她到这里的头一个晚上，因为凌乱的想象，使她在这间卧室受尽了折磨，现在她又在这里烦躁不安，无法入睡。然而此时她不平静的根源与当时的情形是多么不同，从真实性与本质上看，这次比上次又要悲哀多少！她现在的焦虑是基于事实的，她的担忧是基于可能的；由于一心只想着实际而真实的丑恶行为，因此对于寂寞的处境、黑暗的卧室，以及这座古老的建筑物，她一点儿异样的感觉都没有；尽管风很大，而且常常在屋子里发出奇怪而又突兀的声响，然而她睁着双眼躺在床上，一个钟头又一个钟头，听着这些声响，却既不好奇也不觉得恐怖。

六点钟刚过，艾丽诺便进屋来了，急切地表现出对凯瑟琳的关心，只要有可能，她很想帮些忙，可是已经没有什么要办的了。凯瑟琳并没有捱时光；她差不多已经穿戴好了，行李包裹也差不多整理完毕了。艾丽诺一走进屋子时，凯瑟琳曾闪过一个念头，认为也许会带来他表示和好的口信。气消了，于是感到后悔，这难道不是很自然的事吗？她只想知道，发生了这些事情后，她应该怎样接受人家的道歉而又不失体面。然而这个认识在这里是用不上的，因为没有必要了；无论是宽厚还是尊严都没有受到考验；艾丽诺没有带口信来。两人见面之后没有说上几句话，大家都觉得沉默最保险，因此在楼上时，两人只说了几句话，即使说了也是无关紧要的，凯瑟琳焦虑不安地忙着穿衣，艾丽诺则专心装箱子，那是出于好意而并非因为有经验。一切整理完毕之后，她们便离开房间，凯瑟琳只在她朋友身后滞留了一会儿，以便走之前将每一件熟悉的心爱物件最后再看上一眼，然后下楼来到早餐室，早餐已在那里准备好了。她试着吃了一点，既是要让她的朋友有一点安慰，也是避免听人劝慰的痛苦。可是她没有一点胃口，一共也没吃多少口。这一顿早餐与在同一个餐室里的上一顿早餐对比，又给她增添了新的痛楚，使她对面前的一切更加觉得无味。不满二十四小时之前，他们曾聚在这里吃同样一顿早餐，然而当时的情况是多么不一样啊！她当时思前想后，是多么的欢快自在，多么幸福（尽管是虚假的安全感），尽情享受着眼前所见的一切，对未来毫不担心，除了考虑亨利要离开一天到渥德斯顿。多么令人满意、愉快的早餐！因为当时亨利也在，就坐在她身旁，还给她加菜。她久久沉浸在这些回忆中，一点也没受到她同伴的打扰，而她也跟自己一样陷入沉思；马车到来时才第一回把她们惊醒，将她们拉回到了现实之中。凯瑟琳一见到马车脸就涨红了；她所遭受的无礼对待霎时间给了她的心灵以奇怪的力量，使她一时间只感觉到气愤。艾丽诺此刻似乎被迫下了决心要说话了。

"你一定要给我写信，凯瑟琳，"她高声说，"你一定要尽早给我来信。等不到你平安到家的消息，我一刻也不会感到慰藉的。就写一封信，不管怎样，要冒多少险，我一定要请求你给我写一封信。让我知道你平安回到富勒顿，一家人都平平安安，然后，待到我可以理直气壮地请你给我写信的时候，我才会盼望你多来信。把信寄到朗顿勋爵家，另外我必须说明，信封上写爰丽丝收。”

“不，艾丽诺，假如不允许你收我的信，我相信我还是不写的好。毫无疑问，我会平安到家的。”

艾丽诺只是回答说，“你的心情我不会觉得奇怪。我不会硬要你这么做。我跟你相距这么远，我只能相信你的同情心了。”然而这样一句话，又是一脸悲伤的表情，足以使凯瑟琳的自尊心顿时熔化，于是她立即说，“哦，艾丽诺，我真的一定会给你写信的。”

还有一个问题蒂尔尼小姐急于要解决，尽管颇有些难于启口。她想凯瑟琳离家这么久了，身边的钱可能不够她旅途中的花销，而她向凯瑟琳非常真诚地提出帮助时，事实果真是如此。凯瑟琳到此时才想起这个问题；她拿出钱包一看才知道，假如没有她朋友的这一好意关心，她或许被逐出门外后连回家的钱也没有了；她因此而会遭到的痛苦，两个人心中都感受到了，临别前两人在一起时，几乎没有再多说一句话。好在这段时间很短暂。不一会儿就传来话说马车备好了；凯瑟琳便立即站起身来，长时间的亲切拥抱取代了相互道别的语言；当她们走进门厅时，由于未提及两个人都没说起的名字似乎没法离开屋子，因此她便在门厅里停下脚步，双唇颤抖着用勉强让人听出的话语说她“向她不在场的朋友致意”。可是用这样的方式提及了他的名字之后，要想再抑制自己的情绪已经全然不可能了；于是，她尽量用手绢遮住自己的脸，飞快地穿过门厅，跳进双轮轻便马车，转眼之间马车便从门口离去了。

第二十九章

凯瑟琳太苦恼了，反倒不觉得害怕。旅途本身对她来说也没有什么可怕之处；而她上路之后，既不害怕路途的漫长，也不觉得途中的寂寞。她仰靠在马车车厢的一角，眼泪夺眶而出，就这样坐在马车里出了诺桑觉寺，赶了几英里路之后，才把头抬起来；当寺院内的最高点几乎要从她视线中被遮去时，她才转过眼来向它望去。可叹的是，她此时走的这条路，就是十天前高高兴兴地往返渥德斯顿时经过的同一条路；赶了十四英里的路，又看到了第一次在心中留下如此不同的印象的事物，种种痛苦的感觉因而变得更加令人痛苦了。随着她越来越接近渥德斯顿，每跑完一英里路，她的痛苦便增添一分，而在离渥德斯顿不到五英里路的岔路口，她想起了亨利，他离她这么近，然而他却一无所知，这时候她的心中是极度的悲伤与焦虑不安。

她在那里度过的那一天是她一生中最最快活的一天。正是在那里，正是在那天，关于亨利与她本人，上将用了那样的词语，说了那样的话，流露了那样的表情，使她不得不非常肯定地相信，他实际上是希望他们俩能缔结姻缘。是的，仅仅十天之前，他还用无微不至的关怀，让她欣喜万分，他甚至还用意味深长的话语使她感到窘迫不安！而现在，她到底做了什么事，抑或她没有去做该做的事，结果受到了如此迥然不同的对待？

她可以怪罪自己对他唯一一次的冒犯,但他是绝对不可能知道的。她那么无聊骇人的怀疑也只有亨利和她自己心里才知道;而且她相信他们两人都不会泄露这个秘密。无论怎么样,亨利是绝不会蓄意将她出卖的。假如事情真的那么倒霉,他的父亲竟然了解了她胆敢去想、去寻找的是什么,了解她那莫名其妙的空想和有损他名誉的搜寻,那么,不管他怎样气愤,她都不会觉得惊讶。假如他父亲得知她曾把他当作杀人凶手,就算他将她逐出门外,她也不会觉得惊讶。然而她相信,给她带来如此痛苦折磨的正当理由,他是绝对提不出来的。

尽管在这个问题上她的种种猜测使她焦虑不安,但这并不是她心中想得最多的问题。她心里还有一个更现实、更急迫、更强烈的想法。亨利明天回家,听说她已经离去,他会怎样想,会有怎样的感触、怎样的神态,这是一个既有份量又让人关注的问题,这个问题压倒了其他一切想法,一直不停地出现在她的脑海里,时而使她焦虑,时而又给她以抚慰;有时她会产生他已默认的忧虑,有时却又信心十足,认为他会感到遗憾与愤慨。对上将,毫无疑问,他是不敢去责备的;然而对艾丽诺——她的事情他有什么不可以对艾丽诺说的?

怀疑与疑问无休止地不断重复着,而她的思想又不能在任何一个疑问上有一刻的静止,于是时光就在这无休止的怀疑和疑问中流逝,而她的旅程也比她预想的进行得快多了。马车一出了渥德斯顿的地界,种种思虑使她无暇去注意周围的景物,同时也让她忘却了旅途的进程,尽管道旁的景物一刻也不能吸引住她的注意,然而她也不觉得哪一个路段乏味。她不觉得旅途乏味,还另有一个原因,即她并不急于结束她的旅程;因为就这样回到富勒顿去,几乎破坏了她与最热爱的亲人重聚的喜悦,虽然她离家已经很久——将近三个月了。她要说什么才能使自己不丢面子,家里人不难受,自己也不会因承认这一点而增添悲伤,不会加深无谓的愤慨,而且也许也不会使有错无错的人都卷入一场不分青红皂白的相互敌意中去?那样的话,她就永远不能公正地述说亨利与艾丽诺对她的那份友情;深切地感受到这份友情,几乎无法用言语表达,而倘若家人因他们父亲的过错而对他们产生怨恨,对他们有不好的看法,那是会刺伤她的心的。

因为有了这样的心绪,她并不渴望见到那熟悉的教堂尖顶,倒是怕见到它,因为一见到这尖顶,她就在离家二十英里的路程之内了。在离开诺桑觉寺的时候,她就知道索尔兹伯里是她的方向;可是过了第一站后,她靠了驿站长的指点,才知道去索尔兹伯里沿途的地名;因为她对自己要走的那条路线一无所知。不过,她也没有碰上什么苦恼和担惊受怕的事。她年轻,举止有礼,出手大方,因此像她这样一个旅客应得的关照她都得到了;除了途中停下来换马以外,她一路上不停地赶路,大约走了十一个钟头,一点也没有出过事故,没有感到惊恐,晚上六七点钟光景就进入富勒顿的地界了。

一个女主人公经过一生奋斗之后回到了她自己的故乡,沉浸在恢复了名誉的喜悦之中,表现出一个伯爵夫人的尊严,率领了一长队分坐在几辆四轮敞篷马车上的高贵亲戚,身后是坐在一辆四马轻便旅行马车上的三个侍女;这种场面是作者尽可以高兴地大写特写的结局;这样的描写使每一种结局增添光彩,作者也一定沐浴在女主人公给予的荣耀之中。然而我的处理却截然不同;我把我的女主角在孤独与羞辱中带回了家;因此我也没有好心情来叙述细节。一个女主人公坐在一辆雇来的驿站马车里,这对人的情绪是很大的打击,无论是动人心弦还是使人凄恻的描写都无法更改。因此那车夫必须赶着马车在星期日一群群人的目光注视下,迅速穿过村子,而且女主人公也必须快快地跳下马车。

然而,不管凯瑟琳朝牧师寓所前进的时候心里有多么痛苦,也不管为她作传的人在叙述这一切时心里感到多么的不光彩,她却在为那些她要见的亲人准备了一份非同寻常的欢乐;他们先是看见了她坐的马车,然后,见到了她本人。旅行马车在富勒顿是难得一见的,所以全家人立即都挤到窗口来观看;马车停在院子门口,大家都乐坏了,纷纷猜测来的是谁——这是一件谁都没有想到过的事,不过两个最小的孩子,即六岁的男孩和四岁的女孩,他们每次见了马车就想到是哥哥姐姐回来了。这回头一个见到凯瑟琳的该多么高兴啊!头一个报告这个发现的又是多么兴奋啊!然而这样的快乐最先由乔治还是哈莲特获得,那就怎么也说不准了。

她爸爸、妈妈、萨拉、乔治还有哈莲特,都拥到了门口,争先恐后地来亲亲热热地迎接,这一幕情景激发了凯瑟琳心头的喜悦;当她跳下马车,与他们一个个拥抱的时候,她觉得自己有了极大的安慰,这安慰远远超出了预料。一家人这样围着她,这样爱抚她,她自己甚至很快活起来了!在一家人相亲相爱的快乐气氛中,一时间一切都被丢在一边了,而见了她的那份喜悦使他们没工夫静下来问这问那,他们一起围坐在茶点桌子旁,这是莫兰太太为了让远道回来的宝贝儿舒服一点急忙收拾的,因为那苍白、疲惫的脸色她立即就看在眼里了。到了这个时候,大家才向她直截了

头一个报告这个发现的又是多么兴奋啊

当地提出了问题，要她作明确的答复。

她很勉强地，而且是犹豫再三后才作了答，她的听众们听了半个小时后，出于客气，把它看作是一种解释，然而，在那半个钟头里，他们一点儿也看不出她突然回家的理由，也没听到她突然回家的详细情况。他们本不是暴躁易怒的一家子，即使受到冒犯，反应也不会很激烈，不会对人恨之入骨，然而，在事情的经过都说出来之后，他们觉得受到了侮辱，认为这是不可忽视的，而且在开头的那半个钟头里，还觉得是不可随便原谅的。莫兰先生和莫兰太太虽然没有因胡乱猜想而心生恐惧，然而仔细想想女儿漫长而寂寞的旅途，不禁感到这件事一定让她觉得非常不愉快；那是他们也绝不会愿意去遭的罪；而且，蒂尔尼上将对她采取的这种手段，既不光明磊落，又毫无同情心，既不像一个有教养的人，也不像一个长辈。为什么他要这样做，是什么事促使他做出这样不讲情面的举动，而且如此突然地把对他们女儿的偏爱变成了付诸行动的敌意，这是一个凯瑟琳怎么也猜不透、他们也同样不明白的问题；然而这个问题也并没有久压在他们的心头；于是在无谓地猜测了一阵之后他们说道，“这真是件怪事，他一定是个怪人，”这个结论充分表达出他们的气愤与惊讶；尽管萨拉还在饶有兴趣地思索这件不可思议的事，又是高声说话，又是不停地猜测，充满了年轻人的热情。“亲爱的，你这是没完没了地自找麻烦，”她妈妈终于说道；“跟你说吧，这件事根本就不值得去弄明白。”

“他想起有约在先，所以要把凯瑟琳打发走，这一点可以体谅他，”萨拉说，“可是他为什么不做得客气点呢？”

“我真为那两个年轻人难过，”莫兰太太说道；“他们一定很伤心；不过至于别的方面，现在也无关紧要了；凯瑟琳平平安安回来了，我们的快慰又不靠蒂尔尼上将决定。”凯瑟琳叹了一口气。“唉，”她这位很想得开的母亲接着说，“我真高兴当时不知道你路上的情况；不过既然事情都过去了，也许并没有什么大碍。年轻人自己去锻炼锻炼总是好的；你知道，亲爱的凯瑟琳，你永远是个改不了的小马大哈；可这次路上老是要换车什么的，逼得你只好多动脑子，我看你不会把东西忘在马车的兜里吧。”

凯瑟琳也相信不会有什么东西忘在马车上，并力图对自己的长进感到兴趣，可是她的情绪已很低落；想一个人静静地休息现在成了她唯一的愿望，所以当母亲建议她早一点就寝时，她就立即同意了。她的父母觉得她面色难看、表情焦虑是因为心里感到受了羞辱，而旅途又过于劳累的结果，所以跟她道晚安时，认为只要睡上一觉，一切都会好的。第二天早晨大家见面时，尽管她的疲劳并没有恢复到像他们料想得那样好，但他们仍旧一点不疑心还有更深的不幸。他们一次都没有想到过她的心病，这样对待一个第一次离家远游归来的十七岁姑娘，做父母的未免也够离谱的了！

蒂尔尼小姐相信，时间与距离对她朋友的性情会产生影响，现在情况果真如此。早餐刚吃完，凯瑟琳便坐下来准备兑现她应允蒂尔尼小姐的诺言，因为她已经责备自己与艾丽诺分手时态度太冷漠；责备自己对艾丽诺的优点或善良不够重视；责备自己对于昨天让她一个人留下忍受痛苦的情景不够同情。然而，这些感情的力量仍然没有给她的笔帮上一点儿忙；她以前写信从没像现在给艾丽诺·蒂尔尼写信这么难。这封信要写得立即可以表明她的想法、述说她的情况，可以传达谢意而无屈尊俯就之憾，言语谨慎而无冷漠之嫌，坦诚相待而无愠怒之色；这封信要让艾丽诺读了不会觉得痛苦，尤其是，万一让亨利瞧见了，她自己也不会感到脸红，要写这样一封信，是会将她所有的写作能力都吓跑的；于是，经过久久思索，经受了种种困惑，最后终于使自己相信，只有把信写得非常简短才不会出差错。于是，还艾丽诺的钱就夹在信中，除了表示谢意和由衷的祝愿之外也没有多说什么。

“这样交朋友也真奇怪，”信写完之后莫兰太太说道；“交得快，散得也快。事情成了这个样子真叫人不好受，因为艾伦太太觉得他们是很好的年轻人；还有你的伊莎贝拉，你真是不走运。哦！可怜的詹姆斯！唉，人要吃了亏才会长进，我希望下一回你交新朋友时，能交一些更加值得交的朋友。”

凯瑟琳急切地回答时脸也红了，“要说值得交往的朋友，谁都比不上艾丽诺。”

“要是这样的话，亲爱的，我敢说你们总还会再见面的；不要难过了。我看十有八九几年后你们有可能再碰面的；到那个时候多高兴啊！”

莫兰太太的安慰并不在点子上。几年之后再相会的希望只会让她想象在这段日子里可能发生的变化，从而使她害怕再和他们相见。她怎么也不会忘记亨利·蒂尔尼，只要想起他，她的感情绝不会比她当时的含情脉脉淡薄一点；然而他可能会将她忘却；因此在那种情况下还谈什么再相会！她想象着这样继续下去的朋友关系，不觉泪水盈眶；她母亲见这样安慰没有好效果，又想出另外一个使她振作精神的法子，建议她们去拜访一下艾伦太太。

两处房子相距也不过四分之一英里的路；她们在路上走着，莫兰太太一下子就把心里关于詹姆斯情绪沮丧的想法全部倒了出来。“我们都很同情他，”她说；“不过话说回来，这个婚约吹了也没有什么大不了；他跟一个我们一点也不熟悉、而且没有一点儿陪嫁的姑娘订婚也不是一件好事；现在，既然还有这样的行为，那么我们对她就绝没有好感了。只不过目前可怜的詹姆斯受不了；不过那也不会老这样下去的；我相信，有了第一次选择的蠢事，今后他会成为一个办事更加慎重的人。”

这一番关于事态的总结性看法，凯瑟琳还能耐着性子听完；要是再多说一句，她的顺从态度就会岌岌可危，说话也就不会怎么理智了；因为没多久，她头脑里想的全是自从上一回走过这条熟悉的路以来，自己的情绪与精神有了哪些变化。不到三个月之前，她曾非常激动地怀着喜悦的期待，一天要在这条路上跑十多个来回，怀着一颗轻松、愉快、独立的心；渴望着从未经历的真正的乐趣，既不知道也不担心会有不幸的事情发生。三个月之前她领受了所有那一切；而现在，她回到家里，已经判若两人了！

她受到了艾伦夫妇的亲切接待，他们向来喜欢她，现在见她突然来访，自然会亲切友好地接待她；听说她受到了怎样的对待，他们感到非常意外，表示了极度的不满，尽管莫兰太太说起这件事来并没有夸大其辞，也不是刻意寻求他们的同情。“昨天晚上凯瑟琳真让我们大吃一惊，”她说。“她孤身一人一路上坐了驿车回来，她到上星期六晚上才得知要回家；因为蒂尔尼上将不知生出了什么奇怪念头，突然觉得留她在那里叫他心烦，差不多是把她撵出门外的。态度非常不友好；他一定是一个很怪的人。不过，她又跟大家在一块儿了，我们真高兴！眼见她不再是一个没用的可怜虫，已经很能够独立生活，对我们真是莫大的安慰。”

艾伦先生此时作为一个明智的朋友，表达了自己合乎情理的愤慨；而艾伦太太觉得他的话语很合适，便立即拿来再用了一遍。他的惊讶，他的猜测，还有他的解释，都被她照样说了一遍，只在每一次偶然的停顿时加上这么一句话“这上将我真受不了”。艾伦先生离开客厅后，“这上将我真受不了”就说了两次，气一点儿也没有消，话题也没有大的偏离。第三次重复这句话时，话题就比较离题了；而到了第四遍重复这句话后，立即接着说道，“亲爱的，你想想我那条梅希林花边[①]破了那么大一个口子，还没有离开巴思就被我补好了，补得非常巧妙，人家根本看不出是补的。什么时候我拿出来给你看看。巴思嘛，凯瑟琳，到底是一个好地方。我跟你说，我真的是一点儿也不想回来。索普太太也在那里，真是我们莫大的安慰，你说对吗？你知道，咱们两个起初真没法子了。”

“是的，不过那也没有多长时间，”凯瑟琳说道，一想起第一次让她在那里的生活有了勃勃生气的事情，她便流露出高兴的样子。

“是的；咱们很快就碰上了索普太太，后来咱们就啥也不缺了。亲爱的，你说这种丝手套耐用不耐用？你知道，咱们到下厅去的时候我第一次戴上，从那以后我是常常戴的。那天晚上你还记得吗？”

“我记得不！哦！清清楚楚。”

“真叫人高兴，对吗？蒂尔尼先生跟咱们一块喝茶，我一直觉得他来了真好，他非常和气。我好像觉得你跟他跳舞了，不过不大有把握。我记

① 比利时梅希林出产的一种图案明晰的精致花边。

得我还穿了我自己最喜欢的礼服呢。”

凯瑟琳没法回答。于是艾伦太太试着提起一些别的话题，然后又回头说道：“这上将我真受不了！瞧他的样子这么和气、像个受人尊重的人！莫兰太太，我看哪，你还从来没见过比他更有教养的人呢。凯瑟琳，他们走的当天，那座寓所就有人住进去了。不过也不奇怪；弥尔逊大街，你知道。”

在她们回家的路上，莫兰太太尽力要女儿铭记着，她有像艾伦先生和艾伦太太这样的好心可靠的人做朋友，真是令人高兴的事，还说，既然她能拥有这些老朋友对她的良好评价和深厚感情，那就不要把蒂尔尼一家子这种没有深交的朋友的疏忽与不友好老放在心上。这些话都是很有见识的；可是人的思想在某种情形下，是不太受见识的影响的；凯瑟琳的情绪与她母亲采取的立场几乎都是相对立的。她目前的全部幸福完全取决于这些交情很浅的朋友的态度；因此，尽管莫兰太太的话说得合情合理，很好地表达了自己的意见，然而凯瑟琳却在默默地思索：现在亨利一定已经到达诺桑觉寺了；现在他一定已经听说她离去了；现在，也许他们都动身到赫里福德去了。

第三十章

凯瑟琳既不是一个生来就坐得住的人，也从来不是一个很勤奋的人；然而无论她在这方面一直有什么样的缺点，她母亲发现，她在这方面的缺点现在是更加严重了。无论是坐着，还是干活，她都持续不了十分钟，她在菜园里、果园里走来走去，仿佛除了走动，她什么也不想干；她似乎宁可满屋子走来走去，也不愿意一动不动地在客厅里坐着。她的垂头丧气则是更大的变化。在她闲散游荡的时候，她也许只不过是自己一贯的模样；而在她沉默伤心时，她与过去的表现就截然相反了。

刚开始的两天，莫兰太太见了她这模样都是听之任之，没有说什么；可是休息了三个晚上以后，凯瑟琳仍旧没有重新开朗起来，也不肯做些有益的事，也不想做针线活，这时候莫兰太太再也忍不住了，于是婉转地责备起她来，"亲爱的凯瑟琳，我觉得你恐怕已经很像一个闲雅女人了。我不知道，要是可怜的里查德除了你没有别的朋友，他的围巾什么时候才做得好。你想巴思想得太多了；不过凡事都得有个时候——有跳舞看戏的时候，也还有做针线活的时候。你已娱乐过这么长日子了，因此现在得设法做些事了。"

凯瑟琳立即拿起针线活，语气沮丧地说，她并没有老想着巴思。

"那你是在为蒂尔尼上将烦心，那你就太傻了；十之八九你是不会再碰上他的。你不该有点小事就心里烦恼。”一阵沉默之后又说道，“我相信，凯瑟琳，你不会因为我们家没有诺桑觉寺那样的排场，就不喜欢自己家了。要真是那样，那你这次出去旅游就成坏事了。无论在哪里你都要永远知足，尤其是在自己家里就更要知足，因为你大部分时间是在家里度过的。我是不很要听你在吃早餐的时候，老提起诺桑觉寺的法式面包。”

“我对于面包真的是不在乎的。吃什么面包对我都一样。”

“楼上一本书里有一篇妙文，详细讨论了这样的问题，说到年轻的姑娘因为结识了有钱的朋友，结果在家里变得娇气起来了，我想是《镜报》[①]吧。什么时候我去把它找出来让你看，因为我相信你读了会有益处的。”

凯瑟琳没有再说什么，拿起了针线活，努力想做得好些；然而没有多久，她又不知不觉地陷入无精打采的状态中，因为厌倦烦躁，坐在椅子上动个不停，而手里的针线活却不见怎么动。莫兰太太观察到了她这种样子；她觉得女儿心不在焉和不满意的神色完全证实了自己的判断：她打不起精神来，是因为她对目前的生活不满意，于是她匆匆离开客厅去取刚才说的那本书，急着要把女儿这种可怕的病症治好。莫兰太太花了好多工夫才找到那本书，接着又因为别的琐事拖住了她，过了一刻钟之后她才捧着那本她寄予很大希望的书下楼来。由于她在楼上的忙碌使她除了自己发出的响声之外，别的动静一概没有听见，因此当她走进客厅，一眼看到一位她过去从未见过的年轻人时，她才恍然大悟，刚才那一会儿时间里

① 英国一期刊，1779 年刊登了一篇诙谐夸张的小品文，介绍一些中产阶级姑娘因为拜访了一位贵妇而变坏的事。该期刊由亨利·麦肯齐（1745—1831）编辑。

莫兰太太花了好多工夫才找到那本书

家里已经来了一位客人。那年轻人一脸恭敬地站起身来，她女儿心慌意乱地介绍说："这是亨利·蒂尔尼先生，"他带着真诚而窘迫的神情为自己的唐突到来表示歉意，他承认，由于发生了那样的事情，他毫无权利期望自己在富勒顿会受到欢迎，并且申明他冒昧登门的缘由是急于想知道莫兰小姐是否已平安抵家，听他说话的对象并不是一个失之公正的法官，也没有一颗容易记恨的心。莫兰太太一点也没有将他和他的妹妹牵扯进他们父亲的不当行为中，对他们兄妹俩一直都怀有好感，见他来到非常高兴，立即对他表示了纯朴真挚的善意，感谢他如此关心她的女儿，并且告诉他，她儿女们的朋友在富勒顿永远受欢迎，恳请他不必再提起已经过去的事。

他马上服从了这一要求，因为尽管他受到未曾预料的客气接待已经大大舒了一口气，然而在这个时候，他也没法对过去的事说出中肯的话来，因此他默默无语地回到自己的座位上，静静坐了一会儿，只是礼貌地回答莫兰太太有关天气与旅途的一般问题。在此同时，只见凯瑟琳显得焦虑、激动、幸福、兴奋，一句话也没有说；然而她绯红的脸颊与闪烁的眼睛让她母亲相信，这一友好来访至少会让她的心舒畅一个时候，于是她高高兴兴地把《镜报》搁置一旁，留待今后引用。

莫兰太太很想让莫兰先生来帮帮她，他既可以与她的客人交谈，也可以给她的客人一些鼓励，她真诚地同情他因代父受过而感到窘迫，于是早就使唤一个孩子去叫莫兰先生；可是莫兰先生并不在家，由于没有人帮她，这样过了一刻钟之后，她也找不到话说了。在连续几分钟的沉默无声之后，亨利在莫兰太太进客厅后第一次转过脸去，兴奋地问凯瑟琳，不知艾伦先生与艾伦太太是否在富勒顿呢？这问题其实一个字便可以说清，她却茫茫然不知说了些什么，他听明白她的意思，立即表示他想去拜访他们，同时红着脸问她，是否肯替他带路。“先生，你站在这个窗口就可以看见他们的房子，”萨拉这样说，听她这么说了，这位先生只是点头表示感谢，而她妈妈则点头示意要她住嘴；因为莫兰太太认为他除了希望拜访他们令人尊敬的邻居之外，还可能想就他父亲的态度做一点解释，而这样的解释单独对凯瑟琳说，一定比较合适，于是她无论怎样都不会阻止女儿陪他同去。他们走出去了，对于他要叫她同去的目的，莫兰太太也没有全错。他是有话要替他父亲作解释；然而他的第一个目的是要为自己作表白。他们还没有走到艾伦先生家的院子，他已经把话说得那样明明白白了，凯瑟琳也觉得他不用多表白了。她已经放心地得到了他的爱；而他也要求得到她的爱，也许他们俩都知道她的心早已完全属于他了；不过，尽管亨利现在真心地爱着她，尽管他感觉到了她性格的贤慧，并为之高兴，同时真心地喜欢与她在一起，然而我必须承认，他的爱是出自于感激，换句话说，因为相信她喜欢自己，他才认真地对她加以考虑。我承认，这是爱情故事的新情况，也有损于女主人公的尊严；然而假若这在平常生活中也确实偶有其事的话，这不受拘束的大胆想象无论如何都将归功于我自己。

拜访艾伦太太时，亨利东拉西扯，无所不谈，而凯瑟琳则痴迷于自己不可言喻的幸福中，一点也没有张过嘴，这样短短的拜访之后，他们又沉浸在令人心醉神迷的悄悄话里；这悄悄话还没有说完，她就能够判定他父亲对他目前这样做持什么态度。两天前他从渥德斯顿回家，他那焦躁的父亲就在诺桑觉寺近处等着他，性急气愤地告诉他说，莫兰小姐已经走了，并命令他不许再想她了。

这就是他现在向她求婚所依凭的父亲的许可。受了惊吓的凯瑟琳，在期待的惊恐中听着他的叙述，不禁为亨利的小心谨慎而欣喜，因为他在他提出这个话题之前就赢得了她的信任，从而使她没有谨慎地拒绝他的求爱；听着他继续讲着详细情况，解释他父亲为什么会有这种做法的动机，凯瑟琳一下子坚强起来，变得甚至洋洋自得了。上将并没有抓到可以指责她的把柄，没有找到可以指责她的罪名，只不过是她在不知不觉中成了别人一个诡计的目标，这个诡计是上将的虚荣心不能宽恕的，又是他的自尊心羞于承认的。她的过错仅仅是因为她不如他想象的那样富有。由于错误地相信她所拥有的财产与财富，他在巴思甜言蜜语地与她结识，请她去诺桑觉寺做客，决意要她做自己的儿媳。可后来一旦发现了自己的错误之后，将她撵出门外似乎是他对她的愤懑、对她的家庭蔑视的最好证明，尽管就他的感情来说，这样做仍然不够发泄他心中的愤怒。

是约翰·索普最先将他蒙骗的。一天晚上在剧院里，上将见她儿子对莫兰小姐非常殷勤，偶然间向索普打听，问他除了她的名字之外是否还知道她更多的情况。当时索普能与蒂尔尼上将这样的著名人物聊天感到非常高兴，因此就既高兴又自豪地夸夸其谈起来；由于当时他不仅每天都盼望莫兰能与伊莎贝拉订婚，而且还决心要娶凯瑟琳做自己的太太，因此出于虚荣心把莫兰家讲得非常富有，比他的贪婪和虚荣心想象得更加富有。不管是与谁往来，或者说不管有可能与谁往来，不但他自己要让人看高身价，而且还要抬高他朋友的身价，同时，他与哪些人的关系越密切，他们的财产也跟着越来越大。因此,他的朋友莫兰可以继承的遗产,从一开头便作了过高的估计,而自从后来介绍给伊莎贝拉认识之后,他继承的遗产就逐步增加;他信口开河地把他家的财产增加了两倍以满足一时的炫耀,他把莫兰先生在教会的俸禄扩大了一倍,又把他的私人财产扩大了三倍,还送给他一个富有的姑妈,最后将子女数目减去了一半,就这样,他在与上将的交谈中把莫兰家描绘成了一个相当富有的家庭。至于凯瑟琳,他知道上将对她有好奇心,而且又是他自己考虑的特别对象,因此就多编了些故事。他说她除了可以继承艾伦家的财产外,她父亲还可以给她一万至一万五千英镑,这是一笔相当可观的财产。鉴于她与艾伦家的亲密关系,他俨然认定今后她会得到一笔相当大的馈赠遗产;这样,说她是富勒顿未来几乎公认的女继承人,自然也就顺理成章了。根据这样一些情况,上将开始了他的打算;因为他从来没有怀疑过提供的情况是否可靠。索普对这个家庭感兴趣,一方面是因为他妹妹马上要和这个家庭中的一个成员联姻,另一方面是他自己对另一个成员有了打算,(他同样坦率地吹嘘这件事)由于他谈起这些情况时几乎都是一样地坦诚,因此这些似乎就足以保证他说的话的真实性;除了这些之外,还有以下这些完全真实的情况:艾伦夫妇家产富足,没有子女,莫兰小姐由他们监护,此外,一旦他与他们熟悉后,他就有了自己的看法:他们对她亲如父母。于是他很快就作出了决定。他从他儿子的表情上已经看出来,他喜欢莫兰小姐;于是,他非常感谢索普先生提供的情况,几乎立即便下了决心,要不遗余力地削弱他对凯瑟琳的关注,打消他的美梦幻想。当时凯瑟琳对于这一切是一无所知,而上将自己的孩子也不比她明白多少。亨利与艾丽诺总觉得，凯瑟琳这样的条件实在没有什么特别的地方会吸引他们父亲的重视，所以当他们看到他突然表现出对她的关切，而且显得那样持久和细致，不禁感到十分吃惊。后来，上将暗示儿子要尽其所能去爱凯瑟琳，这样一个几乎是明确的命令使亨利相信，他父亲一定是认为这门婚姻对自己家有利可图。然而，直到先前在诺桑觉寺听到了这姗姗来迟的解释之后，他们才知道原来他如此匆忙行事，是因为他受了错误打算的影响。先前了解的情况都是虚假的，这一点上将是从同一个人，即索普本人处得知的，他这次进城偶然又遇见了他，索普现在的情绪完全与上次相反，因为他遭到了凯瑟琳的拒绝而恼羞成怒，尤其是他最近试图让莫兰与伊莎贝拉之间重归于好的计划又没有成功，因此深信他们俩已经永远走不到一起了，于是抛弃了不再用得上的友情，匆忙否认了过去说的关于莫兰一家的溢美之辞；坦白说他本人对于他们的家境与声望的意见是完全错误的，他是被他朋友的自吹自擂蒙骗了，误以为他父亲是个很有财力与声望的人，而最近两三个星期的交往证明，他原来是个既无财力，也无声望的人；因为在两家的联姻还是初露端倪的时候，莫兰先生急着提出了最最慷慨的安排，可是，在那以后，因为这位揭发人头脑的敏锐，触及了要害问题，这时莫兰先生不得不承认，他本人甚至无能力给子女一点像样的资助。他们其实是一个贫穷人家；还是一个毫无先例的多子女家庭；他最近在一个极偶然的机会发现，他们在自己的居住地区绝不是受人敬重的人家，还好高骛远要过自己的财产无法保障的生活；于是就想寻找有钱的人家，靠嫁女儿来改善自己的生活；这家人不懂礼貌、爱说大话、而且诡计多端。

受了惊吓的上将带着询问的神情说出了艾伦这个姓；说起这个姓来，

索普也是有他错误的教训的。他觉得,艾伦夫妇住在他们家附近已经很久了,一定对他们家很了解;而且他认识要继承富勒顿庄园的那个年轻人。上将不必再了解什么了。他除了自己之外,见了谁都怒气冲冲的,第二天就回了诺桑觉寺,他在那里的表现大家都已经知道了。

我打算让读者运用聪明才智去判断,关于所有这一切,亨利可能会向凯瑟琳传达多少?他可能从他父亲那里了解了多少?他自己的猜测可能帮了他多少忙?还有多少必须要留给詹姆斯在来信中说明?我为了读者的方便,把这些情况合在一起说了,请他们为了我的方便,再把它们分开来看吧。无论怎么说,凯瑟琳听到的已经足以让她感到,不管她怀疑上将谋杀妻子还是怀疑他把妻子软禁起来,她根本没有毁坏他的名誉,也没有夸大他的冷酷。

亨利把有关他父亲的这些事情讲出来时,与他当初第一次听到这些事情时一样,样子显得很可怜。当他不得不说出他父亲那自私狭隘的计划时,他脸都红了。他们父子之间在诺桑觉寺的谈话是非常不和气的。亨利听说凯瑟琳受到了无礼的对待,明白了他父亲的观点,并受到了父亲的逼迫,要他同意他的观点,这时亨利公开而大胆地表示了自己的愤慨。由于上将在家中历来都习惯于发号施令,他只知道儿子心中会不服从,却丝毫没有料到儿子的抵抗欲望竟然诉诸言词,因此他无论怎样都不能忍受儿子的反抗,尽管由于受到理智的与良知的驱使,他的反抗显得沉着而坚定,但是,在这样一件事上,上将的怒气会使亨利震惊,却无法将他吓倒,因为亨利相信他的目的是正义的,所以他会坚持他的目的。他觉得自己不仅在感情上而且在道义上都必须对凯瑟琳负责,而且他还相信,他曾受父命去赢取的那颗心现在已经属于他自己，因此用卑劣的做法将默许撤回，毫无道理地在一怒之下要他变卦的命令，都动摇不了他的忠贞，也左右不了因忠贞而下定的决心。

他坚决拒绝陪同他的父亲到赫里福德郡去，那是为了要早一点打发走凯瑟琳临时定下的约会，他同样坚决地宣告，他要向凯瑟琳求婚。上将听了气急败坏，于是他们激烈争吵之后分了手。亨利的激动情绪本需要许多个钟头杜门不出才能平静下来，可当时他带着这样的情绪几乎立即就走出家门，回到渥德斯顿去了；第二天下午，他就动身来到了富勒顿。

第三十一章

当蒂尔尼先生请求莫兰先生与莫兰太太同意他与他们的女儿结婚时,这一要求让他们一时间感到相当地意外;因为他们从来没有想到有这样的感情;然而,凯瑟琳有人爱恋毕竟是再自然不过的事,因此他们很快便知道要加以考虑,心中唯有自豪感满足之后的愉快和激动,而且就他们俩自己而言,并无一丁点儿的异议。蒂尔尼先生的文雅举止与富有识见都是不言而喻的;他们从未听说过他有什么缺点,也不认为他会有什么缺点;他们并没有和他交往过。但是他的人品不需要证明,他们凭着良好的愿望就相信了他。"凯瑟琳要是做了年轻的家庭主妇,肯定是非常粗心大意的,"这是她妈妈说在前的丑话;然而很快她又安慰说,要是多做做,就可以学会的。

简而言之,还有一个障碍要提一提;除非将这一障碍排除,否则莫兰夫妇是无法同意订婚的。他们的脾气虽好,然而在原则上也是坚定的。既然他的父亲这么明白地禁止两家联姻,他们也不好出来鼓励他们俩。但是他们还没有高雅得会提出任何炫耀性的条件:要上将亲自上门来求婚,或者要他真心诚意地同意这一联姻,但是表示一下像样的同意还是需要的,一旦他同意了,他们立刻就会表示赞同。他们的心使他们相信,上将不会长期不同意的,他们所希望的只是他的同意。他们没有权利要他的钱财，他们也没有这个意思。根据婚姻财产授予法，他的儿子成婚之后，最终可以稳当地得到一笔非常可观的财产；他目前的收益足够自立门户和过富庶的生活，无论从什么样的经济观点来看，这都是一门他们女儿难得高攀的亲事。

这两个年轻人对这样的决定并不觉得意外。他们只感到难过，感到伤心，然而他们不会因此而忿恨；于是他们分别了，心中只求上将的态度会改变，从而让他们重新团圆，虽然他们两人都觉得这种希望几乎不可能实现。亨利回到他现在唯一的家，看着他的新园林，为凯瑟琳再做进一步改建，渴望着有一天她能来享用；而凯瑟琳则待在富勒顿垂泪。分隔两地的折磨是否借私下的通信来缓解，我们还是不要去追问了。莫兰先生与莫兰太太是从来不问的，他们心地太善良，不会硬要女儿做什么承诺的；因此，每当凯瑟琳收到一封来信（那也是那个时候常有的事），他们总是装作没看见似的。

在亨利与凯瑟琳这样两地相思的时候，他们心中对最终的结局肯定充满了焦虑，所有爱他们的人也必定如此。然而我恐怕这种焦虑不会传到我的读者心里去，因为他们可以从面前压缩得只剩几页的故事猜到，我们正一起急急忙忙地奔向皆大欢喜的结局。可唯一的疑问是，他们借助什么来实现早日完婚的愿望？什么样的可能机缘会对上将这样的性格起一点作用？这主要的机缘后来出现了，那是那年夏天的事，他的女儿嫁给了一个有钱有势的人，这让他的尊严大增，并使他快活得合不上嘴。艾丽诺趁机说服他原谅了亨利，同意让亨利“喜欢当傻瓜就让他去当吧！”这才使他从异乎寻常的快活情绪中恢复过来。

他们总是装作没看见似的

艾丽诺·蒂尔尼出嫁了,从诺桑觉寺这个家的全部不幸中摆脱了出来,这是亨利被赶走所引起的,她嫁到了她自己选中的家和她自己选中的男人那里,这件事我想她所有的熟人都会感到满意。我自己的喜悦就是非常真诚的。我不知道还有谁比她更朴实无华,比她忍受过更长的痛苦,因而更有权利、更有思想准备去接受和享有这嬿婉之欢。她对这位绅士的爱慕非自今日始,而先前他只是因家境贫寒而久久不敢向她启口求爱。后来他意想不到地继承了爵位与财富,因而排除了他的全部障碍;上将在女儿与他做伴、并逆来顺受地服侍他的日日夜夜里,从来没有像第一次称她为"子爵夫人"时那样真诚地爱过她。她的丈夫是真正值得她爱的,因为除了他的爵位,他的财富,以及他的感情之外,他无论在哪一个方面都是一个最可爱的年轻人。他的优点没有必要一一详述了;一说世上最可爱的年轻人,他的模样立即就会出现在我们大家的想象中。因此,关于我们现在所说的这位年轻人,我只想补充一点(我意识到作文的规矩是不可引荐与我的故事不相干的人物的),他曾在诺桑觉寺作过客,而且住过较长一段时间,因他手下仆人的粗心大意,丢了一大沓洗衣单子,而我的女主人公又因这些洗衣单子之故,上演了她的最胆战心惊的历险记。

子爵与子爵夫人为了他们的哥哥的利益而竭力劝说时,上将对莫兰先生家境的正确了解也起了很大的作用,因为一旦上将肯了解这方面的情况时,他们俩就把实际情况对他说了。这件事让他明白,他第一次上索普的当,听他吹嘘莫兰家家产富庶,比起索普后来蓄意推翻第一次的谎言又让他受了蒙骗,那简直不能说上大当;他了解到,他们家绝不贫苦穷困,而且凯瑟琳还有三千英镑的财产作陪嫁。这是对他最近作的财产估计的重大修正，也大大安慰了他那受挫的自尊心；而私下里得到的消息也绝不能说毫不起作用，他竭力打听到，富勒顿庄园完全由目前的所有人支配，因此贪图这块地产的人完全可以去做投机买卖。

鉴于这些情况，在艾丽诺出嫁后不久，上将便准许他的儿子重返诺桑觉寺，叫他带着自己的允诺——一封措辞非常谦恭而内容却空洞无比的允婚信——去见莫兰先生。这封信中批准的那件事不久便举办了，亨利与凯瑟琳结了婚，教堂的钟声敲响了，人人都喜笑颜开。他们俩自相识以来到喜结良缘，经历了差不多整整一年，尽管上将的冷酷造成了可怕的延误，但是他们似乎也并没有因此而受到根本的伤害。两个人分别在二十六岁和十八岁时开始他们的美满生活，这也是一件喜事；而且，我倒认为，上将的不公正干预也许非但没有真正危害他们的幸福，反而促成了他们的幸福，因为这使他们增进了相互的了解，使他们的感情更加深厚。因此，这本书的倾向究竟是主张父母专制呢，还是鼓励子女违迕父母之命，我就把这个问题留给感兴趣的人士去解决吧。

图书在版编目(CIP)数据

诺桑觉寺/(英)奥斯丁(Jane Austen)著;金绍禹译. —上海:上海译文出版社,2017.7(2024.3 重印)
(奥斯丁文集:经典插图本)
书名原文:Northanger Abbey
ISBN 978-7-5327-7515-6

Ⅰ.①诺… Ⅱ.①奥… ②金… Ⅲ.①长篇小说—英国—近代 Ⅳ.①I561.44

中国版本图书馆 CIP 数据核字(2017)第 101140 号

Jane Austen
NORTHANGER ABBEY

诺桑觉寺 NORTHANGER ABBEY	Jane Austen 简·奥斯丁 著 金绍禹 译	责任编辑 管舒宁 装帧设计 张志全工作室

上海译文出版社有限公司出版、发行
网址:www.yiwen.com.cn
201101 上海市闵行区号景路 159 弄B座
浙江新华数码印务有限公司印刷

开本 890×1240 1/32 印张 9.5 插页 5 字数 152,000
2017年7月第1版 2024年3月第2次印刷
印数:4,001—6,000 册

ISBN 978-7-5327-7515-6/I·4588
定价:55.00 元